한승연 역사소설

소설 매천야록

국립중앙도서관 출판시도서목록(CIP)

(소설) 매천야록 : 한승연 역사소설, 上 / 한승연, -- 서울 : 한누리미디어, 2009
p. ; cm

ISBN 978-89-7969-358-4 03810 : ₩12000

한국 현대 소설[韓國現代小說]

813.6-KDC4
895.734-DDC21 CIP2009004023

한승연 역사소설

소설 매천야록

한누리미디어

엮은이의 말

멈출지 모르는 시간은 우리를 기다려 주지 않는다.

어제가 녹음 짙은 여름이더니 어느새 가을이 성큼 다가와 아침 저녁 소슬한 바람이 옷깃을 여미게 한다. 저녁나절 그토록 빠른 사계의 변화를 바라보면서 인간의 삶 또한 한 그루 꽃나무의 생애와 다를 게 없다는 생각이 변화를 거듭하는 계절과 견주어 보게 했다.

엊그제 꽃샘추위를 겪으며 새순이 움튼 나무에 꽃봉오리를 맺고는 서서히 봄을 만끽하며 만개해 가던 꽃나무들. 그 만개한 꽃잎들 위로 봄의 축제를 즐기는 벌 나비가 모여들고, 때로는 벌떼와 온갖 벌레의 독충들이 달라붙기도 하는 과정에서도 꽃은 꽃들끼리 제 나름대로 피어나기 마련이었다. 그처럼 계절을 아름답게 장식해 주던 한여름의 푸르름도 때가 되면 스스럼없이 대지를 떠난다.

마찬가지로 자연의 일부인 사람들의 한생의 삶 또한 그와 무엇이 다름이 있던가. 성큼 다가온 이 가을 어김없이 찾아오는 계절의 변화를 바라보면서 인생이란 그 꽃나무들과 무엇 하나 다를 것이 없다는 생각이 씁쓸한 미소를 머금게 했다. 언젠가는 떨어져야 할 낙엽과 같은 목숨, 그러나 떠나는 그날 그 시간까지 비록 한 점으로 남을 삶의 그림자이겠지만, 뒷모습을 보다 아름답게 그려두고 가고 싶다는 마음이 그 정리를 위해 지리산 밑자락에 새 둥지를 틀고 앉아 바쁜 손놀림을 하고 있다.

아직 살아있음의 그 몸짓 같은 것, 그것은 지리산 자락을 텃밭으로 탯줄을 끊고 태어나게 해준 조상님의 은덕이라고나 할까?

타관의 몸짓 펄럭이다가 뉘엿한 석양 놀빛을 희끗한 머리에 이고 해거름을 재촉하며 찾아온 고향이다. 그 걸음을 반기는 듯 귀에 익은 고향 사투리가 지리산 자락 밑에 한겨울의 언 땅을 비집고 피워낸다는 매화꽃 향기를 선물처럼 한 아름 선뜻 안겨 주었다. 그 매화꽃 향기는 윤기 없이 오늘을 살아가고 있는 내게 감동을 주기에 충분했다.

조선이 망해 가던 구한말, 어지러운 격랑 속에서 비통한 선비의 고뇌를 가슴과 머리로 씻어내며 신선하게 토해 놓은 매천梅泉 황현黃玹 선생의 숨결과 체취를 만나보게 되는 행운을 안겨 주었기 때문이다.

작가라는 직업의식은 서슴없이 선비 매천梅泉의 향기에 매료되어 그토록 깊고 맑은 매천梅泉의 우물 속으로 풍덩 빠져들어 마디마다 적셔오는 그 향내를 깊이 음미할 수가 있었다. 선비 매천의 우물을 두레박질하는 시간 속에서 매화꽃 향기는 1월의 언 땅을 비집고 피워내는 선비의 강인한 의지의 감동을 안겨주었다.

매천 황현 선생, 그 분의 선비정신이 바로 그런 감동을 주고 있는 것이다. 선생은 조선조 말엽, 국가의 존망이 바람 앞에 등불처럼 꺼져 들어가던 불운한 시대에 태어나 당대 조선을 대표하는 삼대 문장가의 한 사람으로 역사학자의 입지에 오르기까지의 삶은 비통하게 저물어가는 국운처럼 고난의 연속이었다.

그 격랑 속에서 결코 굽히지 않는 꿋꿋한 선비의 지조는 오직 우국충정의 선비정신 하나로 혼탁하고 암울한 시대를 날카로운 붓대로 지적하여 후세 사람들에게 역사의 심판이 얼마나 무서운 것인가를 깨우쳐 주고 있다. 그 아픔이 주는 교훈, 매천 선생의 글들은 다시금 조국이 무엇인가를 깊이 생각해 보게 해준다.

망국으로 치달리던 암울한 시대를 살아온 울분의 통탄을 마치 거울을 마주보게 하는 듯 진솔하게 표출한 그가 남긴 천여 편이 넘는 시편들…….

그처럼 절절한 고뇌로 아픈 가슴을 담아둔 글들은 그 삶의 궤적을 낱낱이 밝혀 그만큼 보는 이의 가슴을 울렁거리게 하고도 남는 것들이다.

울분의 세월을 시로써 승화시킨 매천 황현 선생, 그의 삶과 어우러져 등장하는 많은 선비 학자들의 생애 역시도 우리에게 많은 교훈을 주면서 감동을 주고 있다. 이들을 일컬어 암울한 시대가 낳은 명사라고 불러도 좋을 것이다. 그들의 고뇌와 충정 어린 삶은 오늘을 사는 우리들이 짚고 넘어가야 할 삶의 가치와 지혜가 무엇인가를 말해 주고 있다.

그 시대의 상황이 오늘에 이르러서는 비통한 조국분단으로 우리 한민족 후손들의 참담한 통한의 모습일 수도 있기 때문이다.

앞서 지나간 수레바퀴 자국을 살펴보라는 말이 있다. 그 자국을 자중하여 살펴보라는 것은 그만큼 가르침의 지침이 된다는 이야기다.

그처럼 질곡의 시대적 아픔을 겪으며 울분을 토해 놓은 매천 황현 선생이 남긴 글 속에는 변화하는 세계의 흐름 속에 우리가 취하고 버릴 것이 무엇인가를 말해 주고 있다.

그래서 이 귀하고 교훈적인 글들을 오늘 이 시대를 짊어지고 살아가야 할 이 땅의 많은 젊은이들에게 삶의 지혜로 귀띔해 주고 싶다.

매천 황현 선생, 그분의 선비정신이 조국의 소중함을 다시금 일깨워 다시는 역사의 과오를 범하는 일이 없도록 어둠을 깨우고 살아있는 교훈이 되리라 믿어 의심치 않는다. 그러한 믿음의 확신이 감히 그 자료들을 사양하지 않고 받아 모아 새로운 공부에 임하는 자세로 손놀림을 하게 되었다.

매천 선생이 남긴 글들 속에는 지난 역사와 오늘에 이르기까지 우리가 강대국에게 국권을 침탈 당할 수밖에 없었던 문제점을 낱낱이 지적해 주고 있다. 이토록 엄청난 작업의 소재에 감히 도전할 수 있게 격려와 용기를 주시고 묻혀 있는 자료들을 찾아 모아 주신 주위 여러분들의 성원에 지면을 통해 진심으로 감사드린다.

그리고 '매천야록梅泉野錄' 원전에 부디 흠이 되지 않기를 바라며……. 이 책이 외래문명에 만연된 이 땅의 젊은이들에게 우리 역사의 소중함을 다시 깨닫고 분별하여 조국의 장래를 밝힐 수 있는 지혜를 줄 수 있다면 작가로서 그 이상의 바람은 없을 것이다.

백지장도 맞들면 가볍다는 옛 어른들의 말씀을 떠올리면서…….

2009년 10월 1일

지리산 토굴에서 麗海 **한승연** 識

추천사

민족혼의 진작, 역사적 탐구

梅山 유종해
연세대 명예교수 · 前 한국행정학회 총회장

진리란 엄청나게 화려한 문장으로 채색된 말도 아니며, 또 거창한 무게와 헤아릴 수 없을 만큼의 깊이로 만들어진 것이 아니라고 했다.

구한말舊韓末의 삼대 문장가로 꼽혔던 매천梅泉 황현黃玹 선생의 《매천야록梅泉野綠》은 중학교 재학시 내가 제일 존경하는 스승님 유창돈 선생님께서 구한말의 어려운 정세政勢와 실태를 알 수 있는 최고의 대작이라고 소개를 해주셨기 때문에 그 무게와 가치를 익히 알고 있었다.

그런데 놀랍게도 남성도 아닌 여류 작가로서 한승연 선생이 이처럼 중량감 넘치는 글을 소설화하여 쉽게 풀어서 세상에 내놓게 된 그 사실 하나만으로도 치하와 함께 경의를 표하지 않을 수 없었다.

내용의 전개가 우리의 민족적 전통성과 지난 역사의 아픔을 되새겨 이해하는 데 큰 도움을 주고 있기 때문이다.

이토록 엄청나고 큰 소재에 얼마나 조심하고 또 얼마나 섬세하여야만 했겠는가를 생각할 때 이번에 새롭게 내어놓는 이 역작力作에 대해 본인의 이 치하의 한 마디가 그 노고勞苦에 대해 힘이 되어 주기를 바라마지 않는다.

이번 소설《매천야록》의 부제는 과감하게도 "조선朝鮮은 이렇게 망했다!" 이다.

그 제목부터가 잠들고 있는 우리 민족 혼을 섬광처럼 깨우는 데 충분하고도 남는다.

이 시대는 더욱 더 혼탁하여 청소년들에게 교훈이 없는 낱말들이 넘쳐나면서 자라나는 이 시대 우리 청소년들의 정신을 혼미시키고 있다.

성장한 인간의 본능 중에서 가장 혐오스러운 것이 무지無知라고 했다. 그 무지를 깨우치기 위해서는 배움의 노력이 필요하다.

땅콩을 먹고 싶은가? 그렇다면 껍질을 까라고 했다. 그것은 본인 스스로가 할 일로, 특히 지식이란 본인의 노력 없이 그저 얻어지는 것이 아니다.

'매천야록' 의 작가 황현 선생의 호가 매천이다. 선생께서는 지리산의 정기를 받으며 성장하였고, 또 그 지리산 자락을 토대로 칩거하고 혼돈된 시대를 날카로운 붓대로 지적 비판하면서 후진양성을 위해 심혈을 기울였던 애국충정의 우국지사였다.

그런데 금번 '매천야록' 을 소설화시킨 한승연 작가 역시도 지리산의 정기를 받고 태어나 수많은 작품 활동을 해왔다. 그는 특히 물질을 추구하지 않는 정신세계를 고집스럽게 추구해 온 작가로 주위로부터 존경을 받고 있다.

물질적인 편식에서 벗어난 작가 정신이란, 물체적인 것을 초월한 실재實在를 뜻하는 말이다. 그것이 바로 마음이며, 그 마음이 모든 것의 지렛대가 될 수 있는 것은 모든 물체적인 것을 초월하고 있기 때문이다.

한승연 작가의 작품은 거의 대부분이 그처럼 물체적인 것을 초월한 정신세계를 추구해 온 것으로, 내가 알고 있는 그 대표적인 소설만 소개해도, 《묵시의 불》《심상의 불길》《운명의 카르마》《개천 그리고 개국》《성서로 본 창조의 비밀과 외계문명》《성서로 본 칠성님의 비밀》《꽃이 지기 전에》《역사의 수레바퀴》《아! 무적》, 그리고 최근에 쓴 작품으로는《우주통일시대 α&Ω》《평화의 북소리》《어머니의 초상화》등이 있으며, 이외에도 시집과 수필집을 통해 그의 정신세계를 보여주고 있다.

그의 내면세계는 물질을 떠난 민족혼의 진작振作, 역사적 탐구에 대한 작품을 꾸준히 써 온 작가로 이번에 심혈을 기울여 내놓는《매천야록》이 주는 의미는 몇 가지로 요약된다.

첫째, 혼미한 구한말 비판적인 정세의 기록들을 소설화해서 쉽게 읽을 수 있게 해준 일, 이것이 무엇보다 큰 공적이라고 볼 수 있다.

둘째, '조선은 이렇게 망했다!'는 부제가 너무나 자극적이면서도 크고 교훈적이라는 점이다.

셋째, 이 책은 매천 황현 선생의 선비정신을 드러내 매천야록이 전하고 싶은 메시지를 세부적으로 나누어 자연스럽고 분명하게 소설화시켜 전하고 있다는 사실이다.

넷째, 이 작품 속에는 짙은 향토색을 느낄 수 있게 해주고 있다. 예를 들어 지리산 매천 향기로 풀어내고 있는 민족혼은 오늘 표류하고 있는 우리 민족의 뿌리 역사와 배달민족 정신의 정체성을 깨우치고 있다는 점이 너무나 교훈적이다.

다섯째, 이 책에서 논의하고 있는 〈나라 위한 구국 일념〉 〈신라의 화랑도와 일본의 무사도〉는 민족정신의 진흥을 위한 값지고 고귀한 공로로 평가하고 싶다.

이토록 어려운 작업에 도전한 한승연 작가의 소설 《매천야록》은 그동안 펴낸 수많은 작품과 그 정신의 맥을 같이 하고 있지만 새삼 놀랍게 하는 것은, 그녀가 지리산 정기를 받고 태어난 작가로서 지리산 자락을 무대로 후진 양성에 심혈을 기울여 온 매천 황현 선생이 그처럼 애태우며 우리에게 전해 주고 싶어 했던 '민족혼'을 세상에 알리고 또 그 정신을 함양시키고 있다는 점이 참으로 우연의 일치처럼 놀랍지 않을 수 없다.

본인의 호 역시도 '매산梅山'이므로 매천에 대한 강한 매력을 느끼고 있던 차에 이번 한승연 작가의 감동적인 작품을 보면서 다시금 가슴이 뛴다.

이 책은 우리 민족 뿌리 역사의 정체성과 민족혼을 일깨워주는 교훈적인 내용으로서 우리 국민들이 반드시 읽어야 할 책이라고 믿고 필독을 권한다.

2009년 10월 5일 역삼동 서재에서

Contents

소설 매천야록
梅泉野錄

프롤로그

조선이 망해가던 구한말, 역사학자로 우국충정의 선비 매천 황현 선생이 울분을 토하며 남겨 놓은 글들, 매천야록梅泉野錄 속에 수록되어 있는 천여 편의 시문은 오늘을 살아가는 우리에게 많은 교훈을 던져주면서 뿌리의 소중함을 다시금 일깨워 주고 있다.

원류가 없는 시냇물은 있을 수가 없다. 지구촌 모든 인류는 그 피부색소를 달리한 조상의 뿌리 역사를 동서를 막론하고 가지고 있다.

서양의 유대민족 뿌리 역사 구약성서를 보더라도 그렇다. 그 내용 속에는 유대민족 세움의 건국 역사에서부터 이웃 민족과의 전쟁사를 진솔하게 담아두고 있다. 그러나 우리 배달 한민족 뿌리 역사는 그처럼 이방나라를 먼저 침략해 본 일이 없는 민족역사를 가지고 있다.

고대사를 살펴보면 우리 배달민족 조상은 만주벌판을 중심으로 이웃 민족과 전쟁이 없이 평화의 협동정신으로 12제국을 다스려 왔다는 자랑스러운 뿌리 역사다.

그런데 오늘 그 후손들의 모습은 어떠한가?

세계 속에서 유일하게도 분단국가라는 불명예를 씻지 못하고 조상의 뿌리를 같이한 혈족끼리 서로의 가슴에 총부리를 겨누고 있다.

그것은 우리 민족 뿌리의 정기, 민족정체성을 흐리게 한 외래 종교들이 밀려들어 오면서 그 이념이 다른 색체로 오염되고 변질되어 왔기 때문에 너와 내가 하나의 틀 속에서 비롯되었다는 우리 민족 홍익인간 이념의 조화정신이 무색하게 되고, 표류하기 시작하면서 나타난 현상이라고 할 수 있을 것이다.

우리 민족의 시원은 환웅천황께서 개천하신 이래 배달나라로 3,840년간 이어지다가 18대 거발한 천황을 마지막으로 그 천황의 시대가 막을 내렸다. 그리고 그 후사인 개국조開國祖 단군왕검檀君王儉의 조선朝鮮이 건국되면서 반만년이라는 유구한 세월동안 배달민족이라는 특수성을 자랑하면서 살아왔다.

지난 역사 속에서 우리 조상들이 그처럼 지고한 정신문화를 꽃피우며 '동방의 등불' 로 우뚝 솟아 '아름다운 금수강산' 이라고 노래 부르며 삶의 터전을 일구어 나왔고, 또 그 정신 유산으로 물려내려온 것이 바로 홍익인간弘益人間 이화세계理化世界라는 건국이념이었다.

그런데 21세기를 살아가고 있는 그 후손들인 오늘 우리의 모습은 언젠가부터 주체성을 잃고 단군조선의 건국 역사를 미개한 단군신화로 왜곡시킨 채 자기비하로까지 하락되고 말았다. 그리고 남의 나라 것은 무조건 높이고 받아들여 굽실대는 걸인근성, 노비근성의 보잘것 없는 민족으로 스스로를 비하시켜 낮추고 있는 실정이다.

세계 7대 성인의 한 사람인 소크라테스는 "너 자신을 알라"는 말로 유명하다. 이 말을 보다 민주적인 방법으로 표현한다면 "나 자신을 잘 알자"라고 표현될 수 있을 것이다.

이 말은 지극히 철학적이다. 물론 우주를 알기 전에 먼저 자기 자신의 존재를 깨닫는 것이 지식의 시작이며 근본이요 핵심이 된다는 말이다.

그와 같은 맥락에서 서양 유대 땅에 출현했던 성자 예수 또한 "하늘을 아는 것이 지식의 근본이다"라고 하였다.

이 말은 하늘 섭리의 이치를 깨닫는 것이 인간 최고의 으뜸 공부로 곧 대도大道를 깨우치므로 '나'라는 생명체가 하늘과 땅 사이에 어떠한 존재라는 것을 깨닫게 된다는 뜻이다. 그 대도의 섭리를 인류 역사상 시원의 뿌리에서부터 배워온 민족이 바로 우리 배달 한민족이다.

그것이 바로 우리 조상들이 배워온 천지인天地人 사상으로, 곧 하늘과 땅과 사람이 하나의 틀 속에서 고리를 잇고 있는 한 몸으로 그 조화를 이루고 있다는 깨우침이다. 그 가르침이 인간의 근원을 깨우쳐 준 천도로서, 또 우리 민족 위에 펴신 '한사상'으로서 종교이며 철학이었다.

그렇기 때문에 우리 배달민족의 조상들은 그처럼 이웃하고 있는 이방민족과 경계를 두지 않고 자연적인 하나의 틀 속에서 조화를 이룰 수 있었던 것이다.

우리 조상들은 자연과 인간을 대립된 반대적 존재로서가 아니라 조화로운 한 계열에 놓고 서로 화친하며 놀라운 '한얼' 사상 속에서 자연과학, 천문학, 우주 기氣운행의 '한철학'을 탄생시켰던 우수한 민족으로 그 뿌리 역사를 가지고 있다.

오랜 역사는 결코 하루아침에 만들어지는 것이 아니다. 그것이 배달민족의 후예들이 세계 속에 자랑할 수 있는 긍지라면, 표면적인 근시안적 조명만으로 그칠 것이 아니라 바로 세워 정립하고 우리의 후손들에게 민족정신 유산으로 전수해 주어야 할 것이다.

우리의 개국조 단군왕검이 세운 개국이상 '홍익인간 이화세계' 는 세계평화의 주춧돌로 곧 너와 나의 근본은 '하나' 에서 비롯되었다는 조화의 협동정신을 구현한 우주정신이다. 이는 곧 '네 이웃을 네 몸같이 서로 사랑하라' 는 사랑의 도로서 서양 유대민족 위에 하나님 선물의 약속으로 내려 보냈다는 바로 그 성자 예수께서 펴신 천국복음天國福音 신약성서 속의 가르침과 그 맥을 같이 하고 있다.

그 천법을 온 세상에 알리기 위해 유대민족 혈류를 타고 출현했다는 성자 예수는 그렇기 때문에 너와 나를 가르고 경계를 짓는 그 백성들을 향해 "육은 무익하니라" 하였고, 하늘나라 복된 소식인 그 '사랑' 의 말씀을 족속을 초월하여 전파하라고 제자들에게 당부하였다.

그처럼 기독교 스승 성자 예수의 가르침과 다를 것이 없는 것이 우리 배달민족 창조신 호흡의 정기로 이웃과 조화를 이루게 하는 고차원의 휴머니즘 '한사상' 이다. 그 우주정신의 가르침은 개국조 단군왕검에 의해 조선이 건국되기 그 앞 3,840년 전, '신불시대神佛時代' 부터였다.

그 천도의 이치를 깨닫고 나면 너와 내가 한 뿌리에서 비롯된 한 몸, 한 지체로 개체가 아니기 때문에 서로 협동하여 자연 성정으로 선善을 이루게 된다는 것이다.

배달 한민족이라는 개념의 뜻은 밝은 터에 높고 밝은 하나님의 정신사상으로 세워진 천손민족이라는 뜻을 내포하고 있다.

이토록 자랑스러운 우리 배달 한민족의 뿌리 역사다. 그런데도 오늘까지도 그 사관史觀 하나 바로 세워 정립하지 못하고 표류시키고 있는 후손들, 그것이 오늘 우리의 모습이다.

그래서 이 나라 국조 단군왕검은 마치 신화 속에서나 등장하는 허깨비 귀신처럼 무당 굿판에서나 들먹이는 이름으로 외래문명에 만연된 현대인들에게 철저히 배척 외면을 당하고 있다.

하나님의 아들 성자 예수가 유대족속 그 계보를 타고 인자人子의 모습으로 출현했다고 했다. 이 나라 개국조 단군왕검 역시도 그와 마찬가지로 성현의 입지에서 인자의 모습을 하고 이 땅에 출현하신 분이다.

유대민족 뿌리 역사 구약성서 속에는 각기 그 성호를 붙이고 등장하는 많은 하늘 보좌 신명들 또한 마찬가지였다. 보편적인 사람의 모습을 하고 출현하여 인간과 어우러지면서 그 삶의 방식을 여러 모양으로 가르쳐 주었음을 진솔하게 기록해 두고 있다.

그처럼 동서의 시원은 어느 민족이나 그 뿌리 세움의 시작에서 신인합발神人合發했던 시대 역사 기록을 가지고 있다. 서양 유대민족 뿌리 이룸에서 아담으로부터 성자 예수 출현까지 4,000년 동안 그 신들이 주관해 오던 시대 역사가 바로 구약성서인 것처럼, 우리 배달민족의 뿌리 역사도 마찬가지다.

구약성서 기록이나 마찬가지로 신과 인간이 어우러지면서 가르침을 받던 시대역사가 있다. 그 시대를 이름하여 '신불시대' 라고 했다.

그 신불시대가 환웅천황 개천 이후 3,840년을 존속하다가 드디어 인간 육신의 혈류를 타고 출현한 완전한 신인 단군왕검 탄생으로 개천 이래 18대로 이어지던 신불천황이 백성들을 다스려오던 시대가 마감된 것이었다. 그것은 유대민족을 다스려오던 야훼신의 구약시대가 성자 예수 출현으로 신약의 문이 열리면서 마감된 것처럼, 신불천황의 시대는 단군조선이 건국되면서 마감된 것이었다.

단군왕검은 하늘 섭리에 의해 이 땅에 보내진 하늘 사명자로 조선이라는 나라를 세운 존엄한 개국조이시다.

그의 가르침은 인간주체로서의 홍익인간弘益人間, 성통광명性通光明, 재세이화在世理化 이념으로, 인본주체사상人本主體思想과 인간조화사상人間調和思想을 우리 배달민족 뿌리정신으로 인간 최고의 사상과 철학을 심어준 스승이자 국조이신 것이다.

그렇기 때문에 단군왕검의 조선은 건국 이래 이웃 약소민족들을 조화로써 인정해 주고 화친함으로써, 중국의 최고 지리지地理志《산해경山海經》에 이르면 "동방에 있는 군자불사지국君子不死之國은 의관衣冠을 정제整齊하고 칼을 찼으며 성격이 양보를 좋아하고 다투지 않으며, 아침에 피어나 저녁에 지는 꽃 '무궁화(槿花)'가 있다"고 하였으며 2,500년 전 공자도《논어論語》에서 중국에는 도道가 행行해지지 않으므로 한반도 구이九夷의 나라에 가서 살고 싶다고 하였으며, 우리 민족국가를 군자국이라, 또는 동방예의지국東方禮義之國이라 하여 다른 민족 동서북방민족과 다르다고 말하였다.

이처럼 그 옛날 군자국으로 칭송을 받아오던 배달겨레 단군왕검 조선은 건국 이래 계속 황금의 시대가 이어지면서 만주 배달나라 본토를 중심으로 한 동양문화와 동양철학의 근원지로 보다 훌륭한 우리 역사의 틀을 견고히 하였으며, 한족을 비롯한 이웃 민족들을 지고한 '한사상'으로 지배하였던 우수한 민족이었다.

단군왕검으로 건국된 조선은 이 지구상에 인간답게 사는 나라를 건설

할 전 우주적 사명을 가지고 세워진 자랑스러운 나라다.

이렇듯 배달민족 뿌리로부터 심어진 민족정신 유산은 군사력으로나 제국주의나 국제적 패권을 추구하지 않고도 세계를 자랑스럽게 이끌고 나갈 수 있는 미래 지향적 능력과 사상을 갖추게 한 것이었다.

그러나 그 정신유산을 물려받은 후손들은 오랜 역사를 거쳐 태평성대를 구가하는 동안 자만에 빠져 나태해짐으로써 47대 단군 고열가古列加를 마지막으로 황실의 문이 닫히고 고주몽의 독립된 고구려 왕조로 전락되어 배달나라 맥이 이어져 나왔다.

고구려는 배달나라의 정통적인 맥을 면면히 이어받아서 마침내 본토를 수복하고 배달전통문화를 계승하고 또 발전시켜 태평성대를 이루다가 왕조수립 725년 만인 개천 4565년(서기 668) 28대 보장왕 27년에 신라와 당나라의 연합군에 의해 평양성이 함락되고 왕조가 멸망하기에 이르렀다.

이 무렵 고구려 사람 대중상이 흩어진 유민을 이끌고 본토를 중심으로 하여 말갈족과 그 외 소수부족을 규합하여 대진국이라는 새로운 왕조를 세워 고구려의 정통 맥을 계승하고 대중상의 맏아들 대조영이 왕위에 오르면서 나라 이름을 발해라고 하고 연호를 천통으로 배달나라의 전통을 계승해 나왔다. 그러다가 왕조수립 248년만인 서기 926년 15대 애왕 26년에 거란족의 요나라 태조 아율아보기가 침략하여 홀안성이 함락되고 왕조가 멸망하였다. 그 후 유목민들은 본토에서 200년간 광복투쟁을 하였지만 그 뜻을 이루지 못하고 일부는 사방으로 흩어져 살기에 이르렀고, 또 일부는 고려로 망명하여 살았다.

환웅천황께서 이 땅에 내려와 배달나라를 세우고 후사이신 단군왕검으로 하여 조선을 개국하신 이후 통일자주국가로서 홍익인간 이화세계의 건국이념 아래 만주를 중심으로 아시아 대륙을 다스리던 천황의 나라는 왕국으로 전락하면서 점차 그 빛을 잃어가기 시작했고, 따라서 배달 사람들의 사상도 점차 흐려지기 시작하였다.

그러나 신라에서는 단군 한배검의 가르침을 크게 일으켜 풍류교, 혹은 풍월도, 또 '풍월교' 라고도 불렀으며 진흥왕 때는 이 풍월도의 실행자를 모집하여 인재등용의 기틀을 이루었다. 이들이 곧 화랑도로서 삼국통일의 원동력이 된 것이다.

그러나 고려 말기부터 조선 오백년을 지나오는 동안, 이러한 배달민족정신은 더욱 흐려지기 시작하면서 고려 말기에 이르러 원나라 임금 홀필렬은 개국조 단군을 받드는 모든 것들을 탄압하기 시작했다.

그렇게 배달민족정신을 탄압하여 민족 신앙을 빼앗아 버리고 인도에서 중국을 거쳐 들어온 불교만을 숭상하게 함으로써 마침내 국력은 심히 약화되고 백성은 주체성을 잃기 시작하였다.

주체성이란 내가 나의 주인공이라는 마음의 상태로 내가 객체가 될 수 없는 것이며, 그러므로 주체성에는 부족의 주체성이 있을 수 있고, 또 민족의 주체성, 개인의 주체성이 있다. 이와 같은 주체성은 곧, 내가 나의 주인공이며 우리 민족, 우리나라의 주인공이라는 자부심의 자각에서 비롯되는 것이다.

서양 유대민족이 그 민족 수호신 야훼를 지구촌에 전지전능한 유일한 하나님으로 설파하고 그들의 뿌리 조상 아담을 인류의 조상으로 내세우는 것 또한 그 민족정신의 발로에서 비롯된 것이라고 할 수 있다.

그것이 유대민족 위에 심어준 야훼의 호흡이라는 민족정기의 정신으로 이방족속과 잦은 전쟁으로 정복문화 사상을 심어주었음을 성서는 기록해 두고 있다. 하지만 우리 민족 뿌리 위에 심어진 조상신의 호흡은 그와는 다른 차원이었다. 하늘 천신들에 의해 창조된 인간이 진화 성숙하여 영장다운 자격을 이룸으로써 천하 만물을 다스리는 권한을 소유한 모든 것의 주인이 된다는 것으로, 모든 인간과 화이동和而同하는 정신사상을 심어준 것이다.

그것이 곧 홍익인간 이화세계라는 인류평화의 정신으로 환웅천황 개천 이래 우리 배달 한민족 정신세계에 깊이 뿌리를 내려 찬란한 동방의 문화를 꽃피게 했던 배달겨레 주체성의 극치였다. 그러나 세대가 멀어지면서 우리 배달민족의 주체성은 특히 외래 종교가 도입되면서 흐려지고 퇴색되어 갔고, 국가와 민족이 나와 더불어 함께하고 있다는 공동체 의식의 주체성을 상실한 상태에서 수없는 외세의 침입을 물리적으로 막아내지 못했던 부끄러운 역사를 만들어 오기도 했었다.

그것이 가깝게는 36년간 식민시대의 치욕적인 역사와 함께 해방이 되었다고는 하지만, 부끄럽게도 지금까지 국권을 강대국에게 의존하고 있으면서 유감스럽게도 조국분단이라는 치욕의 불명예에 우리 국민들 모두가 무감각해져 있는 것도 사실이다.

역사는 정부나 국민들이 금칠하면 황금역사가 되고 제정신 '얼' 이 빠져 손 내밀고 이웃에 밥 구걸이나 청하고 다니면 '깡통' 역사가 만들어질 수밖에 없다.

지난 역사 속에 우리 조상들이 찬란한 동방의 등불로 배달민족을 자랑스럽게 만들어 온 '홍익인간 이화세계' 라는 건국이념은 세계의 평화를 추구하고 이끌고 나갈 배달민족 정신문화의 핵심개념이다.

오늘 우리가 민족 뿌리 역사를 바로 알고 찾아야 하는 것이 정부나 국민이 우선적으로 먼저 찾아야 할 숙제이며 당면한 과제일 것이다. 우리 조상들의 정신문화 유산은 문화의 쇄국주의나 정치적 국수주의로 나아가서는 안 될 일임을 그 속에 담아두고 있기 때문이다.

구한말의 선비 매천 황현 선생은 민족 주체성을 잃고 우왕좌왕하는 시대의 아픔 속에서 그 소중함을 절실하게 느끼고 민족 주체의식이 표류하는 데 대한 통탄의 글을 우리에게 교훈으로 남겨 주고 있다.

모든 사물의 주체가 되는 인간 주체의식이라는 것은 그 역사의 전통과 사회 환경 등, 모든 요소들과 깊은 관계가 있다고 했다.

우리 민족이 주체성을 잃고 표류한 데에는 고대사의 사실보다 근대사의 사실이, 그리고 최근의 현대사가 더 큰 교훈이 될 것임으로 소아병적 이해에만 얽매여 조국통일과 국가 발전에 장애가 되는 잘못을 저지르지 말아야 할 것이다.

오늘 우리는 부끄러운 역사를 감추기보다 바로 세워 교훈의 거울로 삼고, 조상의 얼을 잃고 퇴락했던 왕도에 의해 한 때의 굴욕적인 역사도 있었지만, 배달민족의 뿌리 깊은 정신문화의 유산으로 영어보다 더 훌륭한 세계적이고 과학적인 글, 한글을 만든 세종대왕도 있었으며, 넬슨보다도 더 훌륭한 충무공 이순신도 있었음을 세계에 널리 알려야 하지 않겠는가 싶다.

사계절이 뚜렷한 무궁화 피는 금수강산 배달의 나라는 그리스 로마 문명 못지 않은 우수한 문화를 일찍이 우리 조상들이 꽃피웠고, 의식주 분야에서도 맛과 멋으로 인간적이면서 환경 친화적 특성을 갖는 빼어난 문화와 역사를 자랑스럽게 꽃피운 토양이었다.

이러한 청구의 토양 위에 한국적인 아름다운 문화를 꽃피우게 한 공기와 물과 같은 존재는 우리 조상들의 우수한 문화 속에 만들어져 나온 바로 우리의 말과 글이었다.

한국말은 세계에서 가장 형용사가 풍부한 언어로, 섬세한 감정의 표현과 전달에 적합한 아름다운 언어로 한글처럼 쓰기 쉽고 배우기 쉬운 과학적인 글은 없음을 세계가 인정하고 있다.

그래서 시대의 변화와 발전에 따른 신조어를 만들기도 대단히 용이하다는 것이 우리글이라 한다.

현재 지구상에 말은 있으나 글자가 없어서 문화가 소멸되어가는 종족이 수없이 많다고 한다. 이러한 추세의 흐름을 감안하여 대학생 해외봉사단의 활동에 한글 문자로 그 나라의 말을 기록하는 방법을 개발하고 가르친다면, 소수 종족과 소중한 문화유산의 소멸을 막을 수 있을 것이며, 더불어 한글의 세계화에도 도움이 될 것임에는 틀림이 없다.

그런데도 이제는 초등학교에서부터 영어를 가르쳐야 한다는 교육정책을 내놓는 것을 보면 안타깝기 그지없다. 그것은 민족 주체성을 잃어버린 데서 온 현상으로 자랑스러운 우리 배달민족의 얼은 언젠가부터 들어온 외래 사상에 떠밀린 채 뿌리 역사와 함께 무용지물로 그 빛을 잃고 표류하면서 소위 개국조 단군왕검의 동상 하나도 버젓하게 세워 놓지 못하고 있는 것이 배달민족 후손들이 처한 오늘의 모습이다.

데카르트는 "나는 생각한다. 고로 존재한다"라는 철학적인 명제를 내세웠듯이 인간은 생각하는 의식이 내재되어 있다는 말이다. 나라가, 개인이 그 주체성을 잃었을 때는 언제나 타로부터 지배를 받을 수밖에 없다. 그렇기 때문에 우리 배달민족 뿌리정신 회복은 마침내 막강한 국력과 사상으로 세계 속에 다시 찬란한 '동방의 등불'로 우뚝 솟을 것임을 의심치 않는다.

오늘 서구 물질문명이 가져다 준 결과는 사람의 인격마저도 달라로 추정하는 데까지 타락하였기 때문에 최후적인 배반을 직면하지 않을 수 없게 되었다고 한다. 그러한 물질문명의 세계화는 아무리 강한 국가라고 하더라도 더 이상 피하거나 막을 수 없는 것이 시대의 물결이다. 이제 그 구제의 처방은 서양의 휴머니즘이 도달치 못하는 우리 민족의 고유사상인 삼일철학三一哲學, 곧 천지인天地人이 하나님으로부터 비롯되었기 때문에 사람이 곧 신이라는 높은 경지의 사상만이 구제할 수 있다는 것을 의심치 않는다. 그것이 곧 우리 민족이 해야 할 천부적인 사명임을 동서양으로 오고 간 많은 현자들 뿐 아니라, 세계적인 예언서 성경에도 기록해 두고 있기 때문에 믿어도 좋을 것이다.

▲ 매천 황현의 동상

그 기쁜 소식을 지리산에서 피워낸 매천 향기 속에 담아 많은 독자들과 함께 나누고 싶다. 밤과 낮이 어우러지는 것이 자연의 섭리이듯이 우리 민족에게는 하나님의 섭리 가운데 예정된 그 약속이 분명히 있기 때문이다.

01
황현의 절명시
黃玹 絶命詩

조선조 말엽, 세계 열강들은 다투어 우리 땅을 찾아와 문호를 개방하라고 외쳤다. 특히 지리적으로 가까운 일본은 말할 것도 없고, 영국, 프랑스, 독일, 러시아, 미국이 서로 선린하자고 다투어 통신사절단을 보내왔었다.

그 나라들 가운데 특히 우리보다 먼저 개화한 덕분에 물질문명의 힘을 앞세운 일본은 그들의 대륙침략정책의 일환으로 지정학적 위치에 놓인 조선을 정복하기 위해 온갖 음흉한 계책을 꾸미면서 드나들었다. 그러다가 조선 조정을 위협하고 또 회유하기도 하면서 거기에 반기를 드는 조선의 백성을 억압하고 핍박했다.

그들의 음흉한 야욕에 마침내 고종 31년 동학당東學黨 전봉준全逢準, 김개남金介男 등을 선두로 하여 나라 안 곳곳에서 애국충정의 의병들이 기꺼이 목숨을 내걸고 일어나 그들과 맞서 싸우며 얼마나 많은 피를 흘

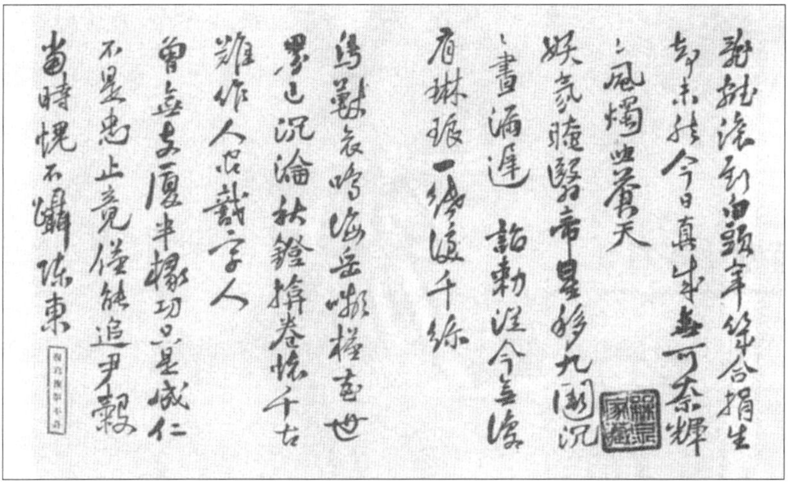
亂離滾到白頭年幾合捐生
却未然今日眞成無可奈輝
輝風燭照蒼天
妖氣掩翳帝星移九闕沈
沈晝漏遲 詔勅從今無復
有琳琅一紙淚千絲
鳥獸哀鳴海岳嚬槿花世
界已沈淪秋燈掩卷懷千古
難作人間識字人
曾無支厦半椽功只是成仁
不是忠止竟僅能追尹穀
當時愧不躡陳東

▲ 매천 황현의 절명시 친필

렸던가. 하지만 그들의 애국충정은 거센 바람 앞에 꺼져가는 촛불처럼 불가항력이었다.

국가의 존망이 풍전등화에 놓여 있던 1910년 8월 29일 삼천리 금수강산이라고 자랑하던 우리나라 국권이 일본에게 침탈당하는 굴욕적인 한일합방이 마침내 이루어지고야 말았다.

"하늘이 무너짐이여! 이 어찌 부끄러워 낯을 들고 다니겠는가?"

어지러운 난세에 탁류에 휩쓸릴 수 없다는 올곧은 선비 매천梅泉 황현黃玹은 그 무렵 전남 구례로 낙향하여 초야에 묻혀 오직 후진 양성에만 심혈을 기울이고 있었다. 그런데 한양으로부터 국권이 상실되었다는 비통한 소식이 날아든 것이다.

절망적인 소식을 전해 들은 황현은 땅이 꺼져 들어가듯 신음을 길게 토해내면서 말했다.

"그만들 일어나 물러들 가시게."

향리의 선비들과 바둑을 두고 앉았다가 그 소식을 접한 매천 황현이었다. 그는 창백한 얼굴로 힘없이 먼저 자리를 털고 일어나면서 중얼거리듯이 말했다.

"얼굴 들고 하늘 보기도 부끄러운 이 세상, 더 살아서 무엇 하리……."

그는 밖으로 나와 한동안 서산에 지는 노을을 하염없이 바라보고 앉아 있다가 음식도 들지 않은 채 달빛을 뒤로하고 방으로 들어갔다.

그리고 가물거리는 촛불 아래서 붓을 들고 처절한 가슴 속 피를 토하듯 절규를 토해 놓기 시작했다.

목숨을 끊으려는 듯 비장한 심기가 담긴 절명시絶命詩 4수였다.

1) 亂離滾到白頭年, 幾合捐生却未然,
今日眞成無可奈, 輝輝風燭照蒼天.

난리를 겪다가 흰 머리가 되었구나
몇 번이나 생을 버리려다 이루지 못했도다.
오늘 참으로 어찌 할 수 없게 되니
가물거리는 촛불만 창천에 비치도다.

2) 妖氛晻翳帝星移, 九闕沈沈晝漏遲,
詔勅從今無復有, 琳琅一紙漏千絲.

요사스러운 기운에 가리어 임금별 자리 옮기니
구중궁궐은 침침하여 햇살도 더디 드는도다.

조칙은 이제 다시 있을 수 없으니
구슬 같은 눈물이 종이 올을 모두 적시도다.

3) 鳥獸哀鳴海岳嚬, 槿花世界已沈淪,
秋鐙揜卷懷千古, 難作人間識字人.

새와 짐승도 갯가에서 슬피 우는데
무궁화 나라는 이미 사라졌는가.
가을 등불 아래 책 덮고 옛일 회상하니
인간의 안다는 것이 얼마나 어려운 일이냐.

4) 曾無支廈半椽功, 只是成仁不是忠,
止竟僅能追尹穀, 當時愧不躡陳東.

내 일찍이 나라를 지탱하는 데 조그만 공도 없었으니
오직 인을 이룸이요, 충은 아니로다.
겨우 윤곡을 따를 수 있음에 그칠 뿐
때를 당하여 진동을 따르지 못함을 부끄러워 하노라.

매천 황현은 그의 절명시언대로 나라가 망하는 때를 당하여 총을 들고 의병대열에 뛰어들어 조국을 위해 목숨을 바치지 못했고, 또 붓을 들고 애국계몽대열에 서지도 못하였음을 스스로가 그 진동을 따르지 못했다고 개탄하고 있는 것이다.

그러나 그의 자결은 선비로서 인仁을 이룸이요 조국애祖國愛의 적극적인 충忠은 결코 될 수 없음을, 그것이 못내 한스럽다는 마음을 뒤이어 아들에게 남기는 마지막 유언의 글에서도 남겼다.

나는 벼슬을 안 했기에 꼭 죽어야 할 의무는 없다.

그러나 조국이 선비를 키운 지 오백년이 되었는데, 나라가 망하는 날에도 국난國難을 당해서 죽는 사람이 하나 없다면 어찌 통탄하지 않겠는가.

내가 위로는 하늘로부터 타고난 천성을 저버리지 않고, 아래로는 평소 읽었던 책을 저버리지 않았으니 어둠 속에 길이 누워서도 참으로 통쾌함을 누릴 것이다. 너희들은 너무 슬퍼하지 말아라.

가슴 속 울렁이는 비분悲憤을 참지 못한 그의 글은 그동안 조정의 무능과 부패상에 대한 질타, 그리고 선비로서 그동안 윤리도덕만 쌓아온 자신이 혼미한 세상에 아무 도움이 되지 못했다는 한스러움의 감정들이 절절이 녹아있는 상태 그대로 진솔하게 표현한 것이었다.

그리고 다음으로 후학들에게 구국일념의 지극한 당부의 글을 남겼다.

후학後學에게 고함

국조國祖 단군왕검檀君王儉께서 세운 배달倍達 나라 조선朝鮮은 환웅천제桓雄天帝께서 환인桓因 조화주造化主 하느님의 명命을 받아 하늘을 열고(開天, 上元甲子十月 初三日) 신神의 무리 삼천단부三千團部

를 거느리고 하늘의 조화造化(원, 방, 각) 천부경天符經으로 지상地上 광명세계光明世界를 이루려 신인합발神人合發하여 인간세상인 얼, 맘, 몸으로 영성靈性을 갖춘 만물의 영장靈長 천손민족天孫民族으로 세움을 입은 해동海東 환국桓國이다.

환역桓易인 천부경天符經, 지부경地府經, 인부경人符經, 환단고기桓檀古記, 단기고사檀紀古史 등 국서고國書庫에 소장所藏되어 있는 먼지 쌓인 고서古書를 접接하여 깨달아 올바른 선비의 길에 들어섰으니 어찌 감격感激스런 영광榮光이 아니던가.

금과옥엽金科玉葉 같은 천통天統의 빛나는 배달민족倍達民族 역사의 정통성正統性과 천의天意에 의해 세워진 국권國權의 정통성正統性을 깨달아 민족정기民族精氣를 바로 세워 부국강병富國强兵 보국안민輔國安民하려는데 대한제국大韓帝國 태황대폐하광무황제즉위예식太皇大陛下光武皇帝卽位禮式이 엊그젠데 오늘날 망국亡國이 어인 변고變故이든가.

오백년 국운國運을 공자도孔子道인 유교儒敎 사서삼경四書三經에 의탁依託하여 문무동서양반文武東西兩班 군학제도君學制道하였으나 권위權威에 찌든 모화사상慕華思想에 얼빠진 유생儒生들의 지조志操 없는 위선僞善 속에 국망國亡을 맞았으니 절망絶望 속에 정신精神이 혼미昏迷하여 가누기 힘든 몸을 안간힘 다하여 필서筆書로 남기노니 남아 있는 후학들은 선비정신을 깨달아 우리 얼 바로 세워 국권國權을 회복回復하고 보국안민輔國安民하여 주면 지하地下에 백골白骨도 태평太平 춤을 출 것이니 삼통성三統性을 잊지 말고 물산장려物産奬勵에 힘을 써서 부국강병富國强兵하여 주시게. 사랑하는 후학이여, 부디 이 말 명심하소. 구천九天에서 후학들의 해동성국海東聖國 대한국권회복大韓國權回復을 염원하며 빌 것이오.

절명시絶命詩에 이어 후학들에게 민족애사民族哀史를 토해 놓은 그는 독약인 다량의 아편을 모아 천천히 입에 털어 넣고 다가오는 죽음을 서서히 바라보며 조용히 눈을 감고 기도를 올렸다.

이 땅에 저를 낳아주신 조상 선영님들이시여. 오늘 이 자손이 망극하옵게도 위로는 임금을 지켜드리지 못했사옵고, 나라와 백성의 안일을 위해 아무것도 더는 기여할 수 없는 부끄러움에 두 눈 감고 돌아가려 합니다. 덕혜력德惠力 삼종三宗이시며, 만물을 주관하시는 한배하느님, 만법萬法의 근원이시며 만물의 시원始源이자 은혜의 주主이신 한배하느님의 거룩하심을 만세전에 떠받들고 하늘을 열어 어두운 세상을 광명光明의 세계世界로 밝히시고 우매愚昧한 인간을 교화教化하시어 참사람으로 성숙시켜 주신 크신 은혜 감사와 찬양讚揚을 드리오며 단군檀君으로 하여금 천손天孫의 삶의 터전인 배달나라를 세워 이화세계理化世界 구현具現의 홍익사상으로 이화선경理化仙境을 이루라는 천명天命의 사명을 띤 천손天孫으로 이 나라에 태어나게 하여 주심을 감사드리옵니다. 이 세상에 광휘光輝를 휘날리던 배달나라 단군조선 사직社稷이 국망國亡함에 이르러 개국조開國祖 단군왕검檀君王儉천황天皇께 망극罔極함을 소손小孫 황현은 천손의 대역大逆을 모두 안고 가오니 부디 배달의 자손들을 용서하여 주시옵고 대광명大光明의 능력과 지혜를 내리시어 빼앗긴 국권을 회복하고 나라를 번영케 하여 죄업을 면탈免脫하고 천손의 자긍심을 찾게 하소서. 대세에 나서지 못한 부족함의 충정으로 세세에 망극함 전하고자 이 몸을 제물祭物로 올리오니 거두어 주옵소서…….

그러나 집안 사람들은 어두운 죽음의 그림자가 집안에 서서히 다가오고 있음을 도무지 알지 못했다.

그의 마지막 가는 몸짓을 처음 발견한 사람은 황현의 아우 황원黃瑗이었다.

"어! 형님이…… 형님! 형님! 이게 어찌된 일입니까?!"

방문을 열고 비명을 지르며 까무러치게 놀라는 아우를 희미한 눈으로 바라보는 황현은 목청을 내기에도 괴로운 듯했고, 몸짓조차도 숨이 차 보였다. 그러다가 얼마만에 씁쓸하게 아우를 쳐다보면서 들릴 듯 말 듯 꺼져 들어가는 목소리로 말했다.

"내가 무슨 말을 하겠는가. 내가 쓴 글을 보면 알 텐데……. 왜 이렇게 아픈 시대에 태어나서 죽기도 쉽지 않네 그려……."

그 말을 끝으로 황현은 한 많은 쉰여섯 해의 생애를 조용히 마감했다.

어지러운 난세에 태어나 탁류에 휩쓸리기를 그토록 거부하며 지리산 자락을 어머니의 치마폭처럼 싸안고 동지 섣달 매화꽃 향기로 가슴을 씻어내던 선비 매천 황현, 그의 우국충정憂國衷情 절명시에는 그 삶의 의식 속에서 주류를 이루어 온 시와의 관계가 그렇기 때문에 진솔한 감정 그대로 잘 묘사되어 있다.

특히 그 시대 삶의 모습을 배경으로 한 그의 시편들이 지닌 의미들이 선명하게 드러나면서 고적한 유품처럼 감동과 울렁거림을 주기에 충분하다.

그것은 우리 민족이 겪었던 가장 어둡고 굴욕스러우며 절통했던 시간들을 다시 되돌아보게 하는 시인의 가슴을 담아 민족 앞에 바쳐진 애국충정의 시라는 것 때문이다.

그처럼 비통한 가슴을 드러낸 선비의 죽음은, 그 시대 호흡을 함께 했던 우국충정의 선비이며 언론인인 장지연張志淵에 의해 처음 진주 「경남일보慶南日報」 제147호 사조란詞藻欄에 실리면서 매천 선생이 살아온 시대의 구체적인 삶의 모습을 배경으로 한 그의 시편들이 지닌 의미가 선명한 새로운 모습으로 세상에 자태를 드러내기에 이르렀다.

당시 국가의 존망이 그처럼 참담한 지경에 이르고야 만 비통함을 선비로서 토해 놓은 절명시는 그 뜻이 지극히 크고 또한 개결介潔하므로, 그 의義를 멀리 나타내고자 장지연이 게재를 한 것이었다.

그러한 국민정신을 말살하고자 혈안이 되어 있던 당시 일제의 눈에는 우국충정의 가슴을 드러낸 그의 절명시가 당연히 거슬릴 수밖에 없었고, 그로 인하여 진주 경남일보는 폐간되고 말았다.

주필을 맡았던 언론인 장지연의 호는 위암韋庵으로 숭양산인嵩陽山人이다. 그는 1905년에 굴욕적인 불평등조약 을사보호조약(엄밀하게 말해서 을사늑약)이 체결되자 11월 20일자 「황성신문」에 을사늑약을 반대하는 명논설 〈시일야방성대곡是日也放聲大哭〉을 써서 일본의 흉계를 통박하고 그 사실을 나라 안의 전 국민에게 알린 인물로 우국지사였다.

「황성신문」은 1898년 9월 5일에 창간된 신문으로 장지연, 남궁억, 나수연, 박은식, 유근 등이 주 2회 발간하던 「대한황성신문」의 판권을 인수하여 일간신문으로 「황성신문」을 창간했었다.

국한문혼용의 「황성신문」은 그들의 애국적 논필로써 풍전등화風前燈火의 한말韓末 정국을 예리하게 비판했던 것으로, 어느날 신문에 실린 장지연의 다음과 같은 사설社說이 문제가 되고 말았다.

전날, 이등박문이 우리나라에 왔을 때 어리석은 우리 백성들은 부산하게 서로 말하기를, "이등박문은 평소에 동양 삼국의 정족鼎足의 안녕을 주선하는 자라고 스스로 말해 왔다. 오늘 우리나라에 온 것은 반드시 우리나라의 독립을 받쳐 주고 공고히 하는 계책을 권고하기 위해서이다"라고 하며, 인천항에서부터 서울까지 관과 민, 위 아래가 환영하는 마음을 이기지 못하였는데 천하의 일이 헤아리기 어려운 것이 많이 있는지라 천만 꿈밖에 을사조약이 이 사람으로부터 나올지 누가 알았겠는가?

이 조약은 비단 우리나라가 망하는 것만 아니라, 실로 동양 삼국의 분열의 조짐을 빚어낸다. 이등박문이 원래 처음 가졌던 주의가 과연 어디에 있는가?

그러나 우리 대왕께서는 뜻이 강경하시어 거절하시기를 그치지 않았으니, 즉 허황된 조약이 성립되지 않을 것은 이등박문도 잘 알았을 것이다. 슬프다 저 개돼지만도 못한 소위 우리나라 정부대신이 영리를 도모하고 일본의 거짓협박에 겁을 먹어 뒷걸음질치고 무서워하여 달게 나라를 팔아먹는 도적이 되어 삼천리 강토와 오백년 종사를 다른 사람의 손에 쥐어주고, 이천만 생명을 몰아서 다른 사람의 노예로 만들었다.

저 개돼지만도 못한 외부대신 박재순과 각 대신은 이름하여 참정대신이라는 정부의 우두머리 재상인데, 단지 부否자로 책임을 다하겠노라 하고 명성을 구하는 자료로 삼았다. 이미 능히 청음 김상현이 국서를 찢고 통곡하는 것처럼 하지 못했으며, 또 능히 동계 정은이 배에 칼을 꽂은 것처럼 하지 못하고 편안하게 이 세상에 살았으니 무슨 면목으로 우리 강경한 황제폐하를 다시 대하며, 무슨 면목으로 다시 우리 이천만 동포를 대하겠는가.

오호! 통탄스럽고 분하구나, 우리 이천만 동포는 살 것인가? 죽을 것인가? 단군과 기자조선 이래 사천년 국민정신이 하룻밤 사이에 갑자기 멸망하고 멈출 것인가, 원망스럽고 통탄스럽구나.

동포여, 동포여!

「황성신문」 사설에 일설一說한 그의 명논설 〈시일야방성대곡〉으로 인해 사장 장지연은 일본 관헌에 잡혀 3개월간 투옥되고 말았다. 그리고 신문도 정간 당하였다가 몇 개월 만에 다시 복간되었다.

그 신문은 당시 고종황제로부터 음으로 재정적 지원을 받기도 하였으며, 진주 지방 유지들의 모금으로 설립되었으므로 독자도 중류층 이상에 두고 있었던 것이다.

장지연이 투옥 3개월만에 석방되자 조정에서는 그를 통정대부通政大夫로 기용하려 하였으나 거절했다. 그리고 물러나 역대 문헌의 수집과 저술에 힘을 쏟다가 1906년 윤효정尹孝定 등과 '대한자강회大韓自强會'를 조직하고 구국운동을 벌이다가 이듬해 강제로 해산을 당하자 '대한협회大韓協會'로 개편했다.

그러나 다시 압력이 가해지자 1908년 러시아 블라디보스토크로 망명,

동쪽에 해 뜨는 조선을 상징하는 「해조신문海潮新聞」의 주필을 맡았을 정도로 기개 있는 논객이었다.

▲ 경남일보 주필 장지연의 모습(앞줄 왼쪽, 1906년)

그러나 경영난으로 신문이 폐간되자 상하이(상해, 上海), 난징(남경, 南京) 등지를 방랑하다가 귀국, 1909년 지방 신문이었던 진주 「경남일보」 주필로 취임했던 것인데, 황현의 우국충정 〈절명시〉를 게재함으로써 애석하게도 다시 강제 폐간되고 말았던 것이다.

그러나 이로써 우리 민족이 겪은 가장 어둡고 굴욕스러웠으며 절통했던 시기에 진주 경남일보에 게재되었던 황현의 절명시는 그로하여 더욱 멀리까지 날아가 울림을 주면서 살아있는 의식 가운데 반영되고 투영되기에 이르렀다.

무엇보다도 동족이 겪는 고난 앞에서 자신이 살고 있는 시대의 역사가 도전해 오는 소리를 참으로 그만의 음향과 빛깔과 선비다운 체취를 맑고 청경한 기품과 함께 물씬 풍겨내는 그의 시편들은 마침내 멀리 중국 상하이의 '한묵림서국翰墨林書局'에서 망명 중에 있던 절친했던 문우文友, 창강滄江 김택영金澤榮에 의해 1911년 《매천속집梅泉續集》 7권 3책으로 처음 간행되었다.

김택영은 황현이 24세 때에 영재寧齋 이건창李建昌을 만나기 위해 한양에 올라왔을 때 처음 만남이 이루어졌던 평생지기 문우였다.

그는 1895년 중추원 참사관이 되었다가 낙향하였고, 1903년 홍문관 속찬위원으로 통정대부 정3품이 되었다. 그리고 1905년에는 학부 편집위원으로 임명되었지만 9월에 중국 통주로 망명하여 '한묵림서국'의 편집사업에 종사하였고, 이후 그는 중국에서도 최고의 문장가로 이름을 날렸다.

김택영은 참다운 우정을 매우 존경했던 반면 경박한 교우관계를 가장 싫어했던 투철한 선비정신의 우국지사였다.

그는 그와 가장 절친하게 같은 기운으로 서로 구하고, 같은 소리로 서로 응해 왔던 문우 황현의 시편들을 절절한 가슴과 머리로 묶어 엮으면서 다음과 같이 일설一說했다.

> 나는 다음과 같이 논한다. 황현의 시는 조선조 오백년에 있어서 몇 손가락 안에 꼽힌다. 그 십절도시十節圖詩는 더욱더 아름다우니, 피맺힌 충성심에서 흘러 나온 것이기에 기교를 부리지 않아도 자연히 잘된 것이리라.
>
> 비단옷 위에 양가죽옷을 더한 것과 같으므로 비록 어린 아이라도 그 아름다움을 알 것이다.

황현은 뛰어난 문장에 높은 절개를 더하니 그 빛이 백세에 드리울 것을 어찌 의심하겠는가!

융희 기원 5년 신해년(1911) 3월 5일

회남에서 김택영

문우 황현의 죽음을 더없이 비통해 하며 그의 글들을 소중하게 여긴 김택영은 이제는 세상 번뇌 내려놓고 자연에 자기를 맡길 수 있는 선비의 초연함에 가만하게 뇌까렸다.

“매천, 자네는 무의 공간 속에 아프게 살아온 삶을 잘 정리하고 갔네 그려. 자네는 자네 몫의 삶이라는 책에 마지막 구둣점을 찍은 것이 아니라 다만 한 장章을 넘겼을 따름이네. 다음 생에는 그 꿋꿋한 선비의 정신으로 아름답게 부활하리라 믿네. 자네 그 지극한 애국 애족의 절명 앞에서 지극한 슬픔을 매화꽃 향기처럼 피어내시게나. 그처럼 맑고 고매한 선비의 정신은 백대의 뒤에까지도 맑은 향기를 풍길 것이니…….”

02
황현의 탄생
黃玹 誕生

먹장구름이 드리운 기구한 민족의 역사 속에서도 제 몫의 그릇대로 빛을 반짝이며 태어나 후세의 귀감으로 많은 생각을 안겨 주고 떠난 사람들이 있다. 매천 황현 선생이 그런 분 중에 한 분이었다.

1855년(철종 6년) 선생이 태어난 곳은 전남 광양군 봉강면 석사리 서석촌이었다.

당시 외부 세계와는 담을 쌓고 지내던 조선사회 안에 또 하나의 담을 쌓아 놓은 것처럼 마을 뒷산은 기암괴석이 병풍을 친 듯 둘러 있었고, 백운산 정기 뻗어 내린 도솔봉兜率峰(1053m)에서 저만치 내려다보이는 바다는 푸르디푸르러 그야말로 운치가 있는 곳이었다.

그 산골 마을 들판에 어느새 가을걷이가 끝나고 흰 눈이 펑펑 쏟아지고 있는 한겨울, 을묘, 음력 12월 11일, 한 생의 무거운 삶의 무게를 지고 태어난 우렁찬 사내아이의 울음 소리가 바깥 식솔들의 두 귀를 세우게

▲ 매천 황현의 생가

했다.

"허허! 가히 한 몫 할 사내아이로구나. 수고했소. 집안에 든든한 기둥감을 낳아줘서……."

황현의 아버지 황시묵黃時默은 첫 산고産苦의 진통으로 이마에 땀방울을 훔치고 있는 부인(풍천노씨, 豊川盧氏)을 바라보며 위로하듯이 말했다.

조선 후기 3대 문장가의 한 사람으로 《매천야록梅泉野錄》을 쓴 황현(黃玹, 1855~1910)은 그러한 분위기 속에서 태어났다. 자字는 운경雲卿이며 호는 매천梅泉이다.

그의 선조先祖 황희(黃喜, 1363~1452)는 고려 말부터 조선 초기를 풍미한 명신名臣으로 초명初名은 수로壽老, 자는 구부懼夫, 호는 방촌厖村이다. 세종 때 22년간이나 영의정에 재임하면서 농사의 개량, 예법의 개정 등 훌륭한 업적을 남겼을 뿐 아니라 관후인자寬厚仁慈하고 청백淸白한 관원생활을 하여 그 이름이 청백리의 귀감이 된 분이다.

황현은 황희 정승의 후손으로, 그의 10대 선조는 임진왜란 때 진주성 싸움에서 전사한 충청병사忠淸兵使 황진(黃進, 1550~1593)이다.

그 후 8대조인 황위黃暐 때부터 남원에 세거世居하게 되면서 점점 가세가 기울어지기 시작했다. 몇 대에 걸쳐 가난한 유학자儒學者 선비의 가계家系로 명맥을 유지해 오다가 조부祖父 황직黃樴 때에 이르러서 전조화식佃組貨殖으로 거금을 마련할 수 있게 되었다.

조부 황직은 2남1녀를 두었는데 부친父親 황시묵은 그 둘째 아들이었다.

당시 남원은 지리산 자락을 같이한 구례와 같은 행정구역 안에 있었다. 첫째인 황흠묵黃欽默은 광의면 지천리 마을에서 세거世居하고 있었고, 둘째인 황시묵은 아버지를 모시고 광양에서 거점을 마련하고 생활하고 있었다.

당시 백성들의 살림살이 근본은 농사에 두고 있었다. 그런 상황에서 황시묵이 아버지를 모시고 광양에서 생활하고 있었다는 것은 그 역시도 부친 황직의 영향을 받아 그곳에 거점을 마련하고 물상物商에 눈을 돌리고 있었음을 보여준다.

그 시대의 열악한 교통수단으로는 육로보다 해로가 열린 광양을 거점으로 거부상巨富商들이 경상도 하동 등지로 보내지는 물상거래가 이루어지고 있는 곳이었기 때문이다.

황현은 그곳에서 3남 2녀의 첫째로 출생했다. 손자 황현의 출산 소식을 듣고 달려온 황직은 누구보다도 기뻐하면서 말했다.

"사내 대장부 뜻이 제 아무리 높아도 가난하면 뜻을 세우기 어려운 세상이라. 오늘 양반님네들이 왜 조상 족보를 내다팔고 북간도 등지로 멀리 떠나는지 아는가. 양반 족보 벼슬 없이 붙들고 앉아 있어봤자 식솔들 허기진 배 채워 주는 것도 아니고, 그렇다고 양반 체면에 장사를 한다는 것도 힘든 일이고……. 그러니 어쩌겠어. 양반 체면에 노역은 할 수 없고, 목구멍이 포도청이라서 양반 족보 덮어 놓고 이만큼 재산 일구어 놓았으니 그나마 조상 은덕으로 알고 훌륭한 선비로 잘 키워 세워 보거라. 돈은 돌고 도는 것이라 삼대 부자가 없고, 삼대 거지가 없다는 것이니께……."

황직은 자신이 물상거래로 애써 일구어 놓은 재산을 손자의 뒷바라지에 쓰도록 황시묵에게 당부하면서 한미해진 가문을 일으켜 세워줄 것을 부탁했다.

그러나 안타깝게도 황직은 황현이 태어난 이듬해에 세상을 떠났기 때문에 눈에 넣어도 아프지 않을 것 같다고 말하던 손자 황현의 성장을 지켜보지 못하였다.

황시묵은 비록 어지러운 난세지만 선친의 가슴 속 유지를 받들어 황현을 가문을 빛내는 훌륭한 재목의 선비로 키워 보이겠다고 부친의 운명 앞에서 다짐했다.

하지만 황현이 출생한 시대상황은 황시묵이 생각하는 것처럼 청백리의 선비로 뜻을 바로 세우기에는 만만치가 않은 세태였다. 살기가 어려운 가난한 양반님네들은 알게 모르게 족보를 내다팔기도 하는 실정으로 돈만 있으면 벼슬자리도 사고 팔고 하는 혼미한 난세였다.

1849년 헌종이 왕손을 두지 못하고 승하함으로써 세력다툼에 의해 유배지나 마찬가지인 강화도에서 평범한 강화도령으로 생활하고 있던 철종哲宗(이원범)이 조대비에 의해 왕위에 등극한 지 6년이 되던 해(1855년)였다.

국운이 저물어가고 있는 시대에 임금의 자리에 오르게 된 철종이었다. 불행하게도 성군으로 나설 만한 토대를 만나지 못했던 관계로 문란한 정치기강政治紀綱으로 무너져가는 경제 질서를 속수무책으로 바라보고만 있어야 했다.

당시 조정은 그야말로 명분뿐인 철종 임금으로 그 좌우에서는 세력다툼에만 혈안이 되어 있었다. 정치도의政治道義는 타락하였고, 경제 질서가 마비되어 사회기강이 점점 무너져 가고 있는 어지러운 시국이었다. 저물어가고 있었던 국운은 마치 한 자루의 초가 심지를 다 태우고 밑바닥에서 가물거리는 것과 같은 상황이었다.

당시 나라 안 정세는 위로부터 관습처럼 내려온 소위 국혼國婚을 배경으로 한 외척外戚들의 세도정치가 득세하여 국정은 점점 더 구심점을 잃고 우국지사憂國之士의 간언諫言은 오히려 무색함을 당하는 그런 난세였다. 그 어떤 대책을 강구할 수조차 없게 된 퇴락한 정치도의는 마침내 사회혼란을 불러 일으킴으로써 백성들의 원성이 곳곳에서 높아져가고 있었다.

불운한 시대 속에 태어난 황현이었다.

"난세라, 장차 이 나라가 어찌될 것인고……."

황시묵이 이제 막 걸음마를 배우기 시작한 아들 현을 무릎 위에 앉혀놓고 긴 한숨을 내쉬면서 중얼거리듯 하는 말이었다.

하지만 아직 세상을 모르는 현은 그런 무거운 표정의 아버지보다도 살갑게 미소를 띠우며 '도리도리 짝짜꿍' 으로 토닥거리며 얼러주는 어머니의 온화한 품이 더 좋았다.

음률音律적인 어머니의 노래 가락이 어쩌면 황현의 타고난 서정적 시성詩性을 일찍이 눈 뜨게 했던 것인지도 모른다.

황현이 이 세상에 태어나 처음 배운 노래라면 바로 그 음률적인 어머니의 노래였다. 가사歌詞의 뜻은 자연의 도리道理와 사람의 도리를 배워 하나로 '짝짜꿍' 하여 어우러질 때 비로소 사람다운 사람으로 인격의 완성을 이루게 된다는 인격도야人格陶冶의 가르침으로 우리 조상들이 생활 속에서 자연스럽게 배워 익히게 한 삶의 지혜였다. 그러한 선비풍의 가계 분위기 속에서 자란 황현은 그 나이 3세 때 고모 집에서 탄편으로 벽에 글씨 쓰는 시늉을 해 보였다.

"허허……. 씨는 못 속인다더니, 싹수를 보아하니 이담에 크게 될 학자로세 그려."

타고난 그의 재능을 본 어른들의 입 칭찬이었고, 황시묵은 그로부터 아들 현에 대한 기대를 달리 갖기 시작했다. 틈만 나면 이제 세 살 난 아이를 앞에 앉히고 이름자를 쓰는 것에서부터 가르치기 시작했다.

그날도 황시묵은 밖에서 돌아와 아들부터 찾았다. 그리고 근엄한 얼굴로 무겁게 말했다.

"게 앉거라. 어제 배운 누르황黃자는 어떻게 쓰는 거라고 했지?"

"으응 그거? 요렇게요."

어린 황현은 아버지가 내어민 종이에 어색하지만 그림 그리듯 획 하나 틀리지 않고 글씨 흉내를 내고 있었다.

"그래 맞다, 맞아!"

황시묵은 그런 아들이 기특하여 저절로 손뼉을 치면서 덥석 아들 현을 끌어안았다.

아버지의 가슴에 안겨 그처럼 속 깊은 부정父情을 느끼며 자란 황현은 나이 4세가 되면서는 동네 어른들 앞에서 땅바닥에 아버지의 이름 황시묵黃時默과 자신의 이름 황현黃玹 자를 써서 놀라게 하기도 했다.

아들의 재능을 보면서 황시묵은 아들을 위해서는 생활환경을 바꾸어 주어야 한다고 마음을 굳히기에 이르렀다. 인간은 환경에 영향을 받는다는 것을 누구보다 자신을 통해 느낄 수 있었기 때문이다.

03
황시묵의 삼천지교
三遷之敎

황시묵은 아들 현이 5세 되던 해에 자식교육에 대한 관심이 더욱 커지기 시작했다.

그것은 아들 현이 동네 다른 아이들과는 달리 글을 쓰고 외우는 데도 재치가 있었고, 그래서 이웃 어른들이 여간이 아니라고 놀라는 일이 번번이 있었다.

황시묵은 그런 아들 현을 두고 곰곰이 생각해 보았다.

현玹이 태어날 때는 전남의 명산인 백운산 줄기 내려 솟은 도솔봉(1053m) 정기를 받고 태어났지만 그 정도로는 양이 흡족해 오질 않았다. 지난날 선친으로부터 가끔 들어왔던 "자손이 잘 되려면 지기와 지운을 잘 받고 쐬어야 된다고 하드라." 그 말이 새삼 머리에 떠올랐기 때문이다.

"그래! 지리산 정기를 받고 자라게 해야겠어."

황시묵이 선친으로부터 들어온 지리산 정기의 유래는 그랬다.

옛날에는 해동海東 삼신산三神山 가운데 최고의 명산으로 꼽았다는 지리산은 방장산, 혹은 두류산이라 하여 삼국시대부터 매년 남악의 산신山神께 제사를 올리면서 국태민안國泰民安과 풍년을 기원하기 위하여 임금님이 친히 참석한 가운데 각 고을 원님과 많은 백성이 노고단에 모여서 마고(麻姑, 지리산의 수호신)에게 제사를 지냈다고 했다.

그러한 국가적인 의식은 신라 27대 선덕여왕 때부터 지리산의 주류主流 지기가 흐른(천황봉 → 반야봉 → 노고단 → 차일봉 → 갈미봉) → 남악당南岳堂 준령으로부터 구례군 소의방昭義坊 대전리大田里 상촌上村 마을로 그 정기의 맥이 흐르고 있다는 것이 어른들의 말이었다.

황시묵은 지긋하게 눈을 감고 앉아 아들 현에게 그 정기를 받게 하기 위해 그쪽으로 이사를 해야겠다고 생각하고 있을 때였다.

심각하게 앉아 무엇인가를 골똘하게 생각하고 있는 남편의 표정에 아내 노씨盧氏가 뜨막하게 물어왔다.

"무슨 걱정이라도 있어요?"

"그게 아니고 아무래도 저 아이 장래를 위해서는 지리산 정기가 내려쏟는다는 구례 광의면 대천리 상촌마을로 이사를 해야겠소."

그곳은 당시 행정구역상으로는 남원군에 속해 있었다.

"……아이 장래를 위해서 그 쪽으로 이사를 간다고라?"

"그렇소. 아까도 말했지만 우리 현이가 태어날 때 우뚝 솟은 백운산에서 뻗어 내린 도솔봉 정기를 흠뻑 받고 태어났지만, 큰 인물로 키워내기 위해서는 어쩐지……."

황시묵의 생각은 그랬다. 태어난 곳도 무시할 수 없지만 살아감에 있

▲ 지리산 노고단

어서나 뜻을 세움에 있어서 주변 환경의 영향도 중요하다고 생각했다. 자란 곳의 지기와 지운이 그만큼 성장하는 아이들에게 정서적으로 미치는 영향이 크다고 어른들로부터 들어왔기 때문이었다.

황시묵은 짬짬하다가 다시 덧붙였다.

"이제 우리 현이가 감수성도 생기고, 제법 사리에 밝아지니 생각이 많아지는구랴. 사람은 다 제 할 몫을 천성적으로 타고 난다는 것인디. 싹수를 보아하니 씨는 못 속인다고 선비풍이라서 하는 말이요. 그러기에 사람이 아무리 좋은 재능을 가지고 태어났어도 그것을 갈고 닦을 수 있는 환경의 기운을 갖추어 받지 못하면 그 재능을 절반 밖에 발휘하지 못하는 것이니 애석한 일 아니겠소."

황시묵은 옛 어른들이 자라는 어린 아이들이 무의식 속에서 하는 행위, 곧 본능적으로 발산해내는 기질은 타고난 그 정신 발로에서부터 '싹수'를 보인다고 한 말을 새삼 떠올리면서 한 말이었다.

"당신 생각이 정히 그렇다면……."

"그렇게 알고 준비하시오. 지리산 정기가 보통 넓고 큰 것이 아니라 우리 조상들이 방장산이라고도 하고, 또 삼신산이라고도 했다는 거요. 허허……."

황시묵은 언젠가 선친으로부터 들은 지리산 정기가 천황봉에서부터 종주 준령을 타고 뻗어 내려 반야봉과 노고단을 거쳐 광의면으로 흐르고 있다는 말을 떠올리면서 또 다시 아내에게 거기에 대해 이해가 되도록 설명을 했다.

"옛부터 우리 조상들은 산과 강, 그 연계적인 풍수지리를 보고 그 고을 지명을 붙였다는 거요. 그래 지리산 밑자락 주변에 소재한 광의면이나 용방면과 같은 지명들이 예사로운 지명이 아니란 말씀이지, 허허……."

보통 평범한 아이들과는 또 다른 기운을 내보이는 아들 현에게 넉넉한 지리산의 정기를 받고 훌륭한 선비로 자라게 해주고 싶은 황시묵의 열망은 간절한 염원의 기도와 같은 것이기도 했다.

아버지로서 아들 현의 장래 모습이 많은 사람들로부터 촉망 받는 선비로서 그려질 수 있기를 기대하는 건 어쩌면 당연한 것이었다.

아들을 위한 황시묵의 깊은 생각이 마침내 이삿짐을 꾸려 광의면 대전리 상촌마을로 옮겨 앉았다.

남편 황시묵의 뜻을 따라 이삿짐을 힘들게 날라 정리하던 아내 노씨가 웃으면서 말했다.

"맹모가 삼천지교의 수고로움을 행했다더니……, 옛 어른들이 누구나 아버지 되기는 쉬워도 아버지답기는 어렵다고 한 말이 오늘 당신을 보니 더욱 실감나네요."

"어쩌겠소. 자식 농사가 제일이라는데, 허허……."

"그래서 아비만한 아들 없고, 어머니만한 딸 없다는 속담도 있는 모양이죠?"

"인간은 모두가 한 줌 흙으로 돌아간다고 하지만 내 욕심은 우리 현이를 금가루로 만들고 싶어서 그러는 거요."

"그래, 만들어 봅시다. 꿈을 크게 가지면 하다 못해 은가루로라도 만들어지질 않겠소. 훗, 훗, 후……."

부부간에 주고 받는 대화는 언제나 맑게 흐르는 물속에 퍼덕이는 고기비늘처럼 그렇게 싱싱했다.

지리산 자락에 새로운 태양이 떠오르는 아침이었다.

황시묵은 새벽 일찍부터 일어나 목욕재계를 하고 무엇인가를 열심히 보자기에 싸 담으면서 아내에게 말했다.

"허허…… 지성이면 하늘도 감응한다 했으니, 준비 다 됐으면 떠납시다."

황현은 아버지가 새벽 일찍부터 어머니와 함께 어디를 가는지 알지 못했다. 그러나 잠시 후 그 행보가 황현을 위해 지리산 천황봉 정기가 통째로 흘러내린다는 노고단에서 치성발원 기도를 올리기 위한 지극한 걸음이었음을 알게 되었다.

노고단은 천황봉과 반야봉과 더불어 지리산 3대 주봉중의 하나로 수많은 봉우리들 중에서도 우주 신령한 기운의 정기가 모여 있다고 해서 영봉靈峰으로 손꼽힌다는 곳이었다.

아버지와 어머니가 아들 현을 위해 치성발원 기도를 드리고 하산하여 집에 당도했을 때는 저녁노을이 그 염원의 기도처럼 서산마루에 붉게 물들어 가고 있었다.

그토록 황시묵의 간절한 염원의 눈빛은 그날 밤 아들 현을 가만히 불러 앉히고 다독이면서 말했다.

"현이 너는 훌륭한 선비가 되어야 하는 게야, 알았냐? 이제부터는 이 마을에서 친구도 사귀고 동생뻘 되는 아이들은 공부도 가르쳐 주고 재미있는 말동무도 되어 주어야 한다. 알았냐? 요전번에 니가 그랬잖여, 나도 형이 있으믄 좋겠다고. 나이 많은 형들과는 말 잘 듣고 따라야 혀. 알았제?"

그로부터 어린 황현은 같은 또래의 마을 친구도 사귀고, 또 형들과도 사이 좋게 지내면서 때로는 글 공부방에까지 따라가서 어깨 너머로 글을 배우기도 했다. 그것이 이사를 온 어린 황현에게는 무엇보다도 즐거운 일이었다.

그때 담장 하나를 사이에 두고 눈만 뜨면 바쁜 걸음으로 찾아오는 이웃집 정鄭씨네 아들 기섭錡燮이 있었다. 나이는 황현보다 두 살이 위였다. 아이가 영민하고 똘똘했지만 황현과는 말벗으로 어울려 놀았다.

어느 날 뒷마당에서 흙놀이를 하면서 대꼬챙이로 땅바닥에 글씨 쓰는 시늉을 해 보였다.

"그게 뭐야?"

정기섭은 황현이 그림 그리듯 하는 글자에 두 눈을 초롱거리면서 물어왔다.

"으응, 이건 내 이름이야, 황현黃玹. 써 볼 테야?"

"황현? 난 못 쓰는데."

"그럼 내가 가르쳐 줄게, 손 이리 내밀어 봐!"

정기섭의 집은 넉넉하지는 못했지만 대대로 양반 가문으로 어른들과도 서로 가까이 지내오는 처지였다. 그런 관계로 황현은 정기섭이 마치 한 집안 형제처럼 느껴지면서 눈만 뜨면 함께 어울렸다. 아직 형제가 없었기 때문이다.

황현은 정기섭의 손목을 가만하게 잡아끌면서 말했다.

"이게 우리 아버지가 가르쳐 준 누르황黃자거든, 한 번 써 봐!"

함께 흙장난끼가 번져가고 있는 기섭이었다.

황현을 한 번 흘깃 쳐다보고 고개를 끄덕였다.

그때였다. 인기척 소리가 등 뒤에서 들려왔다. 어머니였다.

"현이 너 또 훈장놀이하고 있는겨?"

"심심하니까……."

"허허…… 너희들 흙놀이를 함서도 선비 흉이 넉넉하니 보기에 좋구나."

어머니의 뒤를 따라 불쑥 모습을 나타낸 아버지 황시묵이 하는 말이었다. 며칠 집을 비우고 출타했던 아버지였다.

그 날 밤이었다. 황시묵은 아내에게 구례 토지면 금내리 마을로 이사할 것을 내비치었다. 광양에서 광의면으로 이사를 한 그 이듬해였다.

집을 보아 두고 왔다는 말에 아내 노씨가 물었다.

"지리산 정기를 받게 한다고 이쪽으로 이사를 온 지가 일 년인데 무슨 이사를 또 한대요?"

"내게 다 생각이 있어서 그러는 거요."

"그 마을이 어떤 마을인데 그래요? 같은 지리산 자락을 공유하고 있는 구례라니 하는 말이지요."

"선비가 구하는 것이 뭐겠소. 바로 예禮라. 그 예의를 구하는 고을이라는 거요. 토기 그릇이 토양분에 따라서 빛을 내고 만들어지듯이 구례가 도덕군자 선비를 만들어내는 토양이라는 거요. 그래, 구례 지리산에 청학동이라고 지명되는 곳이 여러 곳 있는데 청학靑鶴은 태평성대에 나타나 운다는 상상의 새라는 거요. 그래서 예로부터 청학이 산다는 지리산 청학동을 찾아 나선 많은 선현들이 있었다는 거 아니겠소. 지리智異라는 지명이 뭔지 아시오? 인간들이 감히 헤아리지 못하는 괴이하게 높은 뜻을 담아두고 있다는 산이라는 거요. 그래 지리산 맥을 휘감고 흐르는 강물을 섬진蟾津이라고 한 것도 달 속에 금두꺼비가 내려와 남이 알지 못하게 납작 엎드려 그 때를 기다린다는 거라. 그래 도인들이 말하는 격암유록에 때가 이르면 지리산이 담고 있는 높은 뜻이 그 자락에서 펼쳐진다 해서 도인들이 이곳 토지土旨로 다투어 모여든다는 거요. 허허……."

"그럼 여기나 거기나 지리산 정기는 같은 거 아닌감유."

"그야 그렇지만, 풍수학적으로 지리산 정기가 그 쪽 죽안리로 뭉쳐 뻗어 내린다고 해서 금환낙지金環落地라는 거요. 그래 우리 현이가 선비 기운을 타고 나왔으니 이왕이면 그 쪽으로 머리를 두고 가야지. 안 그렇소?"

그만큼 아들 현의 장래에 희망을 걸고 있는 황시묵이었다. 그래서 지리산의 주기主氣가 흐르고 있다는 광의면 대전리 상촌마을로 이사를 했던 그 이듬해 구례 토지면 금내리 죽안마을 조부고趙富故 씨댁 아랫채를 얻어 다시 이사를 하게 되었다.

그 함안조趙씨 댁으로 말하면 헌종 때에 전라감찰사를 지내온 벼슬 집안이었다. 그 후손인 손자 조성교趙性敎는 고종 13(1876)년 사헌부 대사헌의 벼슬직을 맡았을 정도로 집터가 풍수지리적으로 양택陽宅의 길지吉地라고 입소문이 나있었다.

아들 현으로 하여 한미한 가문을 다시 일으켜 보려는 황시묵의 열의는 아들에 대한 기대를 크게 가진 만큼 그 엄청난 조씨 댁 아랫채를 얻어 들어갈 정도였다.

하지만 황현은 눈만 뜨면 찾아와 놀아주면서 공부도 함께 했고, 또 말동무처럼 지내오던 정기섭과 헤어진다는 것이 못내 서운했다.

아들 현의 그 마음을 표정에서 읽어낸 듯 황시묵이 말했다.

"잠시는 현이 니가 서운하겠지만은 이담에 크면 서로 오고 갈 수 있으니까 너무 서운하게 생각하지 말거라."

그러나 황현은 그동안 정이 든 정기섭과 잠시라도 헤어진다는 것이 더 없이 서운하기만 했다.

짐수레 위에 실려 상촌마을을 떠나면서 언제까지나 그 마을을 뒤돌아보고 또 돌아보며 토지면 죽안마을로 이사를 했다.

새로 옮겨 앉은 동네는 모든 것이 낯설었다. 그러나 마을을 뒤로 병풍처럼 둘러싸고 있는 산과 그 앞으로 시원하게 흐르고 있는 섬진강 물은 나이 어린 황현에게 그 강물 속 은빛 비늘 출렁거리며 노니는 한 마리 은어가 되게 했다.

그처럼 맑고 청결한 대자연 속에 풍덩 빠져서 넉넉하게 바라보는 아름다운 자연의 정취는 사심 없이 고결한 선비정신을 길러내 주는 어쩌면 스승과도 같은 것이었다.

그런 황현이 세상에 눈을 뜨게 된 것은 일곱 살에 서당에 입학하여 '천天, 지地, 현玄, 황黃' 을 배우면서였다.

어린애에게 암기를 위주로 하는 한문과 서예는 재미가 없을 뿐더러 많은 인내를 요구했다. 그럴 때면 황현은 짬짬이 주전부리를 갖다주며 구성진 목소리로 '도리도리 짝짝꿍' 을 가르쳐주던 어머니 품안의 숨결이 더욱 그리워지곤 했다.

서당 공부가 끝나면 달려가 어머니의 치마폭에 숨어드는 시간이 어린 황현에게 있어서는 유일한 휴식이었다. 하지만 그러한 과보호 속에서 혹여 생길지도 모를 유약함을 염려해서인지 황시묵은 더욱 엄히 대하였다.

"이눔아! 사내 녀석이 그렇게 유약해서 어디다 쓰겄냐. 걸핏하면 어머니 치마폭이나 붙들고……. 이제 너는 코흘리개 어린애가 아녀. 공부를 해야지."

아버지의 훈계에 무색해진 황현은 안으로 기어들어가듯 볼묵은 소리를 했다.

"공부는 하고 왔는디……."

"모르는 소리! 기억력이라는 놈은 단련시키지 않으면 어느 틈에 달아나 버리는 것이여. 훈련을 게을리 말아야 해. 어서 들어가서 오늘 배우고 온 글을 다시 복습하도록 해라. 아, 어여 그 손 썩 놓고 들어가지 못해!"

아버지의 훈계성 힐책에 시무룩해진 황현은 슬그머니 어머니의 치맛자락 뒤로 숨었다가 높아지는 아버지의 언성에 슬며시 손을 놓고 뒷걸음질을 했다. 그런 아들의 모습이 조금은 안쓰러워 보였던지 어머니가 달래듯이 말했다.

"그려, 어서 후딱 들어가서 아버지 말씀대로 혀. 그러면 이따가 니 좋아하는 메밀떡 맛있게 만들어 줄께."

그러자 아버지 시묵이 정색을 하고 어머니를 향해 물었다.

"갑자기 웬 메밀떡이요, 메밀가루가 우리 집에 있었단 말이요?"

"아이 참, 농담도 못 혀요? 아이가 저로크롬 시무룩해 있는데……."

"농담이었다니? 아이들에게는 가벼운 농담도 해서는 안 되는 것이요. 부모로부터 여러 가지를 배워가고 있는 아이헌테 거짓말을 하믄 저 아가 무얼 배우겄소? 거짓말하는 것을 보통으로 배우지 않겄냔 말이요. 그것이 농담인 줄 알면 이담에 에미인 당신 말에 신뢰를 하겄소? 다시는 아이한테 못 지킬 약속 같은 것은 농담으로라도 하지 마시요."

그리고 다시 덧붙여 말했다.

"자라는 아이들은 가까이서 주는 영향이 얼마나 큰 것인지 맹자 어머니가 아들을 위해 세 번이나 이사를 했다는 것이 맹모삼천孟母三遷이라는 말 아니겄소, 명심하시요."

그때 황시묵의 등 뒤로 화사하게 핀 노란 장다리꽃이 아들을 사랑하는 아버지의 가슴 속 사랑처럼, 그 눈빛처럼 활짝 웃고 있었다.

그 시절이야말로 황현이 세상에 태어나서 부모의 보호 속에 세상을 모른 채 가장 행복했던 유년시절이었다.

그해 1863년 12월 8일 나라의 국상國喪이 알려졌다. 더 없이 불운했던 철종 임금이 33세를 일기로 승하하신 것이었다.

"왕손이면 뭘 하겄는가. 자신의 뜻대로 한 번 살아보지도 못하고 세상 떠난 불운한 임금인 것을……."

애도의 눈빛을 멀리 한 점으로 떠가는 구름 위에 얹어 놓고 중얼거리듯 하는 아버지 시묵은 다시 긴 한숨을 늘어뜨리면서 말했다.

"임금이나 백성이나 삶의 원류는 다 똑같구나. 살아가는 모양새하고 색깔만 다를 뿐이지. 그래, 태평성대에 태어나지 못함도 업장이라, 누굴 원망하겄는가……."

그러나 아직 세상을 모르는 황현은 아버지가 말씀하시는 업장이 사람마다 무겁게 짊어지고 살아내야 할 굴레라는 팔자로 곧 운명이란 것을 미처 알지 못했다.

아들 현을 위해 여러 차례 이사를 했던 아버지 시묵이었지만, 그러나 집안 재정 형편상 어쩔 수 없이 이듬해 다시 물상거래가 이루어지고 있는 광양 석현石峴으로 이사를 가게 되었다.

"물질 세상이라, 살림이 빈천하면 선비의 꿈도 이룰 수 없는 것이 세상일이여. 그러니 어쩌겄는가……."

다시 광양 석현으로 이사를 가면서 흘리는 황시묵의 푸념 섞인 변辯이었다.

그곳 서당에 편입을 하게 된 황현은 아버지를 기쁘게 해드리기 위해 독서에 열중했고, 그 열성이 벌써 사략史略, 통감統監을 읽어냈고, 독서로 익힌 그 글을 때로는 후배 서생書生들에게 가르쳐 주기도 했다.

황현의 나이 10세가 되었을 때였다.

어느 날 아버지 시묵이 아들 현을 불러 앉혀 놓고 말했다.

"아무리 생각해도 현이 네가 구례로 다시 가서 공부를 해야 쓰겄다. 다 제 할 탓이라고는 하지만, 그래도 좀 더 주위 환경이 좋은 서생들과 어울리다 보면 하나라도 더 배울 것이 있을 테니까 말이여."

황시묵은 아들 현이 아직 서당에서 배워야 할 입장에서 후배들을 가르쳐 주고 있는 것이 그다지 자랑스럽지 않은 것이었다.

"한 자 더 안다고 우쭐대지 말고, 더 읽고 신중하게 배워야 혀."

그것이 황시묵이 아들 현에게 걸고 있는 기대에 찬 욕심이었다. 그래서 마침내 광의면 지천리 천변촌 종형네 집으로 보내진 황현이었다.

그곳에서 종형 황담으로부터 많은 글을 배울 수 있게 된 황현이었고, 남다르게 타고난 재능의 시성詩性은 어느 날 향리의 어른들 시회詩會가 열리는 잔치 마당에서 그 재능을 유감없이 내보였다.

雁聲初落遊人席 : 기러기 소리 처음 어른들 노는 자리에 들려오네.

아직 어린 나이에 일필一筆로 써서 내놓는 한시漢詩는 동네 어른들을 놀라게 했고, 그로하여 장래가 촉망되는 아이로 동네 어른들로부터 입 칭찬을 들으면서 많은 귀여움을 받게 되었다.

그러한 성장기를 보내면서 황현의 나이 11세가 되던 해였다. 황시묵은 당시 호남이 낳은 대학자로 알려진 천사川社 왕석보王錫輔 선생에게 아들 현을 부탁하여 맡길 생각이었다.

왕석보 선생은 자신의 명리를 밖으로 구하지 않고 조용히 구례 지리산 자락에 칩거하면서 많은 제자들을 길러내신 분이었다.

황시묵은 어느 날 황현을 불러 앉히고 가만하게 물었다.

"지금까지 현이 네가 배운 글 중에서 가장 와 닿는 글귀가 무엇이더냐?"

"음……. 그건 공자님께서 가르쳐주신 부모 은공이어유."

"그럼 니가 배운 그 부모 은공에 대해서 한 번 말해 보거라."

"아버지를 섬기는 것을 근본으로 해서 어머니를 섬기되 사랑하는 마음이 같아야 하고, 아버지를 섬기는 것을 근본으로 해서 임금을 섬기되 공경하는 마음이 같아야 한다고 했어요. 그러고 또 어머니한테서는 사랑하는 마음을 취하고, 임금에게서는 그 공경하는 것을 취하는 이 두 가지를 겸한 것이 아버지라고 배웠구만요."

"그만하면 됐다. 그것이 사람으로서 제일 먼저 배워야 할 도리니께 효孝로써 임금을 섬기면 충忠이 되는 것이고, 공경하는 마음으로써 윗사람을 섬기면 순順이라고 했으니까 크게 보면 충과 효는 같은 것이어서 어렵게 생각할 것이 아니지. 허허허……."

그리고 다시 덧붙여 말했다.

"그래서 예부터 가족 사랑하는 마음이 면면이 이어져 내려오는 것이고, 또 나라 사랑하는 뜨거운 마음도 있는 것은 그것이 바로 하늘이 영원한 하늘로 있는 것처럼 또 땅이 영원히 땅으로 있을 수 있는 것같이 영원한 것이라고 혔단다. 그것이 가장 아름다운 순리이기 때문이라는 거지. 이제 현이 니가 부모 은공은 배웠으니 군자가 행해야 할 선비의 도리가 무엇이란 것을 배워야 하겄구나."

"선비 도리가 따로 있남유?"

황현은 고개를 갸우뚱하며 황급히 물었다.

"왜 그렇게 놀라느냐? 노자 성현이 말씀하시기를 도라는 것은 깊고 깊어서 바다 같고, 또 높고 높아서 끝났는가 하면 다시 시작되고 끝없이 순환을 해야 만물을 운행시킴에 다함이 없는 것처럼 이것이 군자가 본받아야 할 도라고 하셨단다. 만물이 다 그 안에서 존재하기 때문이라는 말씀이지. 흠흠…….”

그리고 다시 조용하게 말했다.

“다행히 이 고장 구례에서 훌륭하다고 소문이 난 왕석보 선생님 따님이 바로 느그 큰 어무니여. 그래 부탁해 놓았으니까 그리 알고 있거라.”

황시묵이 말하는 호남에서 알아주는 대학자 왕석보 선생의 딸이 바로 황현의 백부伯父 황흠묵의 부인으로 황현에게는 큰어머니가 되는 분이었다.

그러니까 왕석보 선생과 황시묵과의 관계는 누구보다도 어려운 사돈간이었다. 하지만 사돈이라는 관계를 떠나서 스승으로 아들 황현을 부탁한 것이었다.

황시묵은 이미 반승낙은 받아 놓은 것처럼 황현을 보고 말했다.

“이제부터는 그 어른을 스승님으로 모시고 그 분의 높은 학문을 본받도록 해라. 널리 배우면서 자세히 묻고, 신중히 생각하고 밝게 변별해서 행하는 공부를 해야 하는 게야. 소문에는 그 분이야말로 이 지역에서 이백 년간 뜸하다가 나온 인품이 고매한 대학자시라고 하드라.”

그 왕석보 선생이 바로 황현에게 서정적 문학정신과 굽힐 줄 모르는 선비정신으로 날카롭게 역사를 비판하는 능력을 심어준 스승이었다.

그 분은 황현 말고도 나인영羅寅永(일명 나철), 이기李沂와 같은 호남의 애국지사를 길러낸 분이었다.

아버지의 지극한 부성애父性愛와 열성으로 황현이 왕석보 문하에 들어갈 수 있게 된 것은 황현이 살아내야 할 업장에 큰 획을 긋는 커다란 전환점이 된 것이기도 했다.

황현이 아버지를 따라 왕석보 선생을 만나기 위해 집을 나선 것은 이른 봄이었다.

아버지 시묵은 아들 현을 앞세우고 대문을 나서면서 큰 소리로 말했다.

"가자! 오늘이 현이 네 인생에서 새로운 출발점이 될 것이니께."

집을 나와 얼마쯤 가고 있을 때였다. 황시묵은 무슨 생각을 하였던지 가만하게 황현을 돌아보며 물어왔다.

"너한테 물어보자. 유자와 탱자가 어떻게 다르다고 생각하느냐?"

"??……."

이제 겨우 11세 밖에 되지 않은 황현이었다. 대답이 막막했다. 아버지가 물어오는 유자와 탱자에 대해서 한 번도 그 차이를 생각해 본 일이 없었기 때문이다.

그러자 황시묵은 응당 그럴 줄 알았다는 듯이 껄껄 웃으면서 말했다.

"유자가 기후하고 토질이 다른 강을 건너면 탱자가 된다고 하는 것이여. 속맛은 같은 것인데 모양새가 다르다는 것이지. 이 애비가 오늘 왜 이 말을 너한테 묻는지 알겄냐?"

"…?……."

아버지의 깊은 속뜻을 알 수가 없는 황현이었다. 다음 말을 기다렸다. 황시묵은 사이를 두고 얼마만에 힘없이 말했다.

"잘 알아두어. 내세울 것 없이 별 볼일 없는 자손일수록 몇 대 조상 모양새만 입자랑으로 흔든다는 것이여. 이 애비는 불행하게도 때를 잘못 만나서 강을 건너 흘러와서 요렇게 별 볼일 없는 탱자 모습이지만은 현이 너만큼은 다시 우리 황씨 조상의 본 모습인 유자 모습을 되찾아 주고 싶은 것이 간절한 이 애비 소원이어서 그것을 말해 주고 싶어 그런 것이여. 알겄냐?"

황현은 비로소 아버지가 말씀하고자 하는 가슴 속 맺힌 슬픔을 읽어내면서 마음 속으로 아버지의 소원을 풀어드리는 효자가 되겠노라고 다짐하고 있을 때였다.

무겁게 가라앉은 황시묵의 목소리가 다시 이어졌다.

"크고 어진 스승을 만나야 그 뜻을 본받을 수 있다고 했어. 그러니 이 길을 오고 가면서 몸이 고단하고 힘이 들어도 잘 참고 견뎌내야 하는 것이여. 알겄제?"

황현은 그제서야 비로소 아버지가 말씀하려는 뜻이 무엇인지를 짐작할 수가 있었다.

그러한 아버지의 간절한 소원의 갈망으로 황현이 천사川社 왕석보(王錫輔, 1816~ ?) 선생의 제자로 들어갈 수 있었다는 것은 여간 행운이 아니었다.

스승 왕석보 가문의 선조 왕득인王得仁은 정유재란 때 구례지방으로 침입한 왜구를 막다가 전사한 '석주관 칠의사' 가운데 한 사람으로 왕씨들은 지사적 기질이 있었을 뿐만 아니라 시풍적詩風的인 감성으로 모두 학문과 시詩에 뛰어났다.

그의 장남 봉주鳳洲 왕사각(王師覺, 1836~1895)을 비롯해서 그의 동생들인 왕사천(王師天, 1842~1909), 왕사찬(王師瓚, 1846~1912)이 모두 시문詩文에 뛰어나 수학기修學期의 황현에게 많은 시풍의 영향을 끼쳐 준 것이 사실이었다.

왕석보는 황시묵의 간절한 희망으로 황현을 제자로 받아들이기로 하는 그 첫 만남의 자리에서였다.

왕석보 선생은 황현의 글재주를 어느 정도 들어 알고 있었다는 듯이 물어왔다.

"사서삼경四書三經 중에서 공자님의 시경詩經은 읽었더냐?"

"…… 논어論語, 맹자孟子, 중용中庸, 서경書經, 대학大學까지는 종형이 가르쳐 주어서 배웠습니다만, 주역周易이나 시경詩經은 아직 다 익히지 못했습니다요."

"허허…… 아직 다 익히지 못했다? 시경을 익히지 못하면 도리에 통하지 않아 바르게 말할 수 없는 것이니 그것이 이제부터 네가 해야 할 공부로 남았구나. 그럼 공자님께서 가르친 인仁 의義 예禮 지智는 배워 익혔겠구만."

"…… 배우기는 했습니다만 아직은 부족합니다. 다만 웃어른들한테 갖추어야 할 예절만 집에서 아버님이 행함으로써 가르쳐 주셔서 익혔을 뿐입지요."

"허허! 훌륭한 부모님에게서 큰 유산을 받았구나. 가르침보다 더 큰 유산이 어디 있겠느냐. 물려받은 재물은 순식간에 사라져 버릴 수도 있지만 가르침은 마르지 않는 샘물처럼 고인다는 것이거든. 제 아무리 총명하더라도 배우지 않으면 깨닫지 못하고, 노력과 배움 없이는 인생을 밝힐 수가 없는 것이니 열심히 배우고 닦아서 부모님이 물려준 유산에 보은하도록 해라. 알겠느냐?"

그리고 다시 덧붙여 말했다.

"예를 배우지 않으면 자립할 거점을 마련하지 못한다고 한 것이니 그리 알고 열심히 배움에 힘쓰도록 해라."

"명심하겠습니다."

고매한 인품의 학자 왕석보와 황현이 스승과 제자로 맺어진 만남의 첫 장이었다.

황시묵은 왕석보 선생에게 아들을 제자로 받아주어서 고맙다는 인사를 거듭하고 물러나와 집으로 돌아오면서 만족한 웃음을 지으시면서 말했다.

“모든 일의 시작은 첫 단추를 잘 꿰어야 하는 법, 현이 네가 오늘 좋은 스승을 만났다는 생각이 드는구나.”

“조금 전에 선생님께서 그것이 아버님께서 제게 물려주신 큰 유산이라고 하셨습니다요.”

“아따! 고 녀석 누가 유자 씨, 아니 황희 정승 씨가 아니랄까 봐서 귀한 번 밝구나. 허허…….”

자신의 모습이 그처럼 별 볼일 없는 탱자와 같다고 스스로 낮추고 생각하는 황시묵이 아들에게 거는 기대는 그만큼 크고 남다른 것이었다.

그래서 황현에게 거센 풍랑의 물결을 거슬러 올라갈 수 있도록 온 정성을 쏟아 붓고 있었다.

당시 조정은 철종이 승하하고 고종이 등극한 이듬해여서 백성들은 왕실에 대한 새로운 변화의 기운이 펼쳐질 것을 간절히 바라고 또 기대하고 있었다.

04
성장기 스승을 찾아서

선비로서 자질을 키우는 공부가 그로부터 새롭게 시작되었다. 서당에서 배우는 것과는 또 다른 차원이었다.

황시묵의 간절한 소망으로 대학자 왕석보와 어린 황현이 스승과 제자로 맺어지면서 황현은 비가 오나 눈이 오나 매일같이 마을을 사이에 두고 있는 오솔길을 넘나들어야 했다.

이제 열한 살인 황현에게 있어서는 홀로서기를 배워야 됨으로써 힘이 부치는 일과였다.

하지만 그렇게 힘겹게 넘나드는 시간 속에서 어린 황현은 고통을 참아내는 인내의 습성이 길러지고 있었다. 또 많은 것을 사유思惟할 수 있는 유익한 시간이 되어주기도 했다.

매일같이 넘나드는 소나무 숲 사잇길은 자연과의 교감을 이루게 하였고, 황현의 시성에 살랑살랑 부채질을 해주기에 충분했다.

사람은 성장해 가면서 온갖것에 관심을 기울이기 마련이다.

변화하는 사계는 어린 황현에게 많은 것을 가르쳐 주는 말없는 스승과도 같았다.

자연 속에서 조화를 이루고 있는 작은 생물들의 생명 하나까지도 소홀이 넘겨보지 못하는 것이 타고난 황현의 심성이었다.

어느 날, 그 느낌 그대로를 붓끝으로 종이에 옮겨 놓았다.

연잎은 고기떼가 모여 노는 곳이요,
버들 숲은 꾀꼬리가 자라난 고향이다.

그 시구詩句를 들여다본 스승 왕석보는 황현에 대한 은근한 기대를 뿌듯하게 갖기 시작하면서 말했다.

"허허허…… 기특하구나. 어린 나이에 진흙 밭 연잎에 모여드는 오만 벌레들을 고기떼로 비유하는 이런 경지에 오를 수 있다니……."

"아닙니다요. 하늘은 사심 없이 모든 것을 덮어주고, 땅은 차별 없이 만물을 실어 길러준다는 것을 느꼈을 뿐입니다요."

"그것이 바로 천지부모 은혜로 천하 만물이 조화로써 하나 되게 하는 자연 섭리라는 거 아니겠느냐. 하늘은 결코 쓸모없는 것을 세상에 내보내지 않는다는 것이거든. 사람도 자연 속에 일부분이라 어디엔가 다 쓸모가 있게끔 되어 있는 것이란다. 그런데 이왕이면 자기 자신을 갈고 닦아 많은 사람들에게 유익함을 주는 사람이 되어야겠지. 가능성이라는 힘은 누구에게나 숨어 있기 마련이니까, 다만 그런 사람이 되기 위해서는 뼈를 깎는 고통이 따른다는 것만은 깊이 명심하거라. 한 자루 초가

자기 몸을 태우면서 뚝뚝 떨어뜨리는 눈물이 반짝이는 빛을 만들어내듯이 말이다. 공자님 말씀에 하늘이 큰 사람을 만들기 위해서는 뼈를 깎는 고통을 주는 것이라고 했다. 그래 흔히들 말하는 성인군자가 그냥 되는 것이 아니라 남들보다 더한 고통 속에서 빛을 만들어 낸 분들이기에 후세까지 그토록 귀감이 되어 회자되는 것이란다. 이것이 오늘 네게 주는 공부다. 알았느냐."

황현은 그처럼 훌륭한 인품을 가진 왕석보 선생의 제자로 들어가면서 율시律詩를 배웠다.

그리고 그의 장남 왕사각으로부터 시문의 기초를 배웠다. 3년이 지난 그 나이 14세가 되던 해였다.

당시 세계 정세는 서양 제국주의 세력의 동양진출이 밀려들고 있던 시기였다.

어느 날 스승 왕석보는 전날 배워준 율시를 열심히 복습하고 있는 황현을 건너다보면서 미소를 담고 고개를 끄덕끄덕해 보였다.

그러더니 잠시 후 조용하게 입을 열었다.

"그래, 이제 그만하면 향시에 응시해 볼 만하구나."

공부에 몰두하여 향상된 문장실력을 인정해 주는 것이었다.

마침내 황현은 지방에서 실시하는 소과小科 향시鄕試에 응시하게 되었다. 그 향시에 뽑히면 드디어 글을 아는 선비로 생원生員이라는 칭호를 받게 되는 것이었다.

향시장에서였다.

거침없이 붓끝을 놀려대는 황현이었고, 그 모습을 보게 된 선비들은 '붓 끝에 바람이 일더라' 고 감탄해 마지않으면서 그로부터 마을에서는 신동神童이 났다고 입소문이 퍼져 나가기 시작했다.

그렇게 선비들로부터 '신동' 이라고 불려질 정도로 탄복을 얻어낼 수 있었던 황현의 문장실력은 그때 이미 어느 정도의 경지에 올라 있었음을 나타내 준 것이라고 할 수 있었다.

15세 때 남원의 학자 강백과 김금영으로부터도 과시科詩를 잘 짓는다는 평을 받았다.

어느 날 호남의 유학자 노사蘆沙 기정진奇正鎭 역시도 그 글을 보고 어린 나이에 참으로 "기특하다. 기특하다"는 감탄을 연발할 정도로 그의 글과 문장은 이미 성숙해져 있었음을 보여준 것이었다.

제 아무리 천재성을 타고났다고 하더라도 그만한 노력과 수고로움 없이는 그 경지에 오를 수 없는 것이었다.

"그동안 애썼네. 우리 집 황생원. 허허허……."

그 말을 전해 들은 황시묵은 그동안의 조바심이 놓인 듯 아들을 짐짓 생원이라고 우대해 주면서 크게 웃었고, 어머니 역시 집안에 경사라도 난 듯 황현이 좋아하는 음식을 이것저것 챙겨 주기에 치마에서 바람소리가 날 정도였다.

황현은 그렇게 부모에게 기쁨을 안겨 주는 것이 효孝라고 생각하면서 글공부에 침식을 잊고 더욱 매진할 정도로 열심히 노력했다.

그러는 가운데 3년이 흘러 황현이 어느덧 17세가 되던 해였다. 어느 날 밖에서 늦게 돌아온 황시묵이 아들을 불러 찾았다.

"부르셨습니까?"

"그래, 게 앉거라."

"?……."

황현은 전에 없이 얼굴에 지긋한 웃음을 담고 바라보는 아버지의 다음 말을 기다렸다.

이윽고 황시묵이 활짝 웃으면서 입을 열었다.

"사람이 때가 되면 혼례를 올려야 되는 게다. 그래서……."

"무슨 말씀을? 저는 아직 해야 할 공부가 많이 남아 있는뎁쇼."

"공부야 끝이 없는 것이고 남자가 성년이 되면 자연적으로 몸 안에 쌓이는 분비물을 밖으로 분출해내지 못하면 머리가 혼곤해지는 법, 그것이 자연의 이치라, 혼례를 올려야 한다는 것이여. 흠흠……."

황시묵은 잠시 사이를 두었다가 다시 진중한 표정을 지으며 입을 열었다.

"그래서 오늘 내가 밖에 나가 네 배필이 될 마땅한 규수감을 보고 왔는데 그만하면 됐다 싶더구나."

"사람을 얼핏 한 번 보고 어찌 그리 쉽게 단정을 지을 수가 있겠는감유? 여러 가지 좀 알아도 보고……."

"이눔아. 옛 어른들 말씀에 아들을 알지 못할 때에는 먼저 그 아버지를 보아야 하고, 그 사람을 모를 때에는 그 벗을 보고, 또 그 땅을 모를 때에는 그 초목을 보아야 한다고 했어. 그 쪽 규수댁은 대대로 양반 가문에 덕을 쌓고 살아온 가문으로 고을에 소문이 나 있는 집이여. 그 이상 뭘 더 보는고? ……. 네 규수감 처자 역시 부모 밑에서 은연중에 그 덕을 보고 배워 왔을 터, 달리 더 볼 것이 있겠느냐. 그렇게 알고 마음에 준비는 하고 있거라."

황시묵이 그날 선을 보고 왔다는 규수감은 구례군 마산면 상사리에서 대대로 형제 우애 있고 이웃에 덕을 베풀어 칭송을 받아온 양반가문으로 오현주吳現周 씨의 여식女息이라고 했다.

드디어 정혼을 하고 혼례를 하루 앞둔 밤이었다. 황시묵은 황현을 불러 앉히고 말했다.

"내일은 네가 많은 사람들 앞에서 혼례식을 올리는 날이다. 남녀가 한 가정을 이룬다 함인데 이제부터 네게는 가장으로서 해야 할 의무와 책임이 따르는 법, 그것이 제도로써 네가 벗어나서는 안 되는 굴레라고 하는 것이다. 가화만사성家和萬事成이라고 했으니 어쩌든지 시끄러움 없이 화목한 가정을 이루어야 하느니라. 그것이 바로 부모에게 효도하는 것이란 거 명심하도록 하고, 알겠느냐?"

"깊이 유념하겠습니다요."

"그럼 됐다. 그래야지."

다음날, 혼례식을 올리고 난 황현이 신혼 초야를 치루는 밤이었다. 첫날밤의 부끄러움에 고개를 들지 못하고 앉아있는 신부를 바라보고만 있기가 차마 민망스러워진 신랑이었다.

신부의 긴장감을 풀어 주기 위해서는 무슨 말인가는 해야 했다. 황현은 얼마만에 가만하게 다가앉아 신부의 손을 더듬어 잡으면서 말했다.

"오늘은 우리가 한평생을 함께 변함없이 살 것을 많은 하객들 앞에서 공포한 날이요. 이렇게 좋은 날 내가 약속에 대한 한 토막 이야기를 들려주리다."

"……."

"중국 춘추시대 제나라 군주로 욕심이 많은 경공이란 사람이 있었다오. 그 경공에게 사랑하는 딸이 있었는데 그때 그 유명한 안자安子를 욕심내고 사위로 삼고 싶어 했다는 거요. 안자에게는 그때 이미 아내가 있었는데도 말이요. 그런데도 경공은 군주라는 자신의 위세만 믿고 그 딸을 안자에게 시집보낼 수 있다고 생각했던지 짐짓 안자의 집을 찾아가 주연을 베풀었다는 거요. 그가 누구요? 뜻밖에 군주가 찾아와 주연을 베푸는 자리에 안자의 아내가 얼굴을 내밀 수밖에 더 있겠소? 몇 잔 술에 얼큰히 취한 경공이 안자의 아내를 보다 말고 짐짓 안자에게 건네는 말인 즉, '선생의 부인이오?' 그 물음에 안자의 대답이 '그렇습니다. 바로 신의 아내입니다' 하지 않았겠소. 그러니까 경공은 짐짓 놀란 표정을 지으면서 대뜸 하는 말이, '너무 늙고 추하오, 과인에게 젊고 예쁜 딸이 있는데 그 아이를 선생에게 드리겠소' 했다는 거요."

"……."

"그때 안자가 자리를 바꾸어 앉으면서 하는 말인 즉, '비록 늙고 추하오나 신과 함께 산지가 퍽 오래 되었습니다. 옛날에는 아름다웠습니다만, 이 사람이 늙을 때까지 같이 산다는 약속을 하고서 살아왔습니다. 아름다운 얼굴도 추해질 때까지 맡기는 것이오니, 그 사람도 일찍이 맡겨 온 것을 신이 받아들인 것입니다. 신으로 하여금 그 약속을 저버리지 않도록 하여 주십시오' 했다는 거요. 내 오늘 이 자리에서 그 약속을 하고 싶은 거요."

그 이야기가 끝나면서 황현은 한껏 부끄러움 타고 있는 신부의 첫날밤 옷고름을 풀어 주고 있었고, 신부는 역시 소문 듣던 그대로 선비다운 약속에 수줍게 얼굴 가득 홍조를 띄고 몸을 맡기면서 청사초롱 황홀한 신혼 초야의 밤을 치룬 것이었다.

혼례식을 올리고 머리에 상투를 올린 황현은 이제 걸음걸이나 몸가짐이 어제와는 달리 한껏 어른스러워질 수밖에 없었다.

"그래 신혼 초야는 잘 치루고 오셨는가."

혼례를 올리고 인사를 드리러 찾아간 황현에게 왕석보 선생은 이전과는 달리 깍듯이 어른 예우로써 말을 높여 주었다.

"갑자기 어찌 말을 높이십니까? 듣기 심히 민망스럽습니다."

"아닐세. 남자가 혼례를 올리면 어른 예우로 아무개 씨로 호칭하고, 아무리 나이가 들어도 혼례를 올리지 못했으면 아무개 군이라고 부르는 것이라네. 민망해 하지 마시게나."

왕석보 선생은 학문에서부터 생활 속까지 이루는 작은 예의범절 하나하나에 이르기까지 몸소 행함으로 실천을 보여주고 또 가르쳐 주신 분이었다.

그 어른과의 생활 속에서 자연스럽게 흘러나오는 대학자다운 체취를 정신적인 양식으로 넉넉하게 느끼면서 몸과 마음이 성숙되어가고 있었던 황현이었다.

신접살림을 광의면 종형의 동네에 차렸다. 그리고 이듬해 19세가 되면서 첫 딸을 낳았다. 내심 기대하던 아들이 아니어서 조금은 서운했지만 그런 낯 기색 없이 아내를 위로하듯이 말했다.

"수고했소. 딸은 살림 밑천이라는데……."

이제 아버지가 된 황현이었다.

더욱 공부에 매진하면서 그 나이 20세가 되면서부터 스승으로부터 근체시를 배우기 시작했다.

황현의 나이 23세때, 지리산 연곡사燕谷寺를 구경하게 되면서 시詩 한 수를 지어 읊조렸다.

연곡사 · 1877

절이 낡아 불당에는 부처의 그림도 없는데
오직 탑 하나가 구름에 기대어 남았어라.
새벽 하늘에선 은하수가 바로 쏟아지려 하고
아무도 없는 골짜기에선 물과 바람이 부딪쳐 소리지르네.
마을이 대숲에 가까워 개 짖는 소리가 들리고
재가 끝난 불당 귀퉁이엔 영험스런 까마귀들이 모여드네.
저 많은 밤나무는 누가 다 심었을까
나무마다 울긋불긋 그 모습 아름다워라.

燕谷寺 · 1877

寺古佛堂無畵圖, 惟存一塔倚雲孤.
曉天星漢政搖落, 空谷水風相激呼.
村近竹間通吠犬, 齋休殿角集神烏.
萬株洞栗誰栽得, 樹樹靑黃境絶殊.

황현이 스승으로부터 근체시를 배우고 맨 먼저 지은 시였다. 그렇게 정신적인 모든 양식의 학문을 왕석보 스승으로부터 배워 익히던 어느 날이었다.

하동의 양반 출신 유생인 남파南坡 성혜영(成蕙永, 1844~ ?)이 왕석보 스승을 찾아와 우연히 함께 자리를 하게 되면서 인사 소개를 받았다.

▲ 지리산 연곡사 대적광전 전경

그는 당시 한양의 육교를 중심으로 한 문학단체 '육교시사六橋詩社'에 일원으로 있다고 했다.

그 문학단체를 이끌어가고 있는 분이 바로 국내 명사로 당대 문장과 학문이 으뜸인 고환당古懽堂 강위姜瑋 선생이라고 소개했다.

강위의 호는 추금秋琴 또는 고환자古懽子이다. 제주도로 유배된 스승인 추사秋史 김정희를 찾아가 많은 감화를 받았던 선비로 1821년에 경기도 광주에서 태어난 그는 30세 이전에 김정희의 제주 유배지에서 약 4년을 함께 생활할 정도였다고 한다.

그처럼 박학다식한 김정희로부터 5~6년 이상 많은 학문의 가르침을 받아온 강위는 스승이 갖고 있던 수많은 장서를 열람함으로써 그의 공부는 그만큼 깊고도 넓다는 것이 성혜영과 왕석보의 설명이기도 했다.

한참 학구열에 불타고 있었던 황현은 당대의 문장가로 알려진 강위를 한 번 만나보고 싶은 마음이 그로부터 강렬해졌다.

그처럼 간절한 열망은 마침내 2년 뒤 강위를 만나 보기 위해 그 뜻을 아버지에게 내비치었다.

"한양 선비들 문학단체를 이끌고 계시는 고매하신 스승이 계시다고 소개를 받았습니다요. 견문도 넓히고 한양 구경도 할 겸 날을 잡아 한 번 다녀왔으면 합니다만……."

"네 뜻이 그렇다면 한양 선비들과 교유도 될 터이니 그렇게 하는 것도 공부가 되겠지."

황시묵은 황현의 공부에 도움이 되는 것이라면 언제나 그렇게 반갑게 승낙을 하였다.

마침내 1878년 화창한 봄날 한양 길에 오르게 된 황현이었다.

상경하여 강위의 시 제자 성혜영을 통하여 강위를 만나게 되면서, 한양 문학단체 '육교시사회' 선비들과 교유를 갖게 되는 행운을 얻게 되었다.

그곳 문우들과 함께 한양 거리를 구경할 때였다. 사천성 미산현 학령 성문 밖에 동서로 두 개의 탑이 세워져 있었다. 그 탑은 송나라 건도(乾道, 1165~73)간에 세워진 것으로, 그 지방의 선비 가운데 소동파蘇東坡라든가 소철蘇轍 같은 과거 급제자의 명단을 그 위에 써서 남긴 것들이었다.

그런 흔적들은 지난 역사 속에 통일신라시대 당시 당나라에 조공을 바쳐오던 때의 것들로, 섬서성 장안현 남쪽에 있는 자은사 내에 안탑이 세워져 있는데 이곳 탑에도 당나라의 급제자들의 이름을 써서 남겼다.

그토록 아픈 역사의 흔적을 가슴 서늘하게 바라보고 돌아온 황현은 그 아린 가슴을 시를 지어 남겼다.

문과 급제자 방榜 붙인 것을 보고 · 1878

아름다운 피리 소리 고관들의 수레
곳곳마다 봄이 왔건만,
길이란 길마다 하늘이 어두워지고
말발굽에선 티끌만 날리네.
안탑이 이름 남길 만한 곳인지
알지 못하겠거니와
저 가운데 그 몇 사람이나
불쌍한 창생을 건져내 줄 수 있으려나.

看文科放榜 · 1878

珂笛輪軒處處春, 九街天暗馬蹄塵
不知雁塔留名地, 濟得蒼生有幾人.

성혜영으로부터 강위 선생을 소개 받고 그로부터 당대 한양에서 이름난 문우들과 교유를 갖고 어울려 지내는 동안 어느덧 그 해를 넘기고 1879년을 맞게 되었다.

그때쯤은 집을 떠나올 때 허리춤 전대에 차고 올라온 노잣돈도 거의 바닥이 드러나 있었고, 집안 소식도 궁금해지면서 마음이 바빠지고 있었다.

황현은 한양에 올라와 교유를 갖게 된 여러 문우들과 함께 석별의 정을 나누기 위해 강위 선생을 모시고 강마을로 나갔다. 숙소를 나올 때와는 달리 오락가락 한두 방울씩 떨어지는 가랑비가 서둘러 주막을 찾아들게 했다.

일행은 강이 저만치 내려다보이는 주막집을 찾아들었다. 그리고 술을 청해 이별주를 나누게 된 자리에서였다.

황현이 스승 강위에게 정중하게 잔을 따라 올리면서 말했다.

"그동안 스승님을 비롯하여 여러분께서 제게 여러 가지로 많은 공부를 하게 해주셔서 진심으로 감사를 드립니다. 저 생애에 영원히 잊지 못할 소중한 기억으로 남을 것입니다."

"이 사람이 지금 무슨 소리를 하고 있는 겐가. 아주 못 볼 사람처럼. 허허……."

"그러게 말입니다. 자고로 선비는 한양으로 머리를 돌려야 된다는 말도 못 들어 보셨는가? 이제 그 시작인 게여, 핫핫하……."

강위 스승의 말을 받은 성혜영이 크게 웃으며 나무라듯이 하는 말이었다.

"하지만 이처럼 매관매직으로 어수선한 정국에 가난한 시골 선비가 감히 무슨 꿈을 바라고……."

"이 사람아, 그렇다고 선비가 꿈마저 잃으면 걸어다니는 산송장이나 뭐가 다르단 말인가. 그렇게 맥 빠진 생각일랑 오늘로 저 강물에 훌쩍 던지고 가시게나. 아시겠는가?"

"저를 위해 염려해 주신 말씀 깊이 유념하겠습니다."

그런 분위기 속에서 몇 순배의 잔이 돌았을 때였다.

황현은 불콰해진 술기운에 즉흥시를 한 수 지어 읊었다.

강마을을 바라보면서 · 1879

안개 속 높고 낮은 나무들 너머로
여남은 고기잡이의 집들이 보이네.
버드나무 아래론 곧게 돛을 세운 배가 지나가고
울타리에선 비스듬히 그물을 펼쳐놓고 깁네.
잘다란 꽃 아래에선 물고기가 물결 일으키고
서늘한 빗줄기 속에선 해오라기가 모랫벌에 서 있는데
이 마을 돌아다보니 티끌 세상이 꿈같지만
머물고 싶어도 다시금 갈 길은 멀기만 해라.

望江村 · 1879

高低烟樹外, 多少浦人家.
過柳懸帆直, 張籬補網斜.
細花魚作浪, 凉雨鷺占沙.
顧此塵埃夢, 欲從還路賒.

한양에 올라와 사귄 문우들과 석별의 정을 나눈 황현은 다음날로 귀향길에 올랐다.

한양 나들이 1년 만에 귀가歸家를 한 아들을 보고 아버지 시묵은 반가움에 환한 웃음을 담고 조금은 핀잔을 주듯이 말했다.

"나는 아범이 아주 한양에 눌러 앉아 장원 급제라도 하고 내려올 요량인 줄 알았는디 내려 왔네 그랴. 허허허……."

"죄송합니다. 잠시 구경만 하고 내려온다는 것이 그만……."

"됐네, 이 사람아. 다 그럴만한 이유가 있었으니께 그랬을 테지. 어여 들어가 여장이나 푸시게."

황시묵을 비롯해서 식구들은 황현이 그동안 객지 타관에서 건강한 모습으로 돌아와 준 것만으로도 크게 고마워 했다.

조용한 시골 일상으로 다시 돌아온 황현이었다. 며칠을 집에서 쉬고 스승 왕석보를 찾아뵙고 문후 인사를 올렸다.

"염려 덕분에 한양 나들이 무탈하게 잘 지내고 돌아왔습니다."

"어느새 일년이라. 그동안 한양 생활에서 듣고 배운 공부가 많았겠구먼. 그래 한양 선비들이 주고 받는 시국 이야기는 어떻든고?"

"여전히 어둡지만 쥐구멍에도 볕들 날이 있을 것으로 믿고 꿈만은 잃지 말라고 당부했습니다."

"옳은 말이네. 조상으로부터 어떻게 지켜온 조선인데 이대로 파국으로 치달을 수는 없는 일이니께 젊은이들이 그 준비를 게을리 말아야 할 것이야. 알겠는가?"

"명심하겠습니다."

"이 나라 장래를 짊어지고 나갈 젊은이들 심지에 불만 켜져 있다면 무엇을 더 걱정하겠나. 그렇게 알고 이전보다 더욱 더 학문에 열심을 내시게나."

"당부의 말씀 깊이 유념하겠습니다."

그로부터 황현은 자신이 부족함을 느낀 듯한 학문에 더욱 열심히 매진하게 되었다.

그리고 그의 나이 26세 되던 1880년 아들 암현巖顯을 낳았다.

"허허……. 제 아범을 꼭 닮아 나왔구먼."

집안의 경사가 있던 그 해 가을이었다.

왕석보 선생께서 가만하게 황현을 불러 앉히고 말했다.

"이보시게. 꽃이 화분 속에 있으면 생기가 없고, 새가 새장 속에 들면 천연의 정취가 없다고 했네. 이 말은 선비가 방안의 창으로는 넓은 세상을 볼 수가 없다는 것을 오늘 자네에게 말해 주고 싶은 것이라네. 지금 조정이 어지러워 탁류로 흐르는 물을 걷잡지 못함과 같은데 자네 같은 선비가 우물 안에 갇혀만 있어서야 쓰겠는가. 이 난세를 개혁할 인재들이 필요한 시국일세."

"제가 어찌 그런 막중한 일을 감히 생각할 수 있겠습니까. 아직 학문도 부족하고……."

"무슨 소릴 하고 있는가. 지식이라는 학문을 왜 하는지 아시는가? 인간을 알고 세상을 배우기 위해서라고 했네. 그렇게 모든 것을 섭렵하고 배운 사람을 일러 도덕 군자라고 하는 것이고……. 사람을 사랑하는 일이 곧 학문이고, 도덕이며 범행梵行인 것이네. 난세일수록 도덕 군자들이 많이 나와 주어야 하지 않겠는가? 사람은 다 제 몫의 그릇을 가지고 태어난다고 했으니 자신이 어디에 쓰임을 받을 그릇인가 넓은 세상에 나가 살펴보는 것 또한 공부가 아니겠는가."

"선생님의 뜻이 그러시다면 아버님께 여쭈어 상의해 보겠습니다."

"그렇게 하시게나. 자네 아버님이시라면 응당 허락해 주시리라고 보네."

황현은 그 자리를 물러나와 왕석보 선생의 말을 그대로 아버지께 전해 올렸다.

"과연 대학자로다. 그래 선비로 뜻을 세웠거든 그 뜻을 향해 질주해야겠제. 마음을 한 곳으로 모으고……. 논어에도 하나의 옥돌이 다듬어져 훌륭한 그릇이 되기까지는 각고의 아픔이 뒤따른다고 했으니 배우기 위해서, 또 알기 위해서 몸과 마음을 던지는 일보다 더한 아름다움이 있겠는가. 이제부터 자신을 그 옥돌로 생각하거라. 훌륭한 그릇을 만들어 내기 위해서는 쉼 없이 망치질을 하고 깨지면서, 또 닳아지면서 새로운 모습으로 완성품을 만들어 내는 것은 이제 네 자신에게 달려 있을 뿐이다. 알겠느냐?"

아버지의 허락을 흔쾌하게 받아낸 황현이었다.

그 말씀을 왕석보 선생에게 그대로 전해 올렸다.

왕석보는 응당 그러실 줄 알았다는 듯이 얼굴에 미소를 머금고 말했다.

"그렇게 결정하기로 굳혔다니 고맙네. 지금 학문의 길이 문란해져서 속설이 유행하고 있네. 이대로 가다가는 유서 있는 학문의 전통은 사설 때문에 형체를 잃고 말 걸세. 자네는 다행히 아직 젊고 학문을 사랑하는 선비이니 아무쪼록 착실히 올바른 학문을 공부하여 세상에 넓게 펴주기 바라네. 결코 자기가 주장하는 신념을 굽혀 세상 속물들에게 아첨하지 않도록 조심하게. 곡학아세曲學阿世란 말이 있지 않은가. 신념 따위는 아랑곳없이 세상 속물들에게 추종하는 무리들을 일컫는 말이지. 지금 그런 무리들이 조정을 어지럽게 판을 치는 실정이라네."

당시 국내 정세는 심히 어지러웠고, 그 틈새를 엿본 외세는 강화도를 강제로 개항시킨 이후 이 나라를 호시탐탐 넘겨다보고 있었다.

특히 이웃나라 일본은 음흉하게 침략의 계략을 꾸미고 있었던 것으로 조선으로 하여금 자신들의 입맛에 맞도록 억지로 개혁을 하도록 은근히 압력을 행사하고 있었다.

그러한 상황에서도 조정에서는 일본을 배경으로 한 '친일정객親日政客'과 청국을 배경으로 한 '친청정객親淸政客'으로 나누어져 우위를 차지하려는 세력다툼은 마침내 국가의 기반을 흔들리게 하는 요인이 되고 있었다.

그만큼 외세의존의 정객들은 대부분이 사리사욕에만 혈안이 되어 있었고, 일신의 영달만을 추구할 뿐 국가의 존망에 대해서는 아랑곳하지 않았다.

그야말로 아수라장을 방불케 하는 어지러운 난세였다.

그러나 보다 넓은 세상에서 공부를 하기 위해 다시 서울 상경을 생각하게 된 황현이었다.

어지러운 난세일수록 의식이 살아있는 젊은 인재들이 많이 나와 주어야 한다는 스승 왕석보의 권유에 의해서였다.

괴나리봇짐을 챙기는 서실書室 창문 밖으로 잎이 떨어진 나무에 가을 빛깔을 그대로 담은 감들이 황현의 가슴 속 꿈 조각처럼 주렁주렁 매어 달려 먹음직한 아름다움으로 잘 익어 있었다.

05
청운의 꿈을 안은 한양길

황현이 집을 떠나기 전날 밤이었다.

황시묵이 가만히 황현을 불러 앉히고 나직한 목소리로 물어왔다.

"이제 아범은 지난 번하고는 달리 큰 목적을 가지고 한양에 올라가는 거여. 객지에 나가 공부할라치믄 고생이 된다는 것은 각오해야 하는 것이고……. 그래, 그동안 스승님으로부터 사람을 만남에 그 처신을 어떻게 하라고 배웠는고?"

"예禮로써 대하고, 예로써 말하며, 예로써 사귀라고 하셨습니다."

"그래. 사람이란 그 처신하는 몸짓과 입에서 흘리는 말을 보게 되면 그 사람됨에 인품을 볼 수 있다고 한 것이니까 사람 만남에 있어서 각별히 주의해야 하네, 아시겄는가?"

그 말을 이르고 아버지는 은근한 몸짓으로 가만하게 다가앉으며 목소리를 낮추고 물어왔다.

"물어보자. 여자와 아내가 어떻게 다르다고 생각하는고?"

"네? 제가 그걸 어찌……."

황현은 아버지의 뜻밖의 질문에 대답을 하지 못하고 눈만 껌뻑거렸다.

"그럴 테지, 내 가르쳐 주마. 지아비에게 있어서 아내는 여자가 아니라 열두 폭 치마로 모든 허물을 덮어주는 어머니와 같은 존재라는 것이여. 그래서 조강지처糟糠之妻라는 아내와 여자는 엄연히 다른 존재라는 것이지. 논어에 이르기를 여자와 소인은 참으로 다루기가 어렵다고 했단 말씀이야. 가까이하면 불손하고, 그것들을 또 멀리하게 되면 원망을 듣는 법이라고 했어. 그러니 멀리도 가까이도 하지 말거라. 아무튼 객지에 나가 조심해야 할 것은 여자 무릎은 화약통과 같은 것이라고 했으니까 조심하고, 또 찬 바람 조심하고 빈 속에 술을 삼가해야 할 것이야."

"일러주신 말씀 각별히 유념하겠습니다."

객지에서 있을 3대화근三大禍根이 무엇인가를 그렇게 아들에게 조목조목 가르쳐 주는 아버지 시묵이었다.

다음날 작별 인사를 드리기 위해 황현은 아침 일찍 왕석보를 찾아가 큰 절로 스승에 대한 예를 갖추어 인사를 올리며 말했다.

"그동안 부족한 제게 여러 가지 공부를 가르쳐 주신 스승님의 은혜에 감사 올립니다."

"허허……. 큰 꿈을 안고 대처大處로 나가는 자네 모습을 보니 감회가 깊네 그려. 하긴 십년이면 강산도 변한다는 것인데……. 저 자연 세계를 보시게. 엊그제 연푸른 잎새가 점점 짙푸른 잎새로 물들어 가는가 싶더니 어느새 한 계절을 장식하는 감빛 들판이 얼마나 넉넉해 보이는가. 자네는 그동안 많은 학문을 익혀 왔으니 이제 넓은 세상에 나가 그 이치를 배워 자네 몸에서 저 감빛 들판처럼 시와 음악의 냄새가 나게 하고, 잘 익은 학문의 냄새가 나게 하고, 그 모든 것들이 어우러져 있는 자네만이 지닐 수 있는 지리산 매화꽃 향기를 마음껏 풀어내 보시게나. 그래서 목마른 선비들이 달려와 두레박질을 하는 지리산 매천梅泉 우물로 자리매김해 줄 것을 바라고, 또 부탁하는 바일세."

"매천이라고 하셨습니까?"

"그렇네. 이제부터 자네는 지리산 정기를 흠뻑 받은 그 매화꽃 향기 그득하게 피워내는 매천梅泉 황현이 되는 걸세."

"오늘 제게 이토록 큰 선물을 안겨 주신 스승님의 은혜, 결코 헛되이 저버리지 않도록 한양에 올라가 더욱 열심히 학문을 갈고 닦아 보은하겠습니다."

뜻밖에 스승 왕석보로부터 호를 매천으로 부름을 받게 된 황현은 송구스러움에 벌떡 일어나 옷매무새를 고치고 큰절을 해 올렸다.

"고맙네. 이제 자네만의 새로운 세상 속으로 걸어 들어가는 것일세. 오늘 자네를 보니 부처님이 설하셨다는 중생들의 인연법이란 것이 떠오르는구먼. 사람은 누구나 만나는 인연에 따라서 그 영향을 받고 삶의 모습을 만들어낸다는 것 아니겠는가. 흠흠……."

유학자이면서도 모든 성현들의 가르침의 도를 이미 통달하신 왕석보 선생은 부처님의 인연법을 새삼 떠올리는 듯 다시 천천히 말씀했다.

"대처에 나가게 되면 먼저 이웃이 될 말벗을 잘 만나야 하네. 그것이 불가에서 말하는 만남의 인연에 따라서 화근이 되는 죄와 복을 불러들인다는 것이지. 그 인연의 비유법을 제자들에게 가르치기 위해 어느 날

부처님이 가사굴 산에서 정사로 돌아오다가 길에 떨어져 있는 묵은 종이를 보고 비구를 시켜 줍게 하고 그것이 어떤 종이냐고 물으셨다네. 그래 비구가 그 종이에서 묻어나는 냄새를 맡아보고 대답하기를, '이것은 향을 담고 있던 종이입니다. 향기가 아직 남아 있는 것으로 보아 알 수 있습니다.' 부처님이 다시 얼마를 가시다 길에 떨어져 있는 새끼를 보고 다시 줍게 하고는 그것이 어떤 새끼냐고 물으니까 비구가 대답하기를, '이것은 생선을 꿰었던 것입니다. 비린내가 아직 남아 있는 것으로 보아 알 수 있습니다.' 그러자 부처님이 뭐라고 말씀하셨는 줄 아는가?"

"?…… 잘 모르겠습니다."

"사람은 원래 깨끗한 것이지만 모두 인연에 따라 죄와 복을 부르는 것이라서 어진 이를 가까이 하면 도덕과 의리가 높아가고, 어리석은 이를 친구로 하면 곧 재앙이 생기고 죄가 이르는 것이니라. 저 종이는 향을 가까이해서 향기가 나고, 저 새끼는 생선을 꿰어 비린내가 나는 것과 같으니라. 사람은 다 조금씩 물들어 그것을 익히지만 스스로 그렇게 되는 줄을 모를 뿐이다, 라고 했다네. 인연법이란 바로 그런 것 아니겠는가. 사과를 몸에 지니고 있으면 몸에서 사과 냄새가 나고, 모과를 지니고 있으면 모과 냄새가 나고, 또 사향을 지니고 있으면 사향 냄새가 날 것이고, 비린 생선을 지니고 있으면 비린 냄새가 날 수밖에 더 있겠는가?"

"……다행히 지난번 한양 나들이에서 사람 냄새가 나는 좋은 분들을 만나고 돌아왔지 뭡니까요."

"허허허……. 참으로 고맙고 다행한 일이었구만. 그러니까 사람 몸에서는 사람 냄새가 나야 하는 것이지만, 중생들이 아직 사람 냄새를 풍기지 못하기 때문에 열심히 배우고 닦아서 정신을 바로 세우라는 것이지. 그래야 비로소 그 몸에서 사람 냄새가 난다는 게야. 그래 우리 조상 양반님네들이 이웃과 시비가 있으면 차마 막말은 입에 올릴 수 없고 점잖게 했다는 욕설이 뭔지 아시는가? 바로 '저 인간이 사람이야?' 라고 했다네. 인간이라는 그 자체는 누구나 오욕칠정五慾七情이라는 동물적 속성의 본능이 있어서 짐승과 조금도 다름이 없다는 게야. 그 저속한 동물적 탐욕의 속성을 비우고 닦는 게 사람을 이루게 하는 공부라는 것 아니겠는가."

"…… 예 맞습니다."

"그것이 또한 부처님께서 중생들에게 설하신 해탈득도로 짐승이나 마찬가지인 인간 속성을 벗으라는 것이고, 그랬을 때 비로소 만물을 다스리는 영장靈長으로 그 모습이 바로 사람인 것이고, 그러한 사람이 되어야 비로소 부처님 제자가 된다는 말씀이셨다네. 흠흠……."

"구구절절이 가슴에 두고 새길 말씀입니다."

"그래 사람 모양만 하고 있다고 다 사람인 줄 아느냐? 하고 점잖게 일침을 가했던 욕설이 바로 '저 인간이 사람이야?' 말하자면 생각할 줄 아는 사람이 아니라, 개돼지나 다를 게 없는 본능뿐인 저속한 짐승이라는 것이지. 힘이 들어도 그처럼 사람이 되기 위해서는 열심히 공부를 해야 하는 것이라네. 아무리 총명하더라도 배우지 않으면 깨닫지 못하고, 노력과 배움, 이것 없이는 인생을 밝힐 수가 없다는 것이거든. 하지만 얄팍한 심성에 영악하게 잔머리나 굴리는 사람들일수록 문자 놀이에만 급급해 하면서 우쭐거리는 그런 사람들이 얼마나 넘쳐나고 있는 세상인가. 아, 그 사람들이 배운 만큼 깊이 생각하는 지혜에 눈을 돌렸다면 나라가 이처럼 속수무책으로 어지럽고 시끄럽겠는가?"

"……."

"그래, 오늘 흥선대원군의 강력한 섭정정치로 우선적으로 서원의 철폐를 내린 이유가 뭐겠는가? 글줄이나 읽어온 양반님네들이 지금까지 보여준 것이 뭐였느냔 말이지. 흠흠……. 글줄이나 읽었다는 양반님네들, 교만과 허세가 부패된 탐관오리로 온갖 부정과 부패를 저질러온 온상지대라는 거지. 아, 서원에서 배출된 유생들이 제대로 인仁의義예禮지知를 가슴에 깊이 새겨 공부했다면 오늘 저 모양으로 행동들을 하겠는가?"

"……."

"그래, 공부는 했어도 사람의 도리를 모르는 사람을 보고 뭐라고 비아냥대는지 아시는가? 바로 식자우환識字憂患이라고 한다네. 생각해 보시게. 자네가 만약 훌륭한 학덕을 지닌 사람이라면 참으로 고상하고 품위있는 냄새가 나지 않겠는가. 이렇게 사람의 인격이란 한 인간의 내용이 외적으로 표시되는 것을 말하는 것이거든. 그래 학문을 배워서 그것을 실제로 사용하는 사람이 가장 현명한 사람으로 도리를 아는 선비라고 한다네."

"오늘 제게 하교해 주신 말씀 명심하여 가문을 빛내 주신 조상님들과 스승님께 보은하도록 노력하겠습니다."

"그래야지. 조상이 아무리 영예롭게 가문을 빛냈어도 자손의 생각과 배움이 부족하면 그 씨가 흙속에 묻힌 감자와 뭐가 다름이 있겠는가. 사람은 다 제 할 탓으로 그 행실이 바로 천하고 귀한 양반 상놈을 가르는 것이네. 하늘은 공평해서 양반 상놈을 정하지 않았다는 말일세. 흠흠…….”

잠시 사이를 두고 왕석보의 얘기는 다시 이어졌다.

“그것은 사람들이 인위적으로 만들어 놓은 악덕이라, 유교가 중국으로부터 들어와 국교가 되다시피 하면서 만들어진 폐단이 바로 그 반상제도班常制度였네. 그로하여 만들어진 것이 ‘삼노팔리三奴八吏’였지. 그 삼노팔리는 처음에는 종 또는 아전이었으나 뛰어난 자손을 둔 덕으로 양반이 된 가문을 말하는 데, 그 삼노팔리에 해당하는 한 사람으로 처음에는 종이었지만 뛰어난 학문으로 양반이 된 사람이 정도전, 송악필, 서기徐起 등 세 사람이고, 팔리는 동래정씨, 반남박씨, 한산이씨, 여흥이씨, 예산송씨, 창녕서씨, 홍양유씨, 진보 혹은 진성이씨라고 하는 여덟 가문이라네. 그러니까 조선시대 정 5품 지평持平이란 벼슬을 받은 서기가 삼노의 한 사람이었다면, 팔리의 한 사람으로는 퇴계 이황 선생이 있다네. 그분이 진성이씨로 고려 때 아전 가문이었지만 조선에 와서는 명문가가 된 것이지. 놀랍지 않은가? 또 그 삼노의 한 사람이었던 서기가 어떻게 감히 그 높은 벼슬자리에 오를 수 있게 되었는가 하는 이야기를 들어본 일이 있는가?”

어디서도 들어보지 못한 생판 처음 들어보는 이야기였다. 황현은 한마디로 짤막하게 대답했다.

“처음 들어보는 얘깁니다. 들려주시지요.”

“그럼 참고가 될 것 같아 내 이야기해 줌세. 그토록 한미한 가문을 일으켜 세운 서기라는 사람의 본관은 이천인데 일곱 살에 마을에 있는 서당에서 공부를 했다네. 어느 날 서당 공부가 끝났는데 기특하게도 시를 지어 스승에게 드리는 말이, ‘서당이 길이 남아 훼손되지 말아야 할 것입니다. 저로 하여금 성현을 읽게 했으니' 라고 했는데 그 글을 받아 읽은 스승이 감탄하고 칭찬하며 그때 벌써 보통 아이가 아닌 줄 알았다는 게지. 그런데 열 살 때에 그 어머니가 병이 들어 혼절하자 자기 손가락을 잘라 약에 타서 어머니께 드리니 어머니가 다시 소생을 할 정도로 효심이 지극했다는 게지. 그런 효심의 발로가 젊어서 학문에 힘써서 백가의 여러 기술을 섭렵하지 않은 게 없었고, 나이 이십여 세에 토정 이지함에게 나아가 비로소 도의 바름을 알게 되면서 그동안 배운 것을 다 버리고 이지함을 모시고 따라다녔다네. 사방을 돌아다니면서 한라산에도 함께 오르고 했는데 이지함이 서기의 총명함에 감복을 하고, 학자로 소문이 난 복소 이중처에게 가서 배우도록 알선해 주어서 그 문하생으로 들어가 학문을 익혔다네. 그리고 삼년 만에 처음으로 고향에 돌아와 보니 마을 풍속이 비루하고 나쁜 것을 탄식하고는 서당에서 강론을 하니 저급한 마을 무지렁이 같은 놈들이 어느 날 몰래 서당에 불을 질러 버렸다는 게야. 쫓아버리려고 한 소행이지, 허허……."

"그래서 어떻게 되었습니까요?"

이야기를 듣고 있던 황현은 자신도 모르게 다음 이야기를 채근했다.

"그래, 어쩔 수 없이 처자를 이끌고 지리산 홍운동에 있는 인적이 드문 곳에 움막집을 짓고 밭을 일구고 아침 저녁으로 드나들고, 가을 여름이 교차할 때는 산배를 삶아 허기를 달래 가면서도 여전히 그곳까지 찾아오는 사람들에게 강론을 끊지 않으니, 먼 곳 사람들도 소문을 듣고 책 상자를 지고 와서 각각 그 근처에 서당을 짓게 되니까 자연스레 그 폐가 가까운 절에까지 미치게 되었다네. 그러자 토정 이지함으로부터 도를 배운 그는 중들의 원망이 일어날까 염려를 해서 그곳에 자리를 정한 지

4년만에 정리하고 공주 계룡산 고청봉 밑에 있는 동굴에 거처를 잡아 집을 삼아 지내다가 예순 다섯에 세상을 뜨니 마을의 존경스런 스승으로 소문이 나서 사후에 귀감이 된다고 하여 위로부터 지평이라는 벼슬을 받아 양반으로 이적되었다는 것일세. 내가 오늘 이 이야기를 왜 자네한테 하는지 알겠는가?"

"말씀해 주시지요."

"학문은 그 사용법까지 가르쳐 주질 않네. 학문을 이용한다는 것은 학문을 내 것으로 만들어 쓰는 것이고, 그것은 오직 자기 자신의 지혜에 달려 있다는 것을 말해 주고 싶어서 그런 것이라네. 내 뜻을 아시겠는가?"

"이렇게 떠나는 시간까지 큰 가르침을 주신 스승님의 말씀을 보약으로 간직하고 학문을 익혀 오겠습니다. 부디 성숙한 모습으로 다시 찾아뵐 때까지 건강해 주실 것을 부탁드리겠습니다."

"고맙네. 그 군은 결의도 가상하고……. 참, 한양에 올라가거든 자네가 먼저 찾아볼 사람이 있네. 내가 서찰을 써 줄 테니 올라가는 길로 먼저 찾아 만나 보시게. 한양에서 내로라는 명사이니 자네가 보거과 응시 공부하는 데 많은 도움이 되어줄 걸세."

그렇게 한양에 올라가거든 먼저 찾아보라는 분이 바로 영재寧齋 이건창(李建昌, 1852~1898)으로 황현보다 3살이 위였다. 전주이씨 정종의 후예로 강화에서 출생했다. 그는 어려서부터 그의 조부 이시원으로부터 많은 것을 배웠다.

이건창의 조부 이시원은 세도정치가 극에 달했던 철종이 강화도령 시절, 강화도의 유력자로 철종에게 도움을 주었다는 이유로 철종이 즉위하고 판서직까지 올랐었다.

그런데 고종 3년(1866년) 초가을 이른바 '병인양요' 때 몇 척의 프랑스 함대가 강화해협을 타고 들어와서 강화도성을 포격하자 도성을 지켜야 할 고관들이 한 사람도 자리를 지키지 않고 도망쳐 버렸다. 이에 격분한 당시 판서였던 조부 이시원은 셋째 아우 희원에게 뒷일을 부탁하고, 둘째 아우 지원과 함께 간수물을 마시고 자결했다.

이러한 비극의 자초지종을 목도한 이건창은 그 해(1866년) 치른 별시문과 병과로 6명 중 5등을 하여 조선시대 최연소 합격자로 15세 때 등과하여 18세에 기거주를 경유해서 옥당에 들었다.

그리고 1874년 23세의 약관 나이로 동지사절의 서장관이 되어 북경에 갈 기회를 얻게 된 이건창은 그곳 청의 학자 한림 황옥과 장가양, 서남등 당대 중국 최고의 병사들과 교유를 하게 되었다.

이때 그들이 관직을 양보해 주어야 할 만큼 문장에 능하다는 평가를 받고 이듬해 봄에 돌아온 당대의 대학자로서 명사였다.

그렇게 당대의 권신의 자리에 오르게 된 이건창을 찾아가 만나보도록 서찰을 써준 왕석보 스승이었다.

황현은 1878년(고종 8) 24세가 되던 해에 보거과 응시의 꿈을 안고 다시 한양에 올라와 왕석보 스승이 적어준 서찰을 들고 이건창을 찾아갔었다. 그러나 이건창은 유감스럽게도 당대의 권신이자 충청감사인 조병식의 모함을 받아 그때 북변의 벽동 유배지로 떠난 뒤여서 만나지를 못했다.

이건창이 유배를 가게 된 것은 중국에서 돌아온 그 해 가을 고종으로부터 암행어사 칙명을 친수 받고 활약하면서 탐관오리를 벌하고 헐벗어 굶주린 백성들을 따뜻이 감싸 안으면서 주구를 일삼던 탐관오리 조병식을 금고 처분한 대가로 그에게 역습을 당한 때문이었다.

그러한 상황에서 이건창을 만날 수 없게 된 황현은 그 대신 그의 아우 이건초李建初를 만나게 되면서 그를 통해 개성 출신 창강滄江 김택영(金澤榮, 1850~1927)을 소개 받았다.

그리고 지난번 한양에 올라와 남파 성혜영을 통해 인사 소개를 받고 교분을 갖게 되었던 스승 강위와 그로부터 친분을 맺고 나누었던 '육교시사회' 선비들을 찾아 그동안의 인사를 나누는 등 기쁨의 해후 시간을 갖게 되었다.

그러한 만남의 시간 속에서 스승 강위를 통해 소개를 받게 된 사람이 신헌(申櫶, 1810~1884)과, 또 그 아들 어영대장과 형조판서를 지낸 향농香農 신정희(申正熙, 1833~1895)였고, 그로부터 친분을 갖게 되면서 여러 가지로 도움이 되는 유익한 시간을 갖기도 했다.

그러나 매관매직이 판을 치는 정국이었다. 한양에 올라올 때 목표인 보거과 응시에 앞서 고종으로부터 감사관 칙명을 친수 받았다는 영재 이건창의 그늘이 절실히 필요하다고 생각했다. 그런데 그가 막상 유배를 떠나고 없는 터여서 여간 실망스럽지가 않았다.

그렇다고 무작정 한양에 눌러 앉아 매관매직이 판을 치는 승산 없는 보거과 준비에 몰두한다는 것도 황현에게는 조정 안과 밖이 어지러웠던 것만큼 마음 내키지 않는 일이었다.

황현은 한양길 내친 걸음에 말로만 들어온 금강산 구경이나 한 번 해볼 심산이었다.

그대로 풍류 시객이 된 황현이었다.

괴나리봇짐을 짊어지고 강원도 일대와 금강산을 유람하면서 《담풍췌묵談楓贅墨》이라는 기행시집을 써냈다.

그 기행시 가운데 〈치우불발유회値雨不發有懷〉라는 시에서 다음과 같이 유람을 나선 선비의 마음을 읊어냈다.

旣已破萬卷　이미 만 권의 책을 읽었으니,
亦可横四方　또한 사방으로 돌아다닐 만하네.

그만큼 많은 책을 읽어 학문에 자신이 있다는 당당한 선비로서의 감정 표현이었다.

그렇게 얼마동안을 시객으로 강원도 명승지를 찾아 유람을 하고 돌아다니던 황현에게 다음해 1881년 유배지 귀양에서 풀려난 이건창과의 만남이 비로소 이루어졌다.

그때 이건창은 황현이 금강산 유람길에 써 들고 온 그 시를 보고 놀라며 시에 대한 그의 안목을 인정해 주면서, 풍류시객으로 돌아다니던 황현의 숙소를 돈화문 옆 삼청동으로 정하고 여장을 풀도록 알선을 해주었다.

스승 왕석보가 깊이 생각한 바 있어 써 준 서찰로 인해 그처럼 인연을 맺게 된 이건창과의 만남은 글공부를 해야 하는 선비로서 더 없는 행운이라고 할 수 있었다. 그를 통해 여규형(呂圭亨, 1848~1921)과 주사主事 무정武亭 정만조鄭萬朝 등 유명 인사들과도 교유를 갖게 되었기 때문이었다.

황현이 조선 후기 3대 문장가로 손꼽힐 수 있었던 것 역시 자신의 타고난 재능과 그만큼 열심히 노력한 대가로 얻어진 보람이기도 했지만, 그러한 손꼽히는 문장가의 입지에 오르기까지는 주위의 좋은 인연과의 교분이 그 자양분이 되어준 것도 사실이었다.

당시 이건창은 그 덕망과 바른 지조의 인품이 고매하여 따르지 않는 이가 없었다. 거기에 또 당대 문장의 제일인자로 손꼽혀서 모르는 사람이 없을 정도였다. 그가 지은 오언장시五言長詩 〈전가추석田家秋夕〉은 그야말로 걸작으로 충청도 암행어사 활동을 하면서 얻은 것 중의 하나였다.

그런 그가 황현의 시작품을 보고 높이 평가하고 또 중앙 시단詩壇에 추천을 해주었다는 것은 어쩌면 하늘이 내린 축복과도 같은 것이었다.

그처럼 연쇄적인 인연의 고리로 황현은 당시 장안에서 내로라는 저명한 문사들과 두루 교유할 수가 있게 되면서, 특히 이건초로부터 인사소개를 받았던 김택영과의 만남은 그 후 평생 사우師友로서 신神들의 사귐이라는 신교관계神交關係를 맺게 되었다.

김택영은 황현보다 다섯 살이 위였다. 자는 우림于霖이고 호는 창강 또는 소호당韶濩堂이었다. 인연의 고리는 그렇게 만남과 만남의 끈으로 이어지면서 황현의 시 공부에 또한 커다란 영향을 준 분이 국내 명사로 당대 문장과 학문이 으뜸인 고환당古懽堂 강위姜瑋였다.

스승 강위는 1850년에 태어난 김택영 등 그 문하생들에게 많은 것을 가르쳐준 사우로서 구한말 한시단漢詩壇의 삼웅三雄으로 추금 강위와 창강 김택영, 그리고 매천 황현이 꼽힐 수 있게 된 것이었다.

김택영은 황현보다는 나이가 5살이 위였지만 같은 문하생이라는 것 때문인지 황현을 마치 벗처럼 대해 주었다.

황현은 왕석보 스승의 배려와 인연의 고리로 남파 성혜영을 알게 되었고, 그로부터 한양에서 쟁쟁한 고환당(추금) 강위, 영재 이건창, 창강 김택영을 비롯해서 여러 사우들과 교유를 나눌 수가 있게 되는 커다란 행운을 얻게 된 것이었다.

전남 구례 작은 고을에서 상경한 시골 선비 황현이었지만, 그들 앞에서 보여주는 거침없는 문장실력은 그들을 놀라게 했고, 그래서 한양 사우 문사文師들과 어깨를 나란히 하고 시국과 학문을 주저없이 담소할 수 있었다.

당시 한양 도성은 남촌南村(남산 밑), 북촌北村(북악 밑 가회동 일대), 동촌東村(낙산 밑), 서촌西村(인왕산 밑)이라고 불렀다. 주로 양반들이 사는 동네의 구별로 남촌은 무반武班이 살았고, 북촌은 문반文班이 많이 살았던 곳으로 당쟁사에서 동인東人과 서인西人의 구별도 이곳 동촌과 서촌의 주거지로부터 시작된 곳이었다.

어느 날 황현은 이건창, 김택영을 비롯해서 몇몇 문우들과 함께 스승 강위를 모시고 야외나들이를 하게 되었다. 난생 처음으로 말로만 들었던 인왕산을 오르면서 주위에 펼쳐진 산세의 지형을 통해 새로운 역사 공부를 다시 하고 있는 듯했다.

일행이 인왕산 중턱쯤에 올라 잠시 바위에 걸터앉아 숨을 돌리고 있을 때였다.

어깨를 나란히 하고 걸터앉아 있던 김택영이 황현을 돌아보며 웃으면서 말했다.

"매천, 인왕산 호랑이라는 말을 들어 보셨는가?"

"인왕산 호랑이?……. 글쎄요, 들어본 것 같기도 하고……."

"인왕산은 그만큼 깊고 숲이 울창해서 속설에 인왕산 모르는 호랑이는 없다는 말이 생겨날 정도였다네. 허허……."

"가히 알만 하네요, 이 숲이 얼마나 울창한지."

그러자 그 사이를 가르고 옆에 앉아 있던 이건창이 진중한 목소리로 말했다.

"이태조가 처음 도읍지를 한양으로 잡을 때 무학대사는 인왕산을 주산으로 삼아 백악白嶽을 좌청룡左青龍, 남산南山을 우백호右白虎로 삼고자 했다네. 그런데 정도전은 예로부터 제왕은 남면南面하여 천하를 다스리는 법이지 동향東向하여 다스리는 법은 없다 하여 결국 정도전의 뜻을 따라 지금처럼 백악이 주산이 되고 인왕산은 우백호, 남산은 좌청룡을 삼아 경복궁 터를 잡게 되었다네. 이런 까닭에 풍수 용어인 우백호의 백호 때문에 인왕산에 호랑이가 많다는 속설이 생겨난 것인지도 모르지. 흠흠……."

그러자 김택영이 응수를 하듯 그 말을 받았다.

"하지만 속설만인 것 같지는 않단 말씀이야. 조선 초기에는 얼마나 호랑이가 자주 출몰했는지 태종 때에는 경복궁 안에까지 들어왔다는 기록이고, 세조 때에는 창덕궁 후원에, 연산군 때에는 종묘에까지 들어왔으니 그 밖의 인가 피해는 말할 수 없지 않았겠는가 말이여. 모르긴 하지만 조선 후기에 편찬된 육전조례六典條例 같은 법령집에 호랑이를 잡으면 상금을 주는 조례까지 적혀 있고, 더구나 북쪽으로 가는 중요 길목 무악재를 넘을 때는 반드시 몇 명씩 무리를 지어서 같이 넘어갈 정도였다니 극심한 호랑이 피해를 받았다는 것 아니겠는가. 물론 임란 이후에 산의 벌채가 심해지면서 점차 호랑이 피해가 줄어들었고, 다행히 지금은 거의 찾아볼 수가 없게 되었지만도 어쨌거나 인왕산하면 호랑이를 연상시키게 한단 말씀이야. 허허허……."

한양 선비 문우들은 이제 막 시골에서 올라온 황현을 위해 인왕산에 올라 여러 가지 흥미 있는 이야기를 들려주었다.

김택영이 다시 입을 열었다.

"매천, 한양 도성 안에서 첫 번째로 경치 좋은 곳이 어디인지 아시는가?"

"?……."

"그 첫 번째가 삼청동三淸洞이고, 두 번째가 인왕동仁王洞이라네."

사실 옛 풍치를 가늠해 보게 하는 인왕산 자락에는 예로부터 계곡마다 이름이 있었다. 그 대표적인 것이 자하문 밑, 곧 청운동 일대를 자하동紫霞洞, 백운동, 청풍계淸風溪라 불렀는데 인왕동, 옥류동玉流洞(옥인동玉仁洞이라고도 함)이 계곡을 끼고 있어 누하동樓下洞, 누상동, 필운대 언저리를 누각동樓閣洞, 수성동水聲洞, 인왕동이라고 불렀으며, 사직단 뒤 사직동도 그윽한 계곡으로 쳤다.

이 중에서도 조선 초기에는 인왕동과 백운동 계곡이 특히 유명하여 《용재총화》에 거론되었다고 했다.

김택영이 저만치 내려다보이는 인왕동과 백운동 쪽을 손짓해 보이면서 말했다.

"저 아래 보이는 옥류동 계곡이 왜 한양 도성에서 더더욱 이름이 난지 아는가? 세도가 안동김씨 김상용, 김상헌 형제 후손들이 대대로 이곳에 살면서부터였다네."

그곳이 바로 선원仙源 김상용(金尙容, 1561~1637), 청음淸陰 김상헌(金

尙憲, 1570~1652)이 태어나 자랐고, 임란 직후에 김상용이 이곳 백운동 청풍계에 자리를 잡아 김상헌의 아들들이 옥인동에 터를 잡고 번성하게 되었다. 이로부터 김상헌의 후손들이 번성하여 조선 후기 정권의 실력자들이 되면서 이곳 일대는 자연스레 안동김씨의 동네로 불리어지고 있다고 했다.

그리고 다시 그 이해를 도와 설명해 주었다.

"저곳 옥인동이 바로 안동김씨의 본거지라 함은 다 그런 까닭에서였다네. 하지만 후기에 내려온 지금은 이씨, 민씨, 윤씨 등도 살면서 세도정치의 중심지 역할을 하고 있는 곳이라네. 그래 사람들은 옥인동 세도양반 때문에 그 쪽으로 고개만 돌려도 벌벌 떨리는 곳이라고 해서 한겨울 추울 때를 옥동같이 춥다고 한다는 걸세. 금일 세도가 이완용이가 살고 있는 곳이지. 핫핫하……."

선비로서 기상이 활달하고 위풍이 당당한 풍모의 김택영은 그 세도가들, 그거 별거 아니라는 듯이 호탕하게 웃으며 설명을 해주었다.

그의 설명에 의하면 인왕산 산자락은 조선 후기로 내려오면서 옥류동 계곡으로부터 북쪽과 필운대 남쪽으로 주로 행세하는 양반들이 살고 있으며, 그 사이 필운대와 옥류동 사이 일대에는 중인들이 많이 살고 있는 곳으로, 이들은 가까운 궁궐과 여러 관청에서 서리를 하거나 잡일을 하면서 생활을 하기 때문이라고 했다.

당시 도성 안에서 세거世居하는 중인들은 크게 두 곳에서 뭉쳐 살고 있는데, 그 중의 한 곳이 인왕산 자락인 누상동과 누하동이며, 다른 한 곳은 청계천 수표교 일대라고 했다.

인왕산 자락 밑에 사는 중인들은 도성의 각 관아에서 기술직 일을 하고 있었고, 청계천 일대의 중인들은 주로 역관譯官, 관상감觀象監, 의관醫官 등 경제적인 여유가 있는 직업의 종사자들인 까닭에 청계천 언저리 중인들을 '아래대 사람', 인왕산 자락 중인들을 '우대 사람' 이라고 구별하여 부른다는 것이다.

당시는 양반들이 중인을 천히 여겨 하대했던 것으로, 혹은 '아래대 중인' 들이 '우대 중인' 들을 낮추어서 부른 말이라고도 했다.

김택영은 덧붙여 친절하게 그 상황을 이해하기 쉽게 설명을 해주었다.

"조선 초기에서부터 시작된 신분 차별은 많은 사람의 아까운 재주를 저잣거리에서 썩게 만들었다네. 서얼, 혹은 중인들은 그렇기 때문에 그들 나름대로 생활을 영위해 나가면서 인왕산 옥인동 계곡과 필운대에 모여들어 스스로의 울분을 시로써 토해내기도 한 것인데, 이들 중인들이 모여 벌리는 시회詩會를 '필운대 풍월' 이라고 한다네. 비록 지위 낮지만 시는 아주 수준급들이지. 언제 한 번 같이 가 보세나."

그들이 모여서 어울리던 시사회詩社會는 옥계사玉溪社, 송석원시사松石圓詩社, 칠송정시사七松亭詩社 등이 주류를 이루는데, 옥계사와 송석원시사는 주로 옥류동 계곡에서 열리고, 칠송정시사는 필운대에서 열린다고 했다.

당시 선비들의 풍월놀이 시사회 모임은 시골 선비 황현에게 많은 것을 보고 느끼게 해주었다.

그 날 문우들과 함께 삼청동의 수석 구경, 자하문 밖 탕춘대 희귀한 수석 구경을 하고 숙소로 돌아왔을 때였다.

"이게 웬 청천벽력인가?"

호남의 유학자 위정척사파 노사蘆沙 기정진寄正鎭 선생의 타계를 알리는 비보가 날아와 있었다.

선생은 황현의 어린 시절 15세 때에 써 올린 글을 보고 "기특하다, 기특하다" 하시면서 신동이 났다고 크게 칭찬을 해주신 분이었다.

뒤늦게 비보를 접하고 남원으로 달려 내려간 황현은 선생을 향한 애도의 조만시弔輓詩 〈기노사선생만奇蘆沙先生挽〉을 썼다.

近世彬彬盛　근세의 조선 인물 많기도 하지만,
眞儒竟亦稀　참된 유학자는 역시 많지 않았네.
先生起南腹　선생이 우뚝 호남에서 일어나,
隻手障東歸　밀려오는 오랑캐를 한 손으로 막았네.

평소에 존경했던 노사 기정진 선생을 추모하며 쓴 시였다. 밀려오는 오랑캐를 막았다는 것은 1866년 병인양요 때 위정척사 운동을 주도했었다는 것을 주지시킨 것이었다.

선생의 타계 소식을 듣고 귀향 걸음을 하게 된 황현은 어렵게 내려 왔던 길에 고향 집에 머물러 추위를 피하는 동안 그 해도 저물어 갔다.

그리고 이듬해 엄동설한의 추위가 풀리기를 기다렸다가 봄바람이 꽃눈 뜨게 하는 춘삼월, 다시 상경 길에 오른 황현이었다.

한양에 올라와 듣고 보는 정국은 그 전보다도 더욱 어수선했고, 그로 하여 오래간만에 문우들의 얼굴은 한결같이 웃음을 잃은 침울한 표정들이었다.

"이 나라가 장차 어찌 되려고 이러는지……."

"조정 안팎으로 우물 안 개구리들이 그동안 당쟁에만 열을 올리고 있었으니 눈앞에 캄캄한 일 밖에 더 있겠는가. 자고로 가정이나 국가나 화합하지 못하고 내분이 있게 되면 망하는 것은 불을 보듯 뻔한 일인데 말이여. 쩝쩝……."

그해 1882년 조정에서는 미국에게 치외법권과 최혜국대우를 인정하는 등 조미수호통상조약을 맺었다. 그 결과 조정은 개화와 보수의 갈등으로 국정의 어려움을 심히 겪고 있었다.

그처럼 어수선한 시국은 마침내 위정척사와 개화파의 대립이 심화되는 가운데 마침내 임오군란이 일어나고 말았다.

1882(壬午)년 6월 5일, 난병이 들고 일어났던 임오군란壬午軍亂 시작의 동기는 그랬다.

무위영 소속 구훈련도감 선혜청 도봉소에서 군병들의 급료로 지급된 쌀에 모래와 겨가 섞여 있다는 사실이 밝혀지면서 관리들을 구타한 사건으로부터 비롯되었다.

도봉소에서 일어난 사건이 선혜청 당상 민겸호에게 보고되자 그는 즉시 훈련도감 군병들 가운데 김춘영, 유복만, 정의길, 강명준 등 4명을 주동자로 잡아들여 포도청에 가둠으로써 이들을 구출하기 위한 활동이 전개되기 시작했다.

그 변란은 하급 군병과 한양 빈민층이 민씨 정권에 대한 투쟁을 촉발하여 대규모 폭동으로 이어져 걷잡을 수 없는 사태로 치달았다.

이들이 사형당할 것이라는 입소문이 돌면서 훈련도감 하급 군병이 많이 살고 있던 왕십리 지역을 중심으로 이들을 구출하기 위한 비상소집 작전이 펼쳐졌다.

왕십리는 하급 군병, 빈민들이 주로 거주하는 곳이었다. 잡혀간 군병 4명 가운데 3명이 왕십리 거주자로 하급 군병과 빈민들은 계층적으로 일치했다.

하급 군병은 대부분이 도성의 빈민층 가운데서 충당되었을 뿐 아니라, 다른 빈민층과 마찬가지로 낮은 급료 때문에 대부분 적은 자본으로 수공업, 상업을 하거나 도성 근교에서 야채를 재배해서 팔거나 막노동에 종사하여 생계를 유지해야만 했다.

그러한 빈민층들은 대다수가 도성내의 빈촌이나 교외, 한강 연안 지역의 변두리 마을 등에 촌락을 형성하고 집단적으로 거주했는데, 왕십리도 그런 곳 중의 하나였다.

이들 빈민은 민씨 정권 아래 각종 수탈을 받았을 뿐 아니라 개항 이후, 영세 수공업의 몰락, 미곡수출로 인한 곡가 앙등 등으로 생계에 심각한 위협을 받고 있었다.

더욱이 하급 군병들은 5군영의 폐지로 일자리를 잃게 되었을 뿐 아니라, 남아 있는 군병들도 별기군에 비해 상대적으로 낮은 처우에 불만을 품었으며, 13개월이나 급료가 지불되지 않아 불만이 한층 고조되어 있었을 때였다.

결국 군병들의 거주지인 빈민 촌락에 통문이 돌려졌다. 통문의 내용은 무위영 소속 훈련도감 군병들은 6월 9일 아침 동별영에 집합하라는 것이었다.

그 통문에 호응하여 모인 군병들은 먼저 무위대장 이경하와 선혜청 당상 민겸호에게 붙잡아간 사람들을 풀어달라는 등소等訴를 올렸다. 하지만 무색하게 거절을 당했다.

등소가 실패로 돌아가게 되자 한 곳으로 모인 군병들은 서로 말했다.

"굶어 죽는 것이나 법에 의해 처형당하는 것이나 죽는 것은 같다. 어찌 죽일 놈은 마땅히 죽여서 억울함을 풀지 않겠는가."

이윽고 들고 일어날 것을 모의한 군병들은 민겸호의 집으로 달려가 무력행사로 짓밟고 점령했다.

이때 민겸호는 담장을 넘어 대궐로 숨어 잠시 화는 면했다. 하지만 정권을 이용해 자신의 이득만을 취해 온 민겸호의 집안 곳곳에는 진귀한 여러 물건들이 가득 차 있었고, 이것을 본 군병들은 분노의 치를 떨었다. 이때 행여 군병들이 들고 일어난 취지에 허물이 될까 염려하며 누군가가 말했다.

"일전이라도 주머니에 집어넣는 자는 죽인다!"

의기투합으로 군병들은 그 집안 물건들을 뜰에 모아 놓고 불을 질렀다. 이때 비단, 주옥, 패물이 타는 불꽃에서는 오색이 나고, 인삼, 녹용, 사향노루 찜의 타는 냄새는 그 향기가 수리數里 밖에서까지 맡을 수 있을 정도였다.

이렇게 민겸호의 집을 불태워 버린 군병들은 그 여세로 동별영 창고를 열어 각종 무기를 꺼내 무장하고 무위영과 장어영의 다른 군병들을 소집했으며, 영세상인, 수공업자 등도 군병에 가세했다.

이들은 마침내 포도청을 습격해 붙잡혀 간 사람들을 구출하고 의금부로 가서 죄수들을 풀어주었으며, 별기군 교련장을 습격하고 경기감영과 일본 공사관을 습격했다.

그 추세에 밀려 일본 공사관장을 비롯해서 그 밑에 종사하던 일본인들은 대오를 편성해서 포를 쏘고 칼을 휘두르며 인천으로 도망쳐 달아

났다.

당시 인천부사는 정지용이었다. 긴박한 상황에 도망쳐 나온 그들은 부사 정지용에게 거짓말을 꾸며댔다.

"우리는 공사로 급히 경상도 동래에 가야 하니 공은 배를 마련하여 보내라. 조금도 지체하지 말라."

그들의 말에 부사 정지용이 그 증명을 보여 달라고 요구했다.

그러자 그들은 조금도 지체하지 않고 증명을 제시해 내보였다. 그들이 내민 증명은 그때 경기관찰사로 있는 김보현이 사전에 인천부사 정지용이 그들의 탈구를 막을 것을 염려하여 한일교역 교섭의 종사자임을 나타내 주는 증명을 발급해 주었던 것이다.

도망자들은 그 증명으로 정지용이 내어준 배를 타고 도망쳤고, 그 다음날 경군이 추격하여 인천항에 이르게 되었지만, 그들은 이미 도망쳐 빠져 나간 뒤였다.

그러나 이러한 사태는 시간이 지날수록 하급 군병, 빈민들이 가세해 대규모의 세력을 형성했다.

다음날, 10일 난병은 홍인군 이최응의 집을 습격 포위했다. 이때 이최응은 담장을 넘으려다 떨어져 고환이 터져 죽었다고 하기도 하고, 또 어떤 이는 창에 찔려 돈화문으로 향하였으나 문은 닫혔고, 총알이 문선門扇을 맞혔는데 멀리서 들으니 콩 볶는 소리가 나고 뒤이어 문이 열리면서 여러 사람이 그를 끼고 들어갔다고도 말했다.

고종은 이와 같은 변이 일어났다는 소식을 듣고 급히 대원군을 대궐로 불러 들어오게 했으며, 이때 대원군은 오히려 난병들의 호위를 받으며 대궐로 들어갈 수가 있었다.

그때 난병이 궁전을 올라가다가 공교롭게도 도망쳤던 민겸호와 맞닥뜨렸다.

"잘 만났구만, 중궁(중전, 훗날 명성황후)은 어디 있느냐?"

군병의 소리치는 언사가 흉참凶慘을 예감하게 했다.

"나는 모르오."

"모른다?"

난병은 그를 여지없이 끌어 잡아당겼고, 어쩔 줄 모르는 민겸호는 당황하다가 대원군을 쳐다보고 만류해 줄 것을 호소해 왔다.

"대감 날 좀 살려 주시오."

이에 대원군은 쓴 웃음을 지으며 말했다.

"이 마당에서 내 어찌 감히 대감을 살릴 수가 있겠소."

그 말이 채 끝나기도 전에 난병들은 그를 계단 밑으로 잡아끌어 총칼로 난타해서 죽였고, 그것도 시원치 않아 시체를 난도질해댔다. 그리고 중전을 찾기 위해 궁궐 안 이곳 저곳을 뒤집고 다니며 수색했다.

그 수색작전으로 궁궐 안의 장막과 벽이 창으로 찔려 마치 고슴도치 털에 찔린 것과 같은 형국이었다.

이때의 변고에 대원군의 부대부인도 입궐했었다. 부대부인은 군란의 주적으로 몰리고 있는 중전을 급히 불러내 자기가 타고 온 사인교四人轎 가마 안에 숨겨놓고 나왔었다.

그러나 한 궁인이 이 말을 귀띔하여 난병이 사인교의 포장을 칼로 찢어 땅에 팽개치면서 나오라고 소리쳤다.

"귀하신 몸이 그 안에 숨어 있으시다고? 흐흐……. 얌전히 걸어 나오시지!"

그때였다. 무예별감 홍재희가 다급하게 소리치며 말했다.

"그 여인은 상궁으로 있는 내 누이이니 오인하지 말라!"

그리고 홍재희는 가마 속에 숨어 있는 중전을 등에 업고 궁궐을 빠져 나왔다. 그러나 사람들은 더 이상 힐문하지 않은 것을 의심했다.

그때 경기감영의 김보현은 궁궐에 변이 생겼다는 소식을 듣고 예궐詣闕을 서둘러 승정원에 들렀을 때였다.

"오늘의 사변을 알지 못하시고 어찌 들어가시려 하십니까?"

승정원 승지로 임직하고 있던 그의 조카 김영덕이 만류하며 하는 말이었다.

그러나 김보현은 그 말에는 아랑곳없이 옷자락을 걷어붙이고 나오면서 말했다.

"내가 재상의 위치를 갖추었고, 또 직책을 맡았는데 국가의 변이 발생하였으면 비록 죽는다고 해서 어찌 가보지 않겠느냐?"

그 말을 뒤로 남기고 입궐하던 김보현은 드디어 궁궐 문앞 돌층계에서 난병들과 맞닥뜨려서 맞아 죽었다.

난병들은 그 죽은 시체를 발로 걷어차면서 말했다.

"이놈은 돈을 좋아하니 가히 돈으로써 그 배를 채워 주마."

그들은 경기감영 김보현의 입을 찢어 엽전을 집어넣고 총대를 들어 마구 짓눌러대니 돈이 가슴으로 튀어나왔다고 한다.

김보현의 시체는 민겸호의 시체와 함께 끌려가 궁궐 개천에 버려졌다. 그때에 큰 비가 와서 물이 개천에 가득했고, 일기 또한 흐리고 더워서 시체가 수일 개천에 버려져 있는 동안 살이 물에 잠겨 하얗게 흐느적거려 썰어 놓은 것 같기도 했다는 흉상이었다.

이처럼 긴박한 반란의 사태에 고종과 중전은 서로의 행방을 알지 못한 채, 반드시 그 변고에 화를 당했을 것이라는 생각만으로 몸을 떨었다.

그토록 긴장감 도는 상황은 감히 입을 열어 서로의 안위를 물어 볼 수조차도 없이 긴박했다.

중전 일행이 부대부인의 지략으로 궁궐을 빠져 나와 경기도 충주원으로 피난을 가기 위해 강을 건너려 할 때였다.

사공들이 난색을 드러내면서 말했다.

"한양에서 강을 차단하라는 명령이 내려져서 곤란합니다."

그것은 일행의 행색行色이 이상함을 의심하여 강경하게 건널 수 없다고 한 말이기도 했다.

곤궁에 처한 중전은 생각 끝에 손에 끼고 있던 금반지를 얼른 빼어 가마 밖으로 던져 주면서 말했다.

"이만하면 홍정이 되겠소?"

가뜩이나 허기져 배고프고 가난한 사공들의 눈에 황금 반지라니, 눈이 반짝했고, 그로하여 지체 없이 배는 강물 위에 띄워졌다. 그렇게 해서 무사히 경기도 광주 땅에 발을 들여 놓게 된 중전 일행이었다.

참으로 아슬아슬하게 강을 건널 수 있었던 일행이 잠시 길가에서 휴식을 취하고 있을 때였다. 허름한 행색의 한 노파가 일행이 난을 피해 온 도성 안의 민간인들로 보고 안됐다는 듯이 다가와 당시 입소문으로 떠도는 말을 꺼내 지껄여댔다.

"이게 다 중전이 음란해서 이 난리가 일어나 가지고 죄 없는 낭자가 여기까지 피난을 오게 됐구랴. 쯔쯔……."

참으로 듣고 있기에는 너무나 민망한 말이 아닐 수 없었다. 하지만 중전은 피난길이어서 말없이 듣고만 있어야 했다.

그 한편 대궐에서는 승동대감 김병시가 입궐하여 고종을 업고, 훈련대장 조영하는 그 뒤를 부축하여 별전別殿으로 은신 피난을 했다.

난병들은 그 뒤를 따라오면서 그가 김병시 대감인 것을 알지 못하고 손가락질을 해대며 말했다.

"저놈도 죽여야 마땅한 것 아니냐?"

하지만 일행 중에 다행히도 승동대감을 알아보는 이가 있어 다급하게 막아서며 말했다.

"이 분은 승동대감이시다. 죄가 없으니 어찌 범할 수 있느냐."

병사들이 그때야 대감을 알아보았지만, 평소 사심이 없는 대감으로 알려져 있었기에 다행히도 그 화를 면할 수가 있었다.

물론 그 뒤를 따르고 있는 훈련대장 조영하는 그들이 알아보았지만, 그 역시도 평소에 그들을 잘 대해 주었고, 또 다독여 왔었기 때문에 죽음은 면했다.

그야말로 천우신조天佑神助로 그 승동대감 등에 업혀 별전에 피신하게 된 고종이었지만, 그러한 사태를 수습하고 극복하기에는 이미 늦었고, 어떤 대책이 세워질 수 없는 극한 상황이었다.

다른 방도가 없는 고종은 대원군에게 군국사무를 처분하라는 명命으로 사실상 실무적인 정권을 넘겼다.

대원군은 대궐 안에 있으면서 곧바로 난병들에게 정상적인 급료 지급을 약속하고, 또 명령을 내려 별기군을 폐지했으며, 오영군 체제를 복귀시키는 등 사태 수습에 나섰다.

하지만 이미 분노가 치솟은 군병과 시민들은 일본 공사관에 불을 지르고 일본인을 마구 살해했고, 그것이 또한 일본에게 빌미를 주게 되어 군대를 파견한 일본은 조선 조정에 여러 가지를 요구해 왔다.

그래서 어쩔 수 없이 제물포조약을 체결하게 되면서 그 수습에 나선 대원군이었다. 그 후 폭동은 가라앉았으나 군병들은 소규모 부대를 이끌고 활동을 계속했다.

이러한 상황에 성내외의 여러 민씨 중에 악을 저지른 자와 경재무단자卿宰武斷者는 외부 사람과 결탁하여 자기를 돌봐줄 수 있는 자를 찾아 나섰지만 그들의 집은 일체 불타고 파괴되었으며, 이 때 전 참판 민창식도 살해당했다.

그는 민정중의 제사를 받드는 사손祀孫으로 음탕하고 탐욕이 많았으며 잔인한 사람으로 평이 나 있었다.

그때 민영익은 삭발하고 승립僧笠을 쓰고 짚신을 신은 채 뒤뚝거리며 도망쳐서 하루 80리 길을 걸어 양근 땅 김오위장 집에 닿았다. 김오위장은 민영익의 집에 식객으로 드나들던 사람이었다.

민영익은 그 집에서 차려 내오는 보리밥에 부추김치, 깍두기로 허기진 배를 불리고 나서 말했다.

"어찌 그리 맛이 좋으냐. 허허……."

그 말에 김오위장이 웃으면서 말했다.

"영감께서 이런 일이 없으셨다면 어찌 이러한 맛을 아셨겠습니까? 소인의 음식은 비록 거칠고 좋지 못합니다마는 영감이 식객을 먹이는 음식에 비하면 잘 차려낸 것입니다. 집에 돌아가시거든 밥 짓는 부엌 찬비饌婢에게 조칙하시기 바랍니다."

그가 꼬집듯이 하는 말에 민영익은 낯이 부끄러웠던지 아무 말도 하지 못했다고 한다.

이렇듯 민씨 일가는 임오군란壬午軍亂으로 중전을 비롯해서 참담한 상황에 처해 있을 때였다.

대원군의 정권이 들어서자 일본과 청국은 자신들의 이득권을 챙기기 위해 즉시 군대를 파견했다. 병력을 이끌고 한양 도성으로 들어온 일본 공사 하나부사 요시타다(화방의질/ 花房義質)는 주모자 처벌, 피해보상, 개항 및 통상의 확대, 병력주둔을 비롯한 8개 조항을 요구했다.

이러한 일본의 요구에 대원군은 무력으로 대응할 방침을 세우고 그때 마침 마산포에 상륙중인 청국군에게 일본군을 견제해 줄 것을 요청했다.

그러나 그것은 대원군의 판단 시행착오였다. 청국군이 마산포에 상륙해 들어와 있었던 것은 임오군란이 일어나던 그 해 봄, 어윤중이 상해에서 천진으로 가서 김윤식이 있는 곳에 머무르고 있었을 때였다.

6월 중에 본국으로부터 사변이 있었다는 소식과 함께 사실과는 다르게 중전이 시해 당했다는 소식을 전보로 접했던 것이다.

그 비보를 접한 어윤중과 김윤식은 함께 리홍장을 방문하여 그 변란을 일으킨 난병을 뒤에서 비호하고 있다고 생각하는 대원군의 죄를 묻는 것이 좋을 것이라고 간청을 했었다. 들려오는 소문에 중전시해의 배경은 대원군으로 지목되고 있었기 때문이다.

리홍장은 한 번쯤 조선에 대해서 위엄을 보이겠다고 마음을 굳혀 그들의 간청을 받아들였다.

그리하여 마건충과 정여창 등을 파견하여 해군 수천 명을 선발하여 밤에 경기도 마산포에 상륙해 들어와 있었던 것이다.

그렇게 상륙해 있는 청국군에게 그 상황을 알지 못한 대원군은 청국군에게 일본군을 견제해 줄 것을 요청했었기 때문에 충돌 없이 숭례문 밖에까지 군대를 이끌고 들어올 수 있었던 마건충이었다.

그들은 난리를 평정하고 백성을 편안케 하기 위함이라는 진무鎭撫를 칭하고 7월 초에 숭례문 밖에 진영을 설치하고 주둔할 수 있게 된 것이다. 그처럼 그들의 속내를 알지 못했던 대원군의 노력은 그 집권이 잠시로 끝이 나고 말았다.

대원군의 요청에 의해 들어온 청국군은 처음에는 그럴 듯하게 일본측을 중재하는 듯한 태도를 보였었고, 군율은 엄격히 하였으나 거동이 심히 한가해서 시민들 역시도 마음에 경계를 풀고 두려워하지 않았다.

그런 어느 날 마건충 등이 대원군을 그들의 진영으로 초대했다.

대원군은 청국군 진영에 가고 싶지는 않았으나 그 초대에 응하지 않을 수 없는 처지여서 망설였는데 청국군 진영에 당도했을 때 모든 장수들이 나와 정성스럽게 맞이하고 환대하는 것이 아닌가.

그리고 다음날 두 번째 초대를 해왔다. 대원군은 처음 초대 받았을 때와는 달리 마음이 가라앉아 평정이 되면서 탄연坦然히 수레를 가져오라고 했다.

이때 대원군을 호위하던 정현덕이 무슨 예감이 들었던지 전날과는 달리 만류하며 말했다.

"대감님, 이번엔 가시면 돌아오지 못할 것입니다. 그러니……."

"쓸데없는 걱정을 다하고 있구먼, 어서 수레나 가져오도록 하시게."

대원군은 그의 말을 듣지 않고 수레에 올라 그들의 초대에 응했다.

그리고 그들의 진영 제1문에 당도했을 때였다. 전날과는 다른 분위기의 표정들이 대원군을 교자에서 내려오도록 했다. 그리고 제2문에서는 호위하고 따라온 사람들을 함께 들어가지 못하도록 막아섰다.

그때서야 대원군은 비로소 그 어떤 불길한 예감이 들었지만 그들의 진영에 들어와 있었던 만큼 어떻게 할 방도가 없었다.

이윽고 변이 있음을 깨달은 것은 마건충의 달라져 있는 표정이었고, 그 분위기였다.

마건충은 전일과는 전혀 다른 몸짓과 목소리로 호령했다.

"결박해라! 그리고 입을 막아 목청을 내지 못하게 하고 후문으로 빠져나가도록 해라. 어서!"

꼼짝없이 밧줄에 포박된 대원군이었다.

대원군은 힘세고 날쌘 장졸들에 의해 가마에 태워졌고, 그들은 마침내 동진을 건너 마산포에 이르러서 대원군을 배에 태우고 떠났다.

이러한 변을 알지 못하고 대원군이 나오기만을 청국군의 영문 밖에서 기다리고 있던 수행원들이었다. 대원군의 모습이 나타날 시간이 훨씬 지났는데도 모습이 나타나지를 않자 괴이하게 생각하고 물었다.

"우리 대감님과 무슨 이야기가 이렇게 오래 걸리는 겁니까? 벌써 반나절이 지났는뎁쇼."

그제서야 그들 중 한 사람이 말했다.

"참 그렇구만. 대원군과 급히 결정할 일이 있어서 오늘은 진영에서 머물고 명일 나오실 테니 돌아들 가시랍니다."

"그렇다면 진즉에 그렇게 말해 주었어야 하질 않습니까요."

수행원들은 그들을 향해 투덜거리면서 돌아왔고, 다음날 아침 일찍 그들의 진영 영문 밖에 당도했을 때였다.

그런데 이게 무슨 날벼락인가?

숭례문의 벽보에 시민에게 알리는 커다란 방문榜文이 붙어 있었다. 내용은 중전시해에 관한 소문이 자기 나라에 들려 사실여부를 가리기 곤란해서 황제가 한 번 질문하고자 어제 대원군을 데려갔으나 사실을 듣고 곧 돌려보낼 것이므로 인민들은 놀라지 말라는 내용이었다.

하지만 그 변고는 중전(명성황후)이 고종과 비밀리에 연락을 취하는 한편, 청나라에 요청하여 대원군을 구금하여 납치해 가도록 함으로써, 7월 13일에 일어났던 일이었다.

그렇게 청국과 내통하여 다시 정국을 장악하게 된 중전은 대원군이 구금되어 간 다음 달 8월 초에 의장을 갖추어 중전이 숨어 지내던 장원촌에서 맞아 복위復位하고 창덕궁으로 환궁하게 되면서 중전이 군란에 의해 시해 당했다는 국상복제國常複製를 거두었다.

중전을 도운 청나라 시랑 오장경은 그로부터 제독군문提督軍門으로 군대를 몰아 도성 안과 궁궐을 장악했다.

조정이 다시 중전에 의해 뒤집히자 대원군 정권이 민씨 정권의 폭압과 외세의 침략을 막아줄 것을 기대했던 군병과 도성 안의 빈민들은 원근遠近이 크게 움직여 청국군에 저항하게 되면서 무기를 들고 곳곳에서 소규모 전투를 전개했다.

이에 청나라 오장경이 강경하게 나왔다. 조선의 6월변, 임오군란은 옛날을 훑어봐도 듣지 못하고 또 있을 수 없는 일이라고 하고, 신민臣民 한 사람도 적 한 명을 토벌하지 않았으므로 법대로 한다면 마땅히 모두 죽여야 할 것들이라고 하면서, 군사를 풀어 성내를 도륙屠戮하고자 하는 계획을 세웠다. 나라 안에 다시 어두운 기운이 몰려들고 있는 것이었다.

그러나 다행히도 하늘의 도움이 있었던지 임오군란 때 고종을 별전으로 피란시켰던 훈련대장 조영하가 관반館伴이 되어 한어漢語를 해득하여 간신히 그 역변에 나서 만류하는 진언을 하기 위해 대궐에서 오장경 진영까지 하루 낮밤 열 번이나 내왕했다고 한다.

오장경은 그러한 조영하의 역변을 열심히 듣고 말했다.

"먼저 난을 일으킨 자는 도감군이며, 그들의 집은 거의가 왕십리에 있으니 다만 왕십리만 도륙하겠소. 그럼 됐소이까?"

강경하게 성내를 도륙하고자 했던 범위가 조영하의 간곡한 역변으로 그 범위가 축소되어 좁혀진 것이었다.

그렇게 해서 난병으로 동대문 밖 왕십리에 살던 군병들에게 이 소식이 급히 전해지면서 군인들은 가족을 모두 데리고 먼저 도망쳤고, 도망칠 수 없는 노약자 수십 명이 청국군에 의해 떼죽음을 당하게 된 것이었다. 이렇게 도성을 장악한 청국군은 한편으로 대원군 세력을 체포, 투옥하였고 대원군 정권을 무너뜨리는 한편, 군병의 집단적 거주지인 왕십리와 이태원을 공격하여 저항 세력을 진압했다.

그처럼 민씨 정권에 대응하고 일어났던 임오군란은 개항 이후 대규모로 전개된 최초의 반봉건, 반외세 투쟁이었다.

그처럼 언제 태풍을 몰고 올지 모르는 예측할 수 없는 한양 분위기에 황현은 낙향을 하여 시국을 관망하기로 했다.

짐을 챙겨 귀향을 서둘렀다. 개화와 보수의 갈등으로 일어난 국정의 어지러움을 한양에 올라와 잘 목격했기 때문이다.

06
파국으로 치닫는 어지러운 정국

한양 생활을 접고 낙향한 황현을 식구들은 오히려 걱정했다는 듯이 깜짝 반가워했다.

"하이고 한양이 그로크롬 난리 났다고 혀서 땅이 꺼져라 하고 식구들이 걱정을 혔는디, 참말로 조상이 돌봐 준겨. 그래 난리 속에 밥이나 제대로 챙겨 먹고 지냈는가?"

어머니는 아들이 마치 사지死地에 나갔다가 살아 돌아온 것처럼 흥분으로 들떠 있었다. 아버지나 식구들 모두 마찬가지였다.

"그래 얼마나 고생을 하고 온겨. 그 난리 속에……."

"죄송합니다, 걱정을 끼쳐 드려서……."

"그게 어디 아범 탓인가? 시국이 그렇게 생긴 것을……. 그래도 이렇게 다친 데 없이 돌아와 줘서 고맙구만."

건강한 모습으로 돌아와 준 것만으로도 고마워하는 식구들이었다. 긴장이 풀리면서 한꺼번에 피곤이 몰려왔다.

황현은 며칠을 집에서 그대로 누워 그동안에 쌓인 피곤을 풀었다. 그리고 얼마만에 몸을 털고 일어나 스승 왕석보를 찾아가 문후 인사를 드렸을 때였다.

역시 한양의 어지러운 소식에 걱정을 했다는 듯이 안색을 살피면서 말했다.

"그렇잖아도 몹시들 자네 걱정을 했었다네. 하도 어수선한 시국이라서……. 그래, 돌아가는 시국이 하 수상하니 내려와 세태를 지켜보면서 행보를 정하는 것도 지혜가 아닐까 싶네. 어쩌다가 나라가 점점 더 이 모양이 되어 가는지, 그 참."

임오군란이 일어나면서 나라 안 민심은 그만큼 흉흉했다.

시골로 낙향을 하고 그 해를 넘긴 황현은 이듬해 봄, 다시 상경 길에 올랐다. 그동안 보내오는 한양 문우들과의 약속도 있었고, 차후 보거과 응시 결과야 어떻든 특별히 시행된 보거과 과거시험에 나가 보는 것도 살아가야 하는 남은 날에 좋은 경험을 쌓는 것이라고 생각했기 때문이었다.

"그래, 조정이 어지러워 믿을 수는 없어도 사내 대장부가 한 번 결심을 그렇게 굳혔으면 진사 시험에 끝까지 도전해 보는 게야."

황현이 내비치는 그 뜻을 가상히 여기면서 기운을 실어주는 황시묵의 말이었다.

그러나 황현을 떠나보내면서 배웅을 하는 식구들의 표정은 어둡기만 했다. 그 분위기를 뒤로 하고 손을 흔들면서 다시 한양길에 오른 황현이었다.

도성 안 곳곳은 임오군란 재화災禍의 뒤 끝을 말해 주는 듯 여전히 을씨년스러운 모습 그대로 남아 있었다.

하지만 속절없는 계절은 겨울이 지나간 자리에 파릇한 새싹이 돋으면서 새봄을 알리는 화사한 꽃망울들은 여전히 제 모습 그대로 자태를 뽐내고 있었다.

황현의 한양 입성 소식을 어느새 전해 들은 김택영이 옷소매에 바람을 일으키면서 찾아들어와 웃으면서 말했다.

"자네 얼굴 보지 못한 지난 몇 달이 몇 년은 된 것 같네 그려. 허허허……."

"저도 그렇습니다요. 그래, 그동안 어떻게 지내셨습니까요."

"변화 없는 것이 그날이 그날일세. 하지만 밤이 지나면 다시 밝은 아침 태양이 떠오른다는 것이 자연의 순리니까 믿고 기다릴 수밖에 더 있겠는가. 그것이 정신 건강상 보약이 된다고 우리 어른들이 말씀하시드구만. 핫, 핫, 하……."

오늘이 비록 우리에게 실망을 안겨주지만, 그러나 희망을 잃지 말자는 궁색한 위로의 말이었다.

"하긴 그렇게 생각하는 것도 궁색한 위로는 되겠습니다요."

"맞네. 그러니 이렇게 화창한 봄날 궁색하게 어두운 방에서 담소를 나눌 것이 아니라 밖으로 나가세. 말없는 꽃들이 저토록 자태를 뽐내는데 말이여. 우리 오늘 희망과 염려 다 내려놓고 저 말없는 꽃들의 유혹에 한 번 빠져 보세나. 으핫, 하하하……."

"꽃바람 거 좋지요."

애써 명랑한 분위기를 만들려고 크게 웃는 김택영과 함께 황현은 어깨를 나란히 하고 봄의 축제 속으로 빠져 들어갔다.

당시 서울(한양) 구경거리의 하나로 유명한 곳이 필운대의 살구꽃 구경, 성북동 성곽너머 복숭아꽃 구경, 그리고 서대문 밖 서지의 연꽃 구경 등을 꼽았다.

대문을 나선 김택영이 얼마쯤을 걷다가 걸음을 멈추어 세우고 미소를 띄우며 말했다.

"어느 쪽으로 봄나들이를 한다?"

"아무데면 어떻습니까요. 어차피 봄바람에 가슴을 씻어내는 것은 마찬가지가 아닙니까. 언제 또 질풍노도 격랑으로 바뀔지 모르는 시국이라서 그런지 봄빛이 더욱 가슴에 절절하기만 합니다요."

"자네 말이 맞네. 우리 오늘 동대문 밖 버들 구경이나 가세나. 시국은 어지러워도 자연이 주는 아름다운 정취는 여전히 시적이거든."

이윽고 방향의 초점이 그쪽으로 맞춰지면서 그 동안에 있었던 이야기들을 서로 주고 받으며 동대문 밖 버들 구경을 하고 주막에서 점심을 겸해서 몇 순배 막걸리 잔을 들고 나올 때였다.

김택영이 갑자기 걸음을 멈춰 세우고 왕십리 쪽을 손짓해 보이면서 컬컬해진 목소리로 말했다.

"어이 매천! 저 쪽에 보이는 왕십리가 거년에 쌀에 모래와 겨를 섞었다 해서 임오군란을 일으켰던 그 도감들이 모여 살았던 곳이라네."

"아, 그 참담했던 역사의 현장이군요."

"그렇다네. 그때 난을 수습한다는 명분 아래 도성에 들어왔던 청국군들이 미처 달아나지 못했던 병사들은 물론이고, 가족 모두를 처참하게 도륙을 했던 곳이지."

그러나 한때의 태풍이 휩쓸고 지나간 왕십리에도 봄은 여전히 변함없이 찾아와 연초록 버들잎이 봄바람에 살랑이고 있었다.

김택영은 그토록 아픈 핏빛 흔적이 눈앞에 삼삼거리는 듯 목소리를 낮추고 가만하게 말했다.

"아픈 역사의 한 장면을 보아왔던 버들강아지는 여전히 제철을 만나 봄바람에 흔들리고 있구만. 그래서 더욱 시적으로 가슴이 젖네 그려."

"정말 고맙소. 이렇게 화창한 봄날 역사적이고 시적인 한양 구경을 하게 해줘서."

시골 선비 황현은 그처럼 당시 한양에서 역량을 발휘할 수 있는 입지를 갖춘 문우 김택영의 안내를 받으면서 의기투합하여 주고 받는 시성의 정담으로 그 교분과 학문을 날로 두텁게 쌓아갔다.

황현이 한양에 올라와 인연의 고리로 만난 사우들은 비록 그처럼 어지러운 정국이었지만, 그의 삶에 정신적인 자양분과 햇빛 역할을 충분히 해주고 있었다.

그렇게 생각과 뜻이 같은 사우들, 황현은 그들을 통해 보다 넓은 세계와 깊은 인간관계를 이룰 수 있게 된 것이다.

사람은 세상에 태어날 때부터 운명적으로 만남과 헤어짐을 반복하게 되어 있다. 물론 천연天緣에 의해서 자신의 의지와 무관하게 선택되는 부모와 혈족은 말할 것도 없고, 숱한 만남을 통해 듣고 보는 모든 경험은 한 계단 한 계단 밟아 올라가는 탑처럼 쌓아올려지는 것이라고 했다.

그래서 세상은 만나고 헤어지는 그 모든 인연 속에서 기쁨과 행복, 때로는 슬픔을 나누며 더불어 살아가게 마련인지도 모른다는 생각이 들었다.

시골에서 지극한 뜻을 가지고 한양으로 올라온 황현은 생경한 한양의 봄 풍경을 눈에 담으면서 어지러운 시국에 서로의 가슴 속 이야기를 터놓고 나눌 수 있는 문우들과의 관계는 그야말로 사이 좋은 형제와 같았다.

담소를 즐기고 풍류를 즐기는 것이 선비들의 기질로 한양 문우들과 그런 시간을 자주 갖게 된 황현이었다.

어느 날 술을 아주 좋아하는 문우 한 사람이 술자리를 마련하여 밤늦게까지 함께 술을 마시게 되었다. 술이 취하자 좌중은 떠들썩해지면서 이윽고 어지러운 시국 이야기로 화제가 모아졌다.

대원군이 볼모로 청국군에 납치되어 가고 다시 환궁하게 된 중전은 피난길에서 강을 건넜을 때, 중전을 비방하며 주절거렸던 그 촌 노파가 살고 있는 한 마을을 멸살해 버렸으며, 그리고 강을 건널 때에 의심했던 사공도 죄를 다스리려 하였으나 함께 했던 일행들이 그것만은 만류하였다는 이야기를 주고 받으면서 중전에 대해서 말이 나왔다.

"자고로 국모란 백성들의 아픔을 품어 안아야 하는 건데, 그 참……."

선비들이 모여 앉아 주고 받는 시국은 그렇듯 임오군란을 계기로 민씨 정권의 친정 수구정책은 날로 횡포를 더해 갔고, 청국은 군대를 주둔시키며 조선의 식민지 지배를 획책함에 따라 개화파의 정치적 위기는 높아져 갔다.

중전(명성황후)이 다시 정권을 장악하게 되자 임오군란 때 도망쳤던 일본 공사 하나부사 요시타다가 다시 정상형井上馨, 고도병지조高島炳之助, 인예경범仁禮景範과 함께 2개 중대의 군사를 이끌고 들어왔다.

그는 군란에 대한 책임을 정부에 돌리고 다시 화해를 하자고 하는 자리에서 책망함이 가혹했다.

조정에서는 황급히 이유원을 뽑아 전권대신으로 삼고 함께 관리하도록 하였다. 그런데 그는 그들의 말만 좇아 5만냥으로 군란 때 살해된 일본 사람에게 배상하고, 50만냥은 군비로 배상하게 하였다. 그리고 그들의 말을 좇아 왜병을 한양 도성에 주둔시키게 하였다.

뿐만 아니라 일본에 사절단을 보내서 사죄할 것을 종용하여 청함으로 김만식金萬植, 박영효朴泳孝, 김옥균金玉均 등을 보냈다.

당시 김옥균 등은 일본을 흠모함이 마치 미치광이 같았으며, 오직 개화에만 뜻을 두고 있었다.

그가 비밀히 관부의 의義를 알리자 일인들은 기뻐했으며, 배상금을 40만냥으로 감해 주었다.

일본 공사 궁본수일宮本守一은 녹천정綠泉亭에 들어가 거처하였으나 녹천정은 남산 밑 주동 끝에 위치하여 나무가 울창하고 샘물이 솟아나는 깊숙한 곳으로 운치가 있는 곳이었다.

당시는 전판서 김상현이 거처하고 있었다. 그런데 일본인이 다시 건너와서 으르렁대며 억압함이 전에 비해 몇 십 배로 심했다. 조정은 그들의 뜻을 건드릴까 염려하여 그 요구에 따랐지만 실제로는 빼앗긴 것이나 마찬가지였다.

그렇게 빼앗긴 정자는 그들의 공관이 되었고, 그로부터 그들은 점차적으로 그 범위를 넓혀 그 일대를 완전히 점거하게 되면서 사방 십리가 모두 왜인들 촌이 되고 말았다.

당시 개화파는 정변을 통해 민씨 정권을 무너뜨리고 청국과의 종속관계를 청산할 것을 결정하고 있을 무렵, 서양의 세력은 점점 크게 밀려들어오고 있었다.

"젠장 나라가 어찌 되려고 이 모양인지 도대체 앞날이 어둡기만 하네, 그려."

"어찌 되었거나 그 책임은 대원군 나리께도 있는 것 아니겠는가. 국고는 비어 있고, 백성들은 허기져 있는데 경복궁 원납전 징수도 그렇고, 또 서원철폐를 한다는 것부터가 망조로 가는 것 아니었겠느냔 말일세. 흐흥!"

"그거야 편하게 양반입네 하고 앉아 백성들이야 어찌 살든 일신의 이득이나 취하는 탐관오리들을 배출해내는 온실이라는 것 때문이 아니겠는가. 그래, 게으르고 나태한 유생들, 정신 개혁을 해보겠다는 이런 말씀이었는데……."

"그래서 이뤄 놓은 게 뭔가? 개화파들에 의해서 받아들여진 천주학 하나도 막아내지 못했지 않은가 말이네."

"그거야 오늘의 외세 흐름이라……, 조정에서도 어쩔 수 없는 일 아닌가. 그 교리 속에 백성과 관리가 모두 평등하다는 이념이 들어있으니까 불평등 반상제도에 억눌렸던 백성들 속으로 빨리 스며들 수 있었던 것 아니냔 말이네. 민심은 천심이라, 그것을 지금 편파 싸움만 하고 있는 조정에서 어찌 해보겠는가. 대책이 없지. 킁!"

"평등사상으로 말하면 일찍이 우리 조상님들이 받들어 섬긴 한얼님 사상 속에 깃들어 있는 거 아닌가?"

그들의 주고 받음을 그때까지 가만히 듣고 있던 강위가 주위를 둘러보면서 하는 말이었다.

강위는 손에 들고 있던 술잔을 내려놓으면서 다시 덧붙여 말했다.

"개혁으로 말하면 문명되어 가고 있는 세계문물을 접하려고 시도했던 정조 임금으로부터 시작해서 야소교(천주교, 예수교)가 들어온 것 아니었겠는가. 그래, 그 뒤를 이은 순조 임금 때 야소교 신부가 처형을 당했던 것을 빌미로 프랑스 함대가 강화도로 쳐들어오는 병인양요를 불러일으켰던 거고……."

그 사이를 가르고 김택영이 말했다.

"소문에는 대원이 마나님도 야소교를 받아들여 믿는 신도라는 말이 있든뎁쇼."

"하지만 부대부인 마님이야 관부에서 어쩌겠는가. 화급을 다투었던 상황에서 중전을 탈출시켰고, 또 대원이 나리 그늘에 묻혀 있는데 관부에 쫓겨 화를 당할 염려는 없지 않은가."

그 말에 다시 김택영이 입을 열었다.

"그러니까 나라나 국민에게 민족정신이 흐려지면 외세에 흔들리게 마련이라, 이 어지러운 시국이 보통 문제가 아니니 걱정이지요. 안 그렇습니까?"

고향이 개성인 김택영은 강력한 민족주의자로 그의 역사의식은 그만큼 투철했다.

임오군란이 일어나기 전 당시 나라 안 정세의 흐름은 그랬다. 흥선대원군은 조선 왕조의 종친으로, 후사後嗣를 두지 못한 철종이 승하하자 자신의 둘째 아들 명복(命福 ; 고종의 아명)을 조대비에 의해 왕위에 앉히는 데 성공했었다.

섭정의 자리에 앉아 정권을 장악하게 된 대원군은 그 당시 세도정치를 펼치던 안동김씨 일부 세력을 축출하는 한편, 능력 있는 중인 계층을 중용하여 각 기관에 배치하고 아울러 정치 개혁에 착수해 들어갔다.

대원군이 중인을 등용시킨 또 하나의 이유는 당시 물상을 거래하고 있던 보부상(중인)들이 상권을 쥐고 있었기 때문에 그 밑바닥에 깔린 국내정보를 손쉽게 입수할 수 있었기 때문이기도 했다.

하지만 그러한 대원군의 섭정이 백성들로부터 크게 호응을 얻지 못한 보다 큰 이유는, 왕실의 권위를 세우기 위해 시작한 경복궁 중건 원납전願納錢 징수, 당백전當百錢 주조 등으로 이어져 나라 경제를 혼란에 빠뜨린 것이 원인이었고, 그로하여 당시 대표적 개혁대상으로 지목되던 서원을 과감하게 철폐한 데에 따른 유림儒林의 반발을 초래하는 한편, 대외적으로는 그 앞 1866년에 있었던 천주교도 박해를 구실로 쳐들어 온 프랑스 함대를 격파하고, 전국에 척화비斥和碑를 세우는 등 쇄국정책을 강화하고 나섰기 때문이기도 하였다.

1873년 정면으로 대원군을 공격한 최익현崔益鉉의 상소를 계기로 고종이 친정親政을 선포하게 되면서 대원군은 정계에서 물러날 수밖에 없게 되었다.

섭정 흥선대원군의 강력한 전단정치는 당시 정권을 농단하고 있던 외척 세력을 배제하여 쇠약해진 왕실 세력을 회복하고자 하는 데 그 목적이 있었던 것이다.

먼저 외척 안동김씨 세력을 정권에서 몰아내는 일에서부터 시작했고, 또 중앙 관료의 세력을 약화시키기 위한 제도적인 조처를 취했었다.

조선왕조 후기를 통해서 군국軍國의 기무機務를 총괄해 온 문무文武고관회의 체제로서의 비변사備邊司 기능을 철폐하는 한편으로 의정부의 원래 기능을 살려보자는 의도는 삼군부三軍府를 새로 설치함으로써 문무文武의 양권兩權을 분리시킨 것이었다.

이렇듯 문무 관료의 세력을 분리시킴은 왕권의 강화를 꾀한 것이었다. 그것이 바로 조선왕조 창건 당시의 구규를 복구하고자 한 홍선대원군의 전단專斷 계책이었다.

다음으로 지방의 양반세력이 기반으로 삼고 있는 서원書院의 대부분을 철폐시키면서 서원에 소속된 전지田地를 관에서 몰수하도록 하였고, 한편으로 관리의 탐학貪虐과 토호土豪의 무단武斷을 엄중히 다스려 이들의 중간착취를 방지하여 세수稅收의 확보를 꾀하고자 했었다.

홍선대원군이 섭정을 하게 되면서 조선의 큰 폐단을 들춘 것은 충청도의 양반과 전주의 각 관아에 딸린 서리胥吏 아전衙前들로서 이서吏胥를 꼽은 것은 우연한 사실이 아니다. 전주 아전은 민초들에게 돈을 갈취해내는 데 흉악하기가 전국에서 제일이라고 소문이 나 있었다.

일찍이 대원군이 조선의 세 가지 폐단을 지적했는데 호서(충청도/ 忠淸道)지방의 사대부士大夫 양반 계층이고, 관서(평안도/ 平安道)지방의 기생이며, 전주의 아전이라고 했었다.

그들의 횡포를 약화시키기 위한 방책을 쓰는 한편으로 외부로부터의 어떠한 영향도 막아내고자 단호히 쇄국정책을 펴면서 유교적인 왕정王政의 안정과 왕권의 강화를 모색하고자 했었다. 대원군이 집권할 무렵에는 이미 만만치 않은 외세의 위기감이 감돌고 있었기 때문이다.

그와 같은 대원군의 해금정책에도 불구하고 국경을 넘나드는 무역을 통하여 흘러 들어온 양화洋貨가 도성 안에서 범람하였고, 프랑스 신부들의 잠입 활동에 따라 은밀하게 유포되고 있던 천주학은 거의 묵인되다시피 되어 있었다.

외래문명이 음으로 양으로 흘러 들어온 19세기 후반기에 들어서 연안 각처에 이양선異樣船의 출몰이 훨씬 빈번해져 가는 가운데 서양인에 의한 중국 침공의 전문은 상하 국민의 불안감을 더해 주면서 멀지 않아 조선도 중국과 다름없는 난국에 직면하게 될 징후라고 진작부터 염려하는 측도 있었다.

그러한 염려는 실제로 대원군이 집권하자 눈앞의 현실로 나타나기에 이르렀다. 두 차례에 걸친 양이洋夷의 침범을 물리치고 주화매국主和賣國을 표방하여 이른바 쇄국정책을 강행했었던 것이다.

그만큼 양화와 천주교의 유포는 서양 세력 침투의 전조로 여겨서 천주학 야소교에 대해서는 가차 없는 탄압으로 일대 박해를 가하기도 했었지만, 대원군의 정치적 권력은 처음부터 어떤 확고한 세력 기반 위에 뿌리를 두고 있었던 것도 아니었고, 그렇다고 어떠한 새로운 정신사상을 담은 이념에 의해서 뒷받침되어 있었던 것도 아니었으며, 새로운 사회 계층이 그의 세력 배경을 이룰 만큼 성장되어 있었던 것도 아니었다.

그런 상황에서 왕실의 존엄성을 과시하기 위한 경복궁의 중건은 대규모 토목 공사에 따르는 과다한 수렴收斂으로 인해 상민들은 말할 것도 없고, 양반들에 이르기까지 원성을 불러 일으키는 요인이 되고 말았다.

그 원성은 마침내 외척과 양반 세력의 전면 도전을 받으면서 서양 천주학을 탄압한 대원군의 쇄국전단 정치는 백성들의 반발 속에 그 세력을 오래 유지하지 못하고 스스로 고립 약화시키는 결과를 초래하고 말았던 것이다.

그와 같은 정세는 대원군의 전단 정치의 그늘에서 기회만을 노리고 있던 외척 세력이 배태胚胎 성장되어 가면서 대원군은 집권 10년 만에 정권에서 뒤로 물러나지 않을 수 없게 되고 말았다.

그 후, 정권의 전면에 나서게 된 중전(명성황후)은 정권을 장악하고 민씨 척족을 앞세워 흔들리는 나라를 바로 세우기 위한 방안을 다각도로 모색했다. 하지만 국제 정세는 이미 너무나 빠르게 급변하고 있었다.

기계문명을 앞세운 서구의 강대국들이 앞을 다투어 동방으로 진출하면서 영국은 싱가포르, 미얀마, 인도를 집어 삼키고 동방의 노대국 청나라를 위협하고 있었으며, 프랑스는 베트남과 캄보디아로 침략의 손길을 뻗치고 있는 중에 대대로 우리나라의 멸시 대상이었던 일본마저 일찍이 개화함으로써 그 제국주의의 대열에 끼어 있었다.

당시 일본은 메이지유신(명치유신, 明治維新)으로 정부 기구의 전면 개혁을 실시함으로써 국력이 신장되자 정한론征韓論이 대두되었다. 그것은 조선을 식민지로 삼고 더 나아가 중국 대륙 침략의 발판을 삼자는 주장이었다.

그처럼 밀려 들어오는 국제정세 속에 개화라는 대세를 거스를 수 없음을 깨달은 민씨 정권은 어쩔 수 없이 1876년 자의 반 타의 반으로 일본과 '강화도조약'을 체결하게 되었다.

이 조약의 체결로 조선은 일본에 부산, 원산, 인천의 3개 항구를 개방하고 치외법권이 인정되면서 일본 화폐의 통용과 무관세 무역을 뒤이어 인정하게 된 것이다.

그야말로 국제조약 체결에 관한 무지와 힘의 불균형이 빚어낸 치욕스런 조약이었다.

이후 중전은 일본에 문호를 개방한 이상 이를 견제할 세력이 필요하다는 확신을 갖게 되면서 청나라의 주선으로 미국과 통상조약을 체결했다. 그리고 영국을 비롯한 여러 나라와도 통상조약을 맺음으로써 본격적인 개화의 시대, 그 문을 활짝 열었다.

이렇게 대원군의 뒤를 이어 실권을 잡게 된 민씨 정권이었지만, 그러나 그 어떤 획기적인 개혁정치를 시도하지 못하고 도리어 어떤 면에서는 대원군 섭정 이전으로 되돌아가 내정상의 여러 가지 폐단을 불러 일으켰다. 뒤이어 조일통상장정朝日通商章程을 맺어야 했다.

그 조약의 체결은 사신使臣의 상주제常駐制 등 일면에 있어서는 근대적인 외교관계의 성립을 의미하는 것이기도 했다. 하지만 실제상으로는 일본 세력의 일방적인 침투를 허용하게 된 불평등 조약이었다.

그렇게 개방의 문을 열게 된 민씨 정권은 1882(壬午)년 6월에 있었던 임오군란으로 잠시 물러났다가 청국군의 지원을 받아 다시 정권을 장악하게 되었다. 하지만 강대국 사이에서 정국이 어지럽기는 여전히 마찬가지였다.

그러한 난국을 대책 없이 흘러가는 물 구경하듯 바라보고 앉아 있어야만 하는 선비들의 심정은 그야말로 희망 없는 불 꺼진 창이었다.

어지러운 정국에 표정들이 모두 어두운 채 입을 다물고 우울한 나날을 보내고 있었다.

싸늘한 가을바람이 옷소매를 파고드는 어느 날이었다.

강위를 비롯한 시사회 모임의 문우들은 책을 덮고 객주에 모여 앉아 정신없이 돌아가는 시국 이야기를 주고 받으며 울분을 토해내고 있었다.

"어쩌다 나라가 이 지경이 되었단 말인가? 찬란한 배달민족 역사가 허접한 허수아비처럼 무용지물이 될 상황에 놓이게 되다니……. 요즘

나라 정세 돌아가는 상판을 보아하니 조상이 물려준 내 땅에서 머지 않아 그것들 더부살이 신세가 되겠구먼, 쩝쩝……."

그야말로 구제할 수 없는 절망적 시국의 흐름을 내다보며 비탄 어린 김택영의 말이었다.

그러자 가만하게 술잔을 기울이던 강위가 그 말에 응수를 했다.

"지금 세계 정세 흐름이란 것이 강대국이 약소국을 넘나보고 위협하는 판국인데 그동안 당쟁으로 권력다툼에만 열중해서 정신 못 차린 우리나라가 별 수 있겠는가? 그러니 그 위력적인 기계문명을 앞세우고 들어오는 외세에 어쩔 수 없이 개방은 해야겠지만, 그러나 받아들이는 것과 우리 자리를 내어주는 것과는 문제가 다르지 않는가 말이여."

"그러니 하는 말입지요. 우리 조상들이 물려준 이 산천 흙 기운을 받고 태어난 우리가 조상님네들 역사와 생활, 그리고 체취와 호흡이 살아 숨 쉬는 이 땅을 지키지 못하고 주권을 넘겨주다니, 이게 어디 말이나 될 법한 소립니까. 소위 나라 위한답시고 거들먹거리는 자들은 서로 개 풀 뜯어 먹는 소리들이나 하고 앉아 있고, 흐흥!"

모두가 울분을 억누르고 시국 돌아가는 이야기를 주고 받다가 누군가가 불콰하게 술이 취해 큰 소리로 말했다.

"이 볼쌍 사나운 세상, 이 꼴 저 꼴 볼 것 없이 차라리 저 한강물에 몸을 던져 깨끗이 죽는 것이 차라리 시적이라는 생각이 드는뎁쇼?"

"옳으이, 자! 이렇게 떠들고만 있을 것이 아니라 더 기대해 볼 것 없는 세상 우리 모두 함께 일어나 한강으로 가세. 이 풍진 세상 뭘 바라고 더 살겠나, 흐흥!"

한 잔 술이 얼큰하게 들어가면서 취기가 오른 문우들은 손뼉을 짝짝

쳐대면서 만장일치로 곧 한강으로 달려가 투신할 것처럼 흥분되어 있었다.

그 모습을 본 강위가 당황하여 두 팔을 흔들어 막으며 커다란 목소리로 말했다.

"이 사람들아, 나라를 걱정하는 데 있어서 일시적인 흥분으로 귀한 목숨을 던져 버린다면 역사에 남을 근거가 없지 않은가. 그러니 날이 새면 여러 사람들이 보는 가운데 맑은 정신으로 뛰어들기로 하고, 자! 오늘은 우리 술이나 실컷 드세나."

취기가 올라 흥분되어 있던 문우들은 그 말을 곰곰이 생각해 보는 듯 서로의 얼굴을 번갈아 바라보다가 그것 또한 옳은 일이라며 다같이 합창하듯 말했다.

"옳소! 그렇게 합시다."

그렇게 취기가 오른 문우들은 마치 내일 생을 마감하는 이별주라도 나누는 것처럼 눈물을 질금거리며 출렁거리는 모습들이 그야말로 주정뱅이가 따로 없었다.

누군가가 질펀한 웃음 흐드러지는 코맹맹이 소리로 말했다.

"오늘 같은 날은 꼼보면 어떻고……. 아니, 부정한 여자라도 좋으니 치마 속 엉덩짝이라도 만지고 싶구먼. 흐흐흐……"

그러나 이튿날 아침, 술이 깨자 아무도 엊저녁에 있었던 일들을 기억하지 못했다. 그들의 모습은 수면 부족으로 눈이 몹시 충혈된 얼굴들이었다.

황현은 그들의 얼굴을 번갈아보다가 질펀하게 악악거리던 어젯밤 일이 생각나면서 떨떠름하게 말했다.

"나는 어젯밤, 밤이 새도록 실컷 울어보고 싶었지만 이빨만 딱딱 부딪칠 뿐이지 뭡니까. 그렇게 이빨이 딱딱 부딪칠 때에는 울려고 해도 울음이 안 나오는 모양이죠?"

"울고 싶을 때는 실컷 울어야겠지. 슬픔이 또 다른 세상 지식을 쌓게 한다는 말도 있지 않은가."

강위는 그 말을 던지고 일어나 옷깃을 여미면서 혼잣말로 중얼거렸다.

"하기야 죽기가 살기보다 더 쉽지 않구만……."

그의 등 뒤로 어지러운 세상이 불러 일으킨 한밤의 흥분된 이야기가 말없이 일렁이고 있었다.

그 뒷자리에서 모두들 어수선하게 흐트러진 옷매무새를 다소곳이 앉아 여미는 몸짓들이 언제 그렇게 술을 마셨느냐는 듯이 얌전한 한양 선비, 그 모습으로 되돌아와 있었다.

어지러운 난세에 서로의 가슴을 숨김없이 드러내 보일 수 있는 벗을 가질 수 있다는 것은 그나마도 하늘이 내려준 축복이라 생각하고 싶은 황현이었다.

지향하는 뜻을 같이하고 서로가 그처럼 죽음까지도 함께 논할 수 있었던 주위의 벗들은 그 날 밤 이후, 더욱 거리감이 없는 사이로 좁혀졌다. 그래서 조정에 대한 실망과 객지 생활에서 생겨나는 외로움의 절반은 메꾸어 나갈 수 있었다.

그 며칠 후였다. 스승 강위를 비롯해서 이건창, 김택영 등 몇몇 문우들과 다시 의기투합하여 모인 자리에서였다.

술잔이 몇 순배 돌았을 때 쯤, 강위가 황현을 지긋한 눈빛으로 건너다

보면서 말했다.

"이보시게, 우리가 이 난세를 비관하고 비평만 하고 있을 게 아니라, 그 어느 때보다도 이 어려운 시국을 바로 잡아 세울 수 있는 올곧은 인재들이 많이 등용되어 나와 줘야 한다고 생각하네. 그런데 매천 자네 생각은 어떤가? 그만한 학식과 문장이라면 보거과에 응시해 봄직도 한데 말이야……."

"아직 부족한 저를 그렇게 보아 주시니 몸둘 바를 모르겠습니다. 저도 사실은 한양을 올라올 때 그 같은 포부를 왜 갖지 않았겠습니까. 하지만 오늘 돌아가는 정국을 보니 그 마음이 자꾸만 식어지지 뭡니까. 이 어지러운 난세에 보거과에 응시를 해서 장원이 된들 어디 소용이 되겠습니까요."

"자네는 다 훌륭한데 그 심장이 약한 게 흠이군 그래. 그러니까 난세라서 피하고 보겠다는 건가?"

"아니, 그게 아니고……. 지난날 저의 부친께서 평소에 말씀하시기를 까마귀 노는 곳에 백로는 가는 것이 아니라고 말씀하셨지요. 성난 까마귀가 흰빛을 시샘한다구요. 그런데 그 말씀이 요즘 따라 부쩍 살아올라 머릿속을 어지럽히지 뭡니까요."

"에끼 이 사람아! 그 말씀은 이웃과 벗을 사귐에 있어서 신중히 하라고 이르는 말씀이지, 나라가 이 모양이라 올곧은 정신을 가진 선비가 절대로 요구되는 때에 그래, 일신의 안일만을 위해서 구경만 하겠다는 건가? 선비가 배워 온 충이 뭔가? 나라 위해 한 목숨 기꺼이 죽기로 작정한다면 까마귀 노는 곳에라도 뛰어들어야 하지 않겠는가."

"하지만 워낙 시절이 시절인지라……. 이럴 때는 명예나 지위, 그 경쟁이 없는 많은 사람들에게 의미를 부여해 주고 읽힐 수 있는 그런 책으로 남고 싶습니다."

황현은 한양에 올라올 때의 포부와는 다르게 그렇게 대답하고 말았다. 사실 그때쯤 황현의 생각은 그랬다. 어지러운 조정의 부패상을 보고 들어왔었기 때문에 초야에 묻혀 모습 드러내지 않는 조용한 학자로 남고 싶다는 마음이 은근히 자리를 잡기 시작했다.

"그래, 자네라고 왜 생각이 없겠나. 하지만 내 생각은 그렇네. 이렇게 나라가 어수선한 때일수록 임금님의 총명이 흐려지지 않게 진언해 줄 수 있는 능력 있는 인재들이 많이 등용돼서 나서 줘야 한다는 거지. 그것이 선비가 행해야 할 충으로 백성 된 신하로서의 도리가 아니겠는가. 자네는 그 재능을 소유하고 있으니까 하는 말이네."

"제게 재능이 있다고 말씀하시는데, 저는 다만 선현들 글줄이나 읽어 왔을 뿐입니다."

"허허 재능을 갖추었다 함은 정계인으로서 바람직한 올바른 비판력을 소유하고 있다는 것일세. 그건 미래에 대한 날카로운 예시이기도 한 것이지."

"저를 그렇게 보아주시니 정말이지 몸둘 바를 모르겠군요."

"무슨 소리, 그렇게 되도록 뜻을 높이 갖도록 하게. 사람은 태어나서 한 번 죽는 것이지만, 정치에서는 여러 번 희생당해야 한다는 것을 미리 마음에 준비한다면 무엇이 두렵겠나. 언젠가 한 번은 죽어야 할 목숨, 이왕이면 우리 모두 먼 훗날까지 귀감으로 회자되는 그런 인물로 남아야 되지 않겠는가."

"오늘 제게 주신 고견으로 미숙한 생각을 개선해 보겠습니다."

역시 소문난 애국충정의 선비로, 스승다운 충고는 여러 문우들 앞에서도 그의 인격 이룸을 증명해 주고도 남았다.

그 고매한 인품을 문우들 앞에서 다시 보여주고 자리에서 일어난 강위는 헤어지면서 지긋한 웃음을 담고 덧붙이듯이 말했다.

"시간은 우리를 기다려 주질 않네. 강물처럼 스쳐가 버리고 나면 다른 것이 그 자리를 대신 차지하듯이 언젠가는 이 어지러운 탁류도 정화될 날이 있을 걸세. 이럴 때일수록 우리가 정신을 차려야 하질 않겠나. 자기 자신을 신뢰하는 자는 군중을 지도하고 지배할 수 있다고 했네. 제 아무리 큰 고기라도 죽어 있으면 물살을 거슬러 올라가지 못하는 법, 자신이 작은 고기라고 스스로 낙관하지 마시게. 정신만 살아 있으면 힘차게 물살을 가르고 올라갈 수 있으니까 우리 모두 오늘이 고단해도 힘을 내서 활로를 여는 데 노력하세나."

황현은 그 말에 감동하였고, 손을 흔들고 멀어져 가는 그의 뒷모습을 언제까지나 바라보고 있었다.

그렇게 서 있는 황현의 소매 끝에 계절을 알리는 서늘한 바람이 살랑거리면서 어느새 가을을 재촉하고 있었다.

'그래, 추석이 얼마 남지 않았구나. 벌써 집을 떠나온 지가 오래 됐군!'

황현은 그동안 잊고 있었던 집 생각을 하면서 고향엘 다녀와야겠다고 마음먹었다. 추석 명절에 조상성묘도 해야 하고, 또 그때쯤은 시골에서 상경할 때 전대에 차고 올라온 노자마저도 거의 헐겁게 바닥이 나고 있었기 때문이다.

숙소로 돌아온 황현은 대충 간단한 짐을 꾸렸다.

그리고 귀향길에 오르기 전에 잠시 스승 강위를 찾아뵙고 문우들과 만나 인사를 나누었다.

"남도 천리길이라 먼 길 조심해서 잘 다녀오시게."

문우들은 잠시 동안의 헤어짐이지만 서운한 듯 멀리까지 나와 무사히 돌아와 줄 것을 몇 번이나 당부하며 손을 흔들어 주었다.

그 당시 교통수단으로는 나귀를 빌어 타는 것이었다. 나귀등에 올라앉아 흔들리면서 귀가를 서두르는 길옆으로 가을이 무르 익어가는 들판은 풍요 그 자체였다.

'그래, 자연은 변함없이 언제나 제 할 몫을 하는구나. 자연이 포악한 인간을 가르쳐 주는 스승이로다!'

손을 내밀어 따먹지 않아도 배부른 풍요, 그 들판 속에 성숙의 깊이를 보여주는 가을 열매들이 저마다 작은 태양처럼 빨갛게 무르 익어가고 있었다.

07
표류하는 민족혼

황현이 못내 그립던 대문 안으로 들어섰을 때는 어머니와 식솔들이 추석 명절을 앞두고 그 준비에 바삐 움직이고 있었다.

"오메! 애비 아녀? 그래 객지에서 얼매나 고생을 하고 온겨?"

마당으로 불쑥 들어서는 아들 황현을 보자 깜짝 반가워하는 어머니의 목소리가 식솔들의 걸음을 세우게 하면서 뒤 따라 나온 아내와 눈이 마주쳤다.

"아부지헌테 인사혀야지. 잘 다녀오셨어요, 하고……."

아내가 치맛자락을 붙들고 멀뚱하게 바라보고 서 있는 딸아이의 등을 떠밀며 반가움에 인사를 그렇게 했다.

딸아이는 고맙게도 그동안 무탈하게 자라 이제 아홉 살이었다. 오래간만에 모습을 나타낸 아버지를 보고 딸아이는 수줍게 얼굴을 붉히며 고개를 끄덕해 보였다.

"허허……. 우리 집 살림 밑천 공주님이 못 본 동안 무척 많이 컸구먼. 아버님은?……."

황현은 아내에게 얼핏 눈짓 인사를 보내고 아버지부터 찾았다.

"동네 나가셨는디 곧 들어오시겄제. 먼 길 행보에 잠도 설쳤을 것인디 어여 씻고 들어와 좀 쉬어야제."

어머니는 아들의 안색을 살피면서 건강부터 염려했다.

"공부도 좋지만은 어째 끄니도 제대로 못 챙겨 먹은 사람같이 애비 안색이 어째 저 모양인고 몰겄네……."

어머니는 아내에게 서둘러 밥상부터 챙겨 들어오게 하면서 말했다.

"밥이 보약인디 세끼 밥도 못 챙겨 먹고 댕긴 얼굴이구먼……."

그때였다. 문지방 앞에서 귀에 익은 아버지 시묵의 목소리가 나지막하게 들려왔다.

"안에 누가 왔는가?"

"저 왔습니다, 아버님."

황현은 벌떡 일어나 방문을 열고 나가면서 아버지를 맞이했다.

"어허! 그래, 객지에서 고생이 많았제? 건강은 괜찮은가?"

"무탈하게 잘 지내다가 왔습니다. 올라와 소자 인사부터 받으시지요."

"그렇잖아도 명절이라 올 줄은 알았네, 허허……."

황시묵은 집 떠난 지 거의 반년 만에 돌아와 넙죽 큰절을 해 올리는 아들을 그윽한 눈빛으로 건너다보며 말했다.

"내 한양 소식은 대충 듣고 있었제만은……. 그래, 애비가 보는 시국은 어떻게 돌아가고 있든고?"

"소식 들으신 그대로 어두운 판국이라 달리 더 말씀 드릴 게 있겠습니까요."

황현은 더 묻지 말기를 바라는 표정으로 잘라 말했다.

"흠, 그럴 테지. 들으나 마나 그 소식이 그 소식일 텐께……."

황시묵은 떨떠름한 표정을 지으며 말했다. 그날 얘기는 그 말을 끝으로 거기서 그쳤다.

그리고 오래간만에 세상 어두운 이야기를 털어버리고 그동안 지내온 이야기와 친족들의 생활얘기로 화제가 돌려지면서 웃음꽃을 피웠다.

그것이 밖에서 돌아온 가장의 정신적인 피곤을 풀어주는 가정이라는 쉼터를 새삼 음미하고 있는 황현이었다.

다음날 아침, 일찍부터 일어난 황시묵은 서둘러 황현을 앞세우고 큰집 형님이 계시는 광의면 상촌으로 향했다. 추석 명절 차례를 지내기 위해서였다.

대소가 모여 지내는 명절 분위기는 시국이 시국인 만큼 예전처럼 그렇게 밝지는 않은 표정들이었다. 하지만 조상들로부터 내려온 추석 명절 한가위 분위기는 그대로 바닥에 깔려 있어 울긋불긋한 치맛자락들이 얼핏 설핏 펄럭이며 서민들의 가난한 웃음꽃이 그런대로 명절 분위기를 말해 주고 있었다.

추석 차례를 마친 황현은 왕석보 선생을 찾아뵙기 위해 어른들께 인사를 올리고 큰집 대문을 나섰다. 황현이 왕석보 선생 댁을 찾아갔을 때였다. 왕석보 선생은 사랑방에서 찾아온 몇몇 문하생들과 술상을 앞에 놓고 담소를 나누고 있다가 깜짝 반가워 하였다.

"어, 이게 누군가? 허허……. 그래 명절 차례를 지내러 내려 오셨는가?"

"먼저 인사부터 받으시지요."

황현이 예를 갖추어 인사를 올리고 고개를 들었을 때였다.

"그동안 고생이 많았겠구먼. 그래 집을 떠나 보니 어떻든가?"

"고독해야 성숙된다고 말씀하시지 않으셨습니까요."

"무척 고독했던 모양이군 그래."

"아, 아닙니다요. 다행이도 식견 높은 여러 문우들과 어울릴 수 있게 해주셔서 그 자리를 메울 수 있었읍지요. 진심으로 감사드립니다."

"도움이 되었다니 고맙구만. 그래 지금 한양 선비들 시국론은 어떻게 돌아가고 있던가?"

그 물음에 잠시 망설이던 황현은 이윽고 궁색한 대답을 생각해 냈다.

"여름밤에 낭만을 장식해 주는 반딧불이 썩은 두엄 속에서 만들어지듯 몸살 앓는 소리나 반짝 반짝 늘어놓고 있습니다요."

"흠……. 몸살 앓는 소리라고 했는가? 선비들 몸살 앓는 소리가 바로 감정을 달래고 표출하는 시라는 거 아닌가. 언어의 예술이지, 많이 아프고 지독하게 고독을 느끼는 사람만이 만들어 낸다는 예술 말일세. 허허……."

"그렇게 말씀하시는 선생님께서는 생활 속에서 그 많은 예술가들을 길러내고 계시니 참으로 대작으로 만고에 남을 큰 예술가이십니다. 소생 오늘 이렇게 경하드립니다."

그러자 왕석보는 껄껄 웃다가 조금은 어이없다는 표정으로 말했다.

"이 사람 그동안 변죽도 많이 늘었구먼. 허허허……."

"무슨 말씀을요? 지난날 선생님께서 그러셨잖습니까. 귀하고 높은 것은 반드시 천하고 낮은 가장자리에서부터 그 바탕을 이루는 것이라고 말입니다."

"거 참, 내 오늘까지 자네처럼 예민하고 날카로운 제자는 처음일세. 으핫핫핫……."

스승 왕석보는 참으로 놀랍다는 표정으로 박장대소를 하다가 제자들을 돌아보며 눈을 끔쩍해 보였다. 그 보란 뜻이었다. 그러자 그들은 경이로운 눈빛으로 황현을 멍하니 바라보고만 있었다.

왕석보는 다시 황현을 쳐다보며 말했다.

"그러고 보니 내가 사람을 보는 안목 하나는 분명히 있었네, 그려."

"새삼스럽게 그건 또 무슨 말씀이십니까?"

"오늘 자네를 보니 그런 생각이 들어서 하는 소릴세. 허허허……. 내 일찍이 자네한테서 그 재능을 읽었으니까. 그래 오늘 자네가 보고 듣고 온 시국은 어떻게 돌아가고 있는지 말해 보시게."

"들어 아시다시피 풍전등화입니다. 이대로 가다간 우리 땅에서 왜구들 머슴살이를 하게 생겼다구요. 변고는 그것뿐이 아닙니다. 한양 도성에 양화가 범람하고 있는 판이라 이 나라가 이대로 가다가는 국적도 없는 나라가 되지 않을까 한양 선비들은 책을 덮고 객주에 앉아 걱정이 태산이랍니다."

"역시 그렇구만. 그 참. 변화하는 문화의 소용돌이 속에 있을 때 구심점이 되는 사상이 뚜렷이 있다면 조정이나 백성이 그렇게 흔들리겠는가? 나는 그렇게 생각하네. 사람이 동물과 다른 것이 있다면 그것은 곧 정신, 사상이라는 마음이 있다는 것 아니겠는가. 그래, 개개인에게 정신이 있듯이 인간집단이나 국가와 민족에게도 그 나름대로의 국민정신,

민족정신과 같은 집단정신이 있다는 것이네. 사상이라는 정신이 일정한 방향을 갖고 살아 움직일 때 큰 능력이라는 힘을 펴게 되고, 그랬을 때 비로소 그 가치가 결정되면서 인정을 받게 되는 것이거든."

"민족정신이라고 하셨습니까?"

황현은 왠지 정신이 번쩍 드는 느낌이 들면서 물었다.

"그렇네. 우리 조상들로부터 내려온 민족정신은 바로 하늘 천법이라서 허깨비 같은 귀신 놀음에 좌우되지 않는다는 것이네. 그 얼이 살아있다면 나라꼴이 이 모양이 되겠는가. 한 예로 민 중전이 보여준 것이 바로 그것이었네. 중전이 충주에 피난하고 있을 때 제천 청풍 사이에 살던 한 무당이 찾아와서 대궐로 돌아갈 수 있는 시기를 점치면서 그 시기를 어기지 말라 하여 중전이 신비하게 생각하고 그를 데리고 환궁을 하게 되었던 것이라네. 그 후로 그 무당 모시기를 한알님같이 하게 되면서 국모로서 모양새는 접어두고라도 많은 폐단을 불러 일으켰지 않았겠나. 그게 바로 하늘 천법을 모른 미개함에서 비롯된 거라네."

"그러니까 무당한테 와있는 몸신을 절대 믿어야 할 신으로 받들어 모신 거군요."

"물론 물에 빠진 사람 심정은 지푸라기라도 잡고 싶다는 것이지만, 그게 국모로서의 모양새가 말이 되겠나. 국모면 국모답게 우리 조상 국조신께 도와달라고 빌어 기도해야 하는 건데, 중국 춘추전국시대 관운장 딸로 그 몸신을 받았다는 무당 말이라면 무조건 엎드려 살려주십시오, 하는 꼴이 되고 말았으니, 쩝쩝……."

그것이 중전으로서의 실덕임을 지적했다. 사실 중전은 그 무당을 하느님같이 믿고 섬겨 아픈 곳이 있으면 무당의 손을 빌렸고, 그래서 모든 것을 무녀의 말을 믿고 좇아 따르게 되면서 무당을 진령군眞靈君에 봉했었다.

그렇게 위로부터 진령군으로 봉해진 무당은 마땅히 묘廟를 지어 받들게 하여 달라고 청했고, 중전은 그의 말대로 좇아 따랐다. 그만큼 절대신으로 군주 위에 군림하게 된 무당은 웅장한 복장으로 단장을 하고 아무 때나 양전兩殿을 뵐 수 있게 되면서 헤아릴 수 없이 많은 금과 보화를 위로부터 상으로 하사받았다.

무당의 아들 김창렬마저도 그처럼 의젓하게 비옥緋玉을 걸치고 다녔을 정도로 무녀의 기도에서 화복이 만들어져 나오는 것으로 믿게 된 양전이었고, 그로하여 수령首領 번곤藩閫이 가끔 그 무녀의 입에서 만들어지게 되면서, 고관들도 부끄러움을 모르는 자는 다투어 아첨을 했고, 특히 조병식, 윤영신, 정태호가 더욱 심했다고 했다.

왕석보는 그들의 작태가 더 없이 한심하다는 듯이 떨떠름한 표정을 지으며 덧붙여 말했다.

"아, 부모는 살아서나 죽어서나 자손이 잘 되기를 비는 게 부모 마음 아니겠는가. 그런데 항차 국모나 임금이 그 이치를 모르고 관운장 딸이라는 귀신이나 믿고 빌어대니 이 나라 국조 조상신이 뭐라고 하겠는가. 네 조상도 잃어버린 이 얼빠진 자손아, 그러고도 이 나라가 지켜지기를 바라느냐? 그러니 오늘 나라꼴이 이 모양으로 청나라에 손 내밀어 도움이나 청하고, 그러니 서양 천주학쟁이들이 들어와서 즈그가 믿는 야훼 천주님을 섬기고 받들어야 물질 축복도 받고 하는 것이라고 설쳐대는 거 아니겠는가. 쯔쯔쯔……."

"듣고 보니 구구절절이 옳으신 말씀입니다요."

"그래 뭘 알고 믿느냐 하는 거네. 이치적으로 한 번 생각해 보시게. 믿어야 할 신도 신격이 높고 낮음이 있다는 걸세. 최고의 경지로 성현들의 성령신도 있고, 저 아래로는 동네 마을을 지켜주는 서낭당 신도 있고, 저 위로부터 사명을 받아 그 지역 산을 지키는 산신령도 있고, 수중신도 있고, 사람 몸을 고쳐주게 하는 약사 보살신, 또 제명을 못살고 간 동자신, 어디 그뿐인가. 내 부모 돌아가신 혼령도 신이라서 자손을 지키고 돌봐준다고 하는 거네. 그런데 항차 이 나라를 세운 조상신이야 말해서 무엇하겠는가……. 이렇게 세상은 그 만신 부림을 받는다고 한 것이라네. 그런데 소위 이 나라를 다스린다는 임금이나 국모가 제 조상신도 아닌 그것도 생판 이 나라하고는 상관도 없는 춘추전국시대 관운장 딸이었다는 귀신이나 하늘처럼 떠받들어 섬기니 나라꼴이 이 모양으로 굽실거리면서 청나라에 지원병이나 청하고 하는 거 아니겠는가 말이여. 흐흥!……. 아, 이 나라를 세운 국조 단군왕검 조상신을 모르거든 차라리 이 나라를 우국충정으로 지켜주던 김유신 장군이나, 또 충무공 이순신 장군 혼령이라도 불러 모시고 빌어대든가. 그래, 뭘 알아야 서생이라도 해먹는다고 자손 지켜주는 우리 조상님네들 넋은 허깨비로 자손한테 철저하게 외면을 당하고 있으니 괘씸해서 이 나라를 지켜 주시겠는가? 나부터도 부모 조상 은공 모르는 느네들 고생 좀 더 짤짤 해봐라 할 게야."

"……."

"그래서 군자는 무엇보다도 부모 은공을 아는 공부부터 먼저 해야 한다는 것이네. 그래 위로 올라가서 우리 조상 뿌리 정신을 역사적으로 살펴보면 단군왕검 홍익인간弘益人間 사상을 주축으로 한 한알님 사상이

고대사에서 아시아 대륙을 뻗어나가 이웃 민족을 평화롭게 다스려 왔다는 거 아닌가. 그런 우리 조상님네들 정신사상이 우리 민족사에 연결되어 왔었다네. 그런데…….”

왕석보는 잠시 무슨 생각을 하는지 말을 끊었다가 다시 입을 열었다.

“자네들 이 나라 조선을 개국하신 우리 국조 단군왕검의 건국이념이 무엇이었는지 들어 알기나 하시는가?”

“?…….”

“홍익인간 이화세계라. 바로 사람을 널리 이롭게 한다는 조화의 한얼님 사상이었다네. 그래서 우리 조상들은 이웃 민족을 무력으로 침략 정복해 본 일이 없었는데 왜 그랬겠는가?”

“… ?….”

“바로 너와 내가 저 높은 곳에 계시는 한알님의 한 뿌리로 동조 동손 동질이라는 게야. 그래 서로 협동해서 조화를 이룬다는 것이 바로 홍익인간 정신이거든. 그 한알님 정신사상이 우리 조상들 종교로 고대사에서 이웃나라 십이제국을 다스려 왔다는 게야. 그러니까 국조 단군왕검께서 나와 더불어 있는 모든 인간을 성숙하게 하는 자연 교육적 틀 속에서 천혜의 홍익인간 정신을 그대로 반영시킨 것이었다네. 흠흠…….”

“…….”

“그 정신이야말로 인간의 질서를 바로 잡는 일일 뿐만 아니라 전체 자연의 법리적으로 정하여 놓은 것인데……. 그것은 질서와 윤리의 법도인 동시에 만법의 순리라는 것이지. 그러니까 만물의 영장이라는 우리 인간이 지켜야 할 자연 도리라는 게야. 거기에 무슨 양반 상놈이 있겠나? 물론 각 사람이 하늘로부터 받고 태어난 능력은 각기 다르지만 거기에는 귀하고 천함, 구별 없이 다만 제 몫의 역할로 조화를 이루라고 한 것이라. 그것이 바로 조화주 한알님이 우리의 국조 단군왕검으로 하여 개국과 함께 이 백성 위에 펴게 하신 홍익인간 이념이라서 거기에는 귀하고 천함이 없이 모두가 평등하다는 조화주 한알님 우주정신이라는 게여."

"그런데 그 정신은 어디 가고 오늘 나라 모양이 이 꼴이 되었답니까?"

듣고 있던 황현이 시국의 답답증에 보채듯이 물었다.

"그러니까 그로부터 세대가 멀어지면서 우리 민족의 전통사상이 흐려졌던 게야. 도가 오래 가면 마가 꾀이듯이 말일세. 동양 문화권에서 발생한 여러 종교들도 본질은 한결같이 인간을 선한 바탕에 놓고 보기 때문에 거기에는 귀함도 천함도 없다는 것이었다네. 그런데 과거 삼국시대 이래로 통치해 온 군주정치가 바로 문제였어. 고려시대 중국을 거쳐 우리나라에 들어온 공자님 유교사상만 해도 그렇다네. 본질과는 다르게 중국을 숭상하는 모화풍조가 만들어지면서 마침내 사대주의 사상을 만들어낸 게야. 게으르고 나태한 인간상을 만들어 신분관계를 중시하는 관존민비, 남존여비, 그리고 반상제도 등 엄격한 인간차별 의식으로 변질돼서 양반은 수족을 움직이는 농공과 상업행위 등, 생산적인 면보다는 오히려 글이나 읽고 청렴하게 살아가면서 나라에서 내리는 녹이나 받기를 즐겨 하고 또 선현의 글이나 암송하면서 형식적인 윤리 도덕이나 입에 달고 소일하는 것이 그 한 예일 수가 있네."

"……."

"왜 그런지 아는가? 내세에 대한 적극적인 관념이 없기 때문에 생활 또한 자연적인 성정에 맡겨 버린 거야. 그래 수없이 많은 폐단을 가져왔던 원인이 바로 거기에 있었던 거라고 보네. 흠흠……."

그리고 왕석보는 잠시 사이를 가르고 다시 말을 이었다.

"그로부터 우리 민족정신이 더욱 흐려지고 말았던 거라고 볼 수 있지. 우리 국조께서 펴신 홍익인간 이념은 한얼 숭배, 조상 숭배, 인간 사랑을 골자로 한 천지인天地人, 곧 하늘과 땅과 사람이 하나로 고리를 잇고 있다는 그 가르침이었네. 그게 우리 조상들이 세계 으뜸 정신문화를 일으킬 수 있었던 만물감통萬物感通 사상이라는 거 아니었겠나. 우리 국조가 개국과 동시에 펴신 홍익인간 이념은, 우리 한민족 종교요 철학으로 그 이념을 실천해 나가면 사람은 큰 덕과 슬기, 힘을 갖추고 진인, 곧 자각자自覺者가 될 수 있다는 이 가르침이었네. 곧 석가 불교에서 말하는 해탈득도解脫得道인이 된다는 것이나 다름이 없는 거지. 그런데 중국으로부터 유교가 도입된 고려 말기부터 시작해서 조선 오백년을 지나오는 동안 이러한 민족정신은 점차 흐려지기 시작한 거란 말씀이야. 그러니까 우리 민족의 건전한 정신바탕 위에 세워지지 못한 관계로 중국적인 것도, 우리 것도 아닌 이상한 형태를 지니게 되면서 공자님의 본질적인 가르침과는 달리 정치적인 색채를 띠고 지배자의 방편으로 사용되어 버린 게야. 그게 바로 문제였던 게지. 흠흠……."

둘러보는 모두의 얼굴들이 새로운 역사공부에 숨소리조차 조용했다. 왕석보 선생의 말씀은 다시 가만하게 이어졌다.

"그래 조선 오백년을 중심으로 한 우리 역사상의 군주정치는 왕도에 바로서서 치정했던 왕은 적었고, 또 설령 있었다 하더라도 관인들의 세도에 월권적 타락으로 왕도를 바로 펴나가지 못했고, 또는 왕 자신이 뚜렷한 사상이 결여되어 있는 무능한 상태에서 민중을 오도함으로 천명을 위배한 거지. 그래, 웃물이 맑아야 아랫물이 맑다는 것인데 자연히 자기 일신만의 사리사욕을 충족하려는 왕족과 탐관오리들의 행사에 자연히 백성들도 부패하기 시작해서 기회주의로까지 근성이 타락해 내려오다 보니 나라꼴이 오늘 이 모양 이 꼴이 된 것 아니겠나. 그야말로 대륙으로 뻗어나가 아시아 전 대륙을 주름 잡았었다는 자랑스러운 우리 조상들이었는데 어쩌다가 이제는 한 술 더 떠서 조상 족보까지도 노랑머리 유태인 족보에다가 꿰맞추게 생겼으니 거 참, 쩝쩝……."

"유태인 족보에다 꿰맞추다니, 그게 무슨 말씀입니까?"

황현은 한양에서 얼핏 문우들로부터 들은 이야기도 있고 해서 채근하듯이 물었다.

"아, 자네는 그 천주학 신부들이 들고 온 교리를 아직 접해 보지 못했구만. 변화하는 세상을 알려면 받아들여지고 있는 남의 종교 사상도 알아야 하는 것이라네. 비교분석을 해보고 난 연후에 이렇다, 저렇다 말할 수 있는 거 아니겠는가. 무조건 반대하는 것만 능사가 아니지."

"새삼 놀랍습니다. 선생님은 언제 그토록 서양 천주학 교리까지 접해 보셨습니까요?"

"이 사람아. 유교나 불교가 본래 우리 민족 전통사상 종교였다든가? 그런데 어떻게 해서 우리 민족 사상 위에 받아들여질 수 있었던 것인지 한 번이라도 생각해 본 일이 있는가?"

"미처 거기까지는……."

황현은 뜻밖에 생각지도 않은 큰 공부를 하고 있는 것만 같았다. 정중하게 앉음새를 바꾸어 앉으면서 다음 말을 기다렸다.

"가만 있자……. 그러니까 어디서부터 설명을 해줘야 할지 나도 갑갑

하구만. 서양 천주학 신부들이 들고 온 유대민족 뿌리 역사를 꺼내자니까, 허허……."

왕석보는 퍼뜩 가닥이 잡히지 않는지 몇 번 헛기침을 한 후에 이윽고 천천히 다시 말을 이었다.

"내 간단하게 그 문제점을 말해 줄 테니 한양에 올라가거든 천주학 교리를 한 번 접해 보는 것도 세상 공부가 될 걸세. 남의 것을 알아야 내 것에 대한 소중함도 아는 것이니께……. 자네 그 명석한 머리로는 금방 문제점이 무엇이란 것을 알게 될 걸세. 흠……."

그때쯤은 황현도 그래 볼 생각을 하고 있었다. 스승의 얼굴을 주시하면서 다음 말을 기다렸다.

"우선 내가 느낀 문제점부터 말해 보겠네. 천주학에서 앞세우고 들고 들어온 십자가의 도는 우리 조상들의 종교 사상과 조금도 다르지 않은 조화로써 너와 내가 반목시해야 할 이유가 없는 성부 하나님으로부터 비롯된 한 자손이라는 데는 이유가 없었네. 서로의 허물을 용서하고 네 이웃을 내 몸처럼 서로 사랑하라는 것이었으니까. 그것이 우리 조상님들이 가르치고 믿어온 만물감통사상으로 바로 홍익인간 정신이 아니었겠는가. 저 위에 계시는 조화주이신 한알님은 만물을 주관하시는 주재자로 그 뿌리에서 비롯된 너희들이기 때문에 서로 화목을 이루라는 평화의 정신과 다름이 없으니까, 허허……."

"……."

"그러고 보면 배타할 이유가 없지 않은가 말이여. 유교나 불교가 도입해 들어와 우리 속에 동화될 수 있었듯이 말이네. 그런데 문제는 그 노랑머리 유대 족속 조상 뿌리가 지구촌 전 인류의 조상이라는 게야. 어디 그 뿐인가? 그 유대 족속 뿌리 조상을 창조하고 수호한 야훼를 만물을 창조한 전 우주적인 조화주 한알님으로 믿으라는 게 문제였네. 동방에 에덴동산을 창설하고 그 유대민족 뿌리를 흙과 버무려 만들어 세웠다는 야훼신은 전지전능한 조화주 하나님 인상이 절대 아닌데 말이여, 허허……."

"그것이 천주학 신부들이 설파하는 교리란 말씀입니까?"

"그렇다네. 간단하게 말해서 야훼신이 우주와 만물을 창조하고 사랑으로 기르시는 하나님이라면 유대민족과 이웃하고 있는 이방 족속들은 언제 누구로 해서 만들어진 인간 종자들이기에 야훼신이 그처럼 전쟁을 붙이고 또 그 백성들을 진두지휘했느냔 말이지. 그런 행사行事를 보인 야훼신을 만물을 공평하게 사랑하신다는 전 우주적인 천주님으로 믿으라니 앞뒤가 맞는 소린가? 그들이 천주님으로 믿으라는 야훼신 행사는 오직 유대민족을 세우고 세상 살아가는 방법과 이치를 선악으로 가르쳐 온 유대민족 조상 수호신 모습이거든. 그 이상 그 이하도 아니었네. 하지만 분명한 것은 예수 성자가 지칭한 성부 하나님은 만물을 사랑하신다는 우주정신이란 말씀이야. 그러니까 내 생각은 그 설파하는 교리가 뭔가 성경을 잘못 해석해서 들어왔다는 느낌이거든. 흠흠……."

"잘못 해석되었다면……."

"그러니까 서양 우주 신관은 동양과는 달리 유일신론으로 단일적인데 문제가 있다고 보네. 그러니 성경 창세기 천지창조론을 잘못 해석하고 있다는 거지."

얼른 납득이 되질 않은 황현은 다시 반문했다.

"물질문명을 발전시켜 나온 서양이 천지창조론을 바로 해득하지 못한다는 것은 좀 이해가 되지 않는뎁쇼."

"바로 그 부분이네. 우주신관의 무지에서 비롯된 성서해석으로 조화주 하나님 아들 성자 예수가 어처구니없게도 구획적인 동산을 창설하고 유대민족을 세운 야훼신의 아들로 설파하고 있는데……. 그로 해서 파생된 문제점이 바로 각 민족 뿌리 역사 말살이거든."

"그렇다면 우주신관이 무지해서라기보다는 다분히 의도적일 수도 있다는 것 아니겠습니까? 사람 마음을 움직이게 하는 정신이란 바로 종교적 가르침에 의해서 엄청난 능력의 힘을 발휘하게 된다는 것이니까요."

"내 생각과 같구먼. 그래서 지구촌 전쟁은 바로 그 민족 신과 신들의 호흡에 의한 종교전쟁에서 비롯된 것이거든. 그러니까 민족정신이라는 얼만 빼버릴 수 있다면 무기 없이도 승전고를 울릴 수 있는 최상의 방법인 게지. 그들이 들고 온 구약성서를 보게 되면 유대민족을 세운 야훼신은 유대족속과 이웃하고 있는 이방족속을 철저하게 정복할 수 있는 침략정복문화를 가르쳐 온 기록인데 말씀이야, 허허……. 아, 그 야훼신이 우주와 만물을 사랑으로 창조했다는 조화주 하나님이라면 그들 유대민족만 보호하고 이방 족속은 떼죽음을 시키겠는가? 그렇게 정복문화를 일삼아온 그 텃밭에 출현한 성자 예수 왈, 네 이웃을 네 몸같이 사랑하고 원수까지도 사랑하라, 이 말씀이었고 보면 당연히 야훼신의 가르침을 받아온 백성들로서는 예수를 이단 괴수로 잡아 죽여야 한다는 거였고, 그래서 십자가를 짊어지게 된 운명 앞에서 예수 왈 '아버지여 저들이 몰라서 그런 것이오니 용서하시옵소서' 했단 말씀이야. 예수가 지칭한 하느님 아버지가 야훼신이라면 이치적으로 앞뒤가 맞지를 않는단 말씀이야."

"그러니까 전쟁을 일삼아온 그 민족 텃밭에 원수까지도 사랑하라는 조화주 하느님 말씀을 가지고 출현한 성자 예수였군요."

"그것이 성자 예수가 말한 우주정신으로 사랑의 도라는 거라는데 말씀이야. 그들이 야훼신으로부터 가르침을 받아온 사상과는 다르다고 잡아 십자가에 매달은 거지. 십자가에 매달린 예수 왈, 내 이 모습이 원수까지도 사랑하는 실천의 모습이니 족속을 초월해서 전파하라고 당부하신 것인데……. 거기에다가 그들 민족정신을 심어준 야훼신이 예수 아버지라고 믿으라니 문제가 있는 거지. 쩝쩝……."

"그러고 보면 그 민족은 사랑의 도를 설파한 예수를 잡아 죽이고, 사랑의 실천을 몸소 보인 십자가를 방편의 무기로 서양 천주학이 흔들고 들어온 셈이군요."

"그게 그들 조상신으로부터 심어진 정복문화 유산 아니겠나 싶거든. 그 교리 그대로를 받아들여 믿게 되면 각 민족 뿌리 역사가 그 유대 조상 뿌리에 접붙여지니까 그야말로 선택 받은 유대민족으로 그 자긍심이 될 만하지 않은가, 허허허……. 하지만 성자 예수는 분명히 새 술은 새 부대에 담아야 둘 다 보존될 수 있다고 했단 말씀이야. 그 뜻이 뭐겠나, 육신의 조상신과 인간 실체로 영혼을 있게 한 전 우주적인 조화주 하느님을 혼돈하지 말라는 이 말씀이라. 그래 자신이 영원한 생명체로 그 조화주 하느님의 아들임을 생체부활로써 실증을 나타내 보인 것이 바로 십자가의 도라는 것인데, 그 상징성을 나타내는 십자가 위에 그들 유대인 육신 혈류의 조상 계보를 얹고 들어와서 그 민족 수호신 야훼가 우주와 만물을 창조하신 성부 하나님으로 오도시키고 있단 말씀이거든. 성자 예수가 지칭한 성부 하나님은 지엽적으로 그 유대족을 세우고 다스려온 야훼신이 아닌데 말씀이야. 쩝쩝……. 어디 그뿐인가? 그렇게 꿰맞추고 그들 조상 아담이 인류의 조상이라는 것이 바로 서양 천주학 그 교리의 문제점이라는 것이네, 허허허……."

"그러고 보면 예수는 그 조상들에 의해서 십자가 위에서 피를 흘렸고, 또 그 후손들에 의해서 정복문화의 방편의 도구가 된 것이 그 십자가군요."

"그렇게 된 셈이지. 하지만 그들 정복문화 정신이 아니면 지구촌에 성자 예수의 십자가 도가 전파되었겠나 하는 것도 생각해 보게 한다네. 모든 성현들의 법이 우리 이 동방의 배달나라에서 만법귀일萬法歸一로 회귀한다고 한 것이 현자들 예언의 말씀이니까. 그래, 예수 성현 왈 너희가 천기를 구별하라, 하고 주인이 밭에 농사짓는 비유를 들어서 먼저는 종을 보내 씨를 뿌리게 하고 난 다음, 그 씨가 자라게 하는 영생수를 가지고 나타나는 것은 주인의 아들 몫이라, 그러니 그 시대 구별을 잘 해라, 하셨단 말씀이야. 그래서 보여준 것이 바로 '나를 하나님 아들로 믿는 자는 죽어도 살겠고' 하는 그 영혼부활을 할 수 있는 능력이 내 안에 있다, 이것을 보여주기 위함이라고 했어. 그것이 바로 예수가 생전에 말하던 만물을 사랑하신다는 성부 하나님의 능력이란 게지. 그게 바로 성자 예수가 그 종 야훼를 통해 전쟁문화 호흡을 심어준 그 텃밭에 출현해서 보여주고자 했던 인류 평화의 정신이라는 '이웃을 네 몸같이 서로 사랑하라' 는 건데……. 그러니까 예수가 그 고통의 십자가를 짊어지면서까지 나타내 보여주고자 한 게 뭐냐? 원수까지도 사랑해야 된다는 것이 하늘나라 사랑의 도라는 것이고, 그 도를 이룬 자는 내가 죽어서 다시 살아나는 것같이 너희도 그렇게 될 수 있다. 이것을 보여주기 위함이라고 했어. 그러고 보면 예수 십자가의 도가 노자 성현이 말한 신선도법이나 크게 다를 게 없지 않은가 말이여. 다만 다른 것이 있다면 예수 성현은 그것을 실제로 그 십자가의 고난을 통해서 인간 육신 안에 영생하는 영혼 부활의 생명이 있다. 이것을 너희에게 보여주기 위해서 나는 세상에 출현해서 희생의 제물이 되고 있노라. 이것이 사랑의 하나님 아들이라는 증거니 너희가 보았거든 믿어라. 구원을 얻으리라. 그리고 제자들한테 당부하기를 이 복된 하늘나라 소식을 족속을 초월해서 널리 전파하라, 했단 말씀이야. 그 유대 족속 텃밭 이외에 이방 족속 텃밭을 관리 수호하는 조상신이 있다는 것을 입증해 준 말씀이 아니었겠나. 그러면 서양 유대 땅에 하나님 아들로 보냄을 입었다는 예수만 그 생체부활을 보여주었느냐? 아니야. 우리 민족 위에 세우신 단군왕검도 그 사명을 다하고 구월산에서 생체 부활을 하셨다는 기록이거든 그건 어찌 생각하시는가?"

"?…… 그럼 단군왕검도 성인의 입지라는 거 아닙니까."

"그래 석가 왈, 내가 세상에 오기 전에도 많은 부처가 출현했었느니라, 했단 말씀이야. 그 부처가 뭔가? 바로 하늘나라 대도를 이룬 성인을 말하는 게야. 그래 그 성인들이 동서로 시절 따라 오고가면서 그 종들이 뿌려 놓은 인간 종자씨를 성숙시키려고 세상 밭에 뿌려 설파한 것이 진리로 석가 성현 말씀을 자비의 감로수라 하고, 예수 성현 말씀이 우주정신 사랑으로 영생수라고 한 거라네. 거기에 뜻은 다 똑같아. 그 진리의 말씀을 듣고 무지에서 깨어나 인간 탐욕을 비우고 하늘나라 사랑과 자비 정신으로 신의 성품을 이루라는 것이니까. 그래 석가 성현 왈, 처처處處 불佛이라, 만물이 조화주 한알님으로부터 비롯돼서 그 불성佛性을 지니고 있는 것이라고 했단 말씀이야. 그래 깨닫고 보면 너도 부처, 나도 부처가 된다는 말씀이나 예수가 깨닫는 자는 하나님 아들이 되는 권세를 얻는다는 것이나 뭐가 다르겠는가 말이여. 그러니까 지구촌 각 족속들이 창조신은 다르지만, 그 씨알은 높은데 계시는 조화주 한알님으로부터 비롯된 인간 씨알로 그 씨를 세상이라는 밭에 종들을 시켜 뿌리게 했다는 것이고, 그러니 한 몸같이 네 이웃을 사랑하라는 것이 예수 성자 말씀인데 예수가 지칭한 아버지가 맨날 이방 족속하고 전쟁이나 붙인 야훼신 아들로 믿으라니, 허허……. 그리고 십자가를 등에 짊어지고 들어와 인류가 그처럼 사랑이 많고 능력이 많은 야훼신의 창조물이라? 허허……. 아, 그 조상 뿌리만 바꾸지 않아도 이 얼마나 반갑고 기쁜 소식인가. 족속을 초월해서 서로 사랑하고 조화로써 협동하여 선을 이루라는 말씀인데, 그 사랑의 도가 바로 우리 조상들이 심어준 홍익인간 정신과 조금도 다름이 없으니까 쌍수로 받아들여 믿어야지. 안 그런가? 생각해 보시게. 그 야훼신 창조물인 유대 족속 뿌리를 인류의 조상으로 믿으라니, 고개가 갸우뚱해질 수밖에 없지 않은가? 거기에 의심은 죄라고 겁을 주는 것이 내가 만나본 신부들 천주학 교리였네, 허허허……."

왕석보 선생은 서양 신학문에도 관심의 선을 넘어 예리하게 그 문제점을 논리적으로 파악 분석하여 설명해 주었다.

너무나 놀라운 지적에 황현은 어느새 자신도 모르게 무릎으로 다가앉으며 질문을 했다.

"그러니까 예수 십자가를 방편의 도구로 삼아 등에 업고 유대교가 우리나라에 들어온 것이란 말씀입니까?"

"그렇네. 분명히 성자 예수는 그 본질이 다름을 육은 육이요, 영은 영이니, 구별을 해주고 있고, 또 새 술은 새 부대에 담아야 둘 다 보존될 수 있느니라 하셨드구만. 어쩌자고 하나로 섞어 묶어 풀때죽을 만들어 가지고 들고 와서 영혼을 거듭나게 하는 영생수로 믿고 먹으라니……. 아, 그들 조상 뿌리에다가 각 족속 뿌리를 접목시켜 버리면 민족주의가 어디 있겠는가? 맹하니 넋이 빠졌으니 무기 없이 그 나라 역사와 전통, 그 뿌리 정신문화를 말살시켜 버리는데, 흐흥!"

"아, 그래서……."

황현의 입에서는 저절로 가느다란 탄성이 흘러 나왔다.

"…… 바로 그것을 바라는 거지. 나는 그렇게 생각하네. 그러니까 외래 종교 모두가 처음에는 선을 바탕으로 앞세우고 들어올 수가 있었던 거 아니겠는가. 그래 공자 유교는 유건을 쓰고 들어와서는 본질과는 다르게 지배계급의 방편으로 활용되어 버렸지 않나. 인도로부터 들어온 석가 불교는 목탁을 들고 들어와서는 그 본질의 진면목과는 다르게 기복신앙으로 변질돼 가고 있고, 문제가 되고 있는 야소교 천주학은 처음부터 그 본질과는 다르게 예수 성자가 만백성을 위해 고난으로 짊어졌었다는 십자가를 들고 들어와서 예수 아버지 야훼신 하나님을 믿으면 푸른 초장으로 인도하고 들어가고 나가고 복을 받는다? 그건 유대민족을 세운 야훼신이 그 종자 씨를 뿌린 데 대한 책임과 의무를 이행하면서 그 백성들에게만 국한된 약속의 복이었단 말씀이야. 하지만 성자 예수가 말한 복은 달라. 족속을 초월한 성부 하나님 사랑으로 하늘나라 영생을 약속해 준다는 복인데……. 인간들이 그저 복이라면 너도 나도 귀가 번쩍해서 조상 뿌리가 바뀌어도 복만 준다면 앞뒤를 구별해 볼 여지가 없으니, 그걸 보고 뭐라고 하는지 아는가? 바로 그 무지가 유죄라고 한 거라네, 허허……."

"그러니까 야소교가 억눌려 살아온 백성들한테 성자 예수 사랑이라는 말씀 때문에 반갑게 받아들여질 수가 있었던 거로군요."

듣고 있던 황현이 그 이치적인 분석에 저절로 고개가 끄덕여지면서 하는 말이었다.

"맞네. 그 밑바탕에는 하나같이 선을 이루라는 성현들의 말씀이 깔려 있으니까. 그래서 선을 바탕에 두고 있는 외래 종교들이 우리나라에 자연스럽게 받아들여질 수가 있었던 것이라네. 우리 민족 조상신이 심어준 것이 바로 조화주 하나님 사상으로 정신을 심어주었으니까. 그래 노자 성현의 신선도神仙道 역시도 받아들여질 수 있었던 거고……. 그 천주학을 받아들이고 그 신부들로부터 제일 먼저 영세를 받은 사람이 번암 채제공 문집 기록에 보면 영조 때의 학자인 이승훈이었다네."

왕석보 선생이 말한 번암樊巖 채제공(蔡濟恭, 1720~1799)은 영·정조대의 문인학자로 사학계에서 탕평책과 신해통공 등 개혁정책을 썼던 진보적인 관료였다. 한문학계에서는 정약용, 박제가, 이기환 등을 도와서 영·정조대의 개혁정책을 도운 후견인으로 평가를 받고 있다.

그러나 번암은 종교적인 측면에서는 새롭게 조명되어져야 한다고 했다. 그는 천주교, 불교 등 당시 배척받던 타종교에 대해 비교적 객관적인 태도를 견지하려고 애썼던 것으로 보아 달리 평가해야 한다는 것이 왕석보 선생의 말이었다.

"번암은 당시 학자들이 불교, 천주교, 양명학 등에 빠져 유학의 본령이 흔들리고 있음을 염려하면서 천주교에 심취한 학자 이승훈의 마음을 돌려놓으려고 집요하게 제발 천주교에 한눈을 팔았던 지난날의 과

오를 중국 여행을 통해 말끔히 씻어주길 바란다는 게 이 글의 요지였네. 하지만 이승훈은 번암의 간곡한 부탁을 외면하고 베이징에서 사십일 동안을 머물면서 그곳 천주학 신부들로부터 교리를 익힌 뒤 그라몽 신부로부터 세례를 받고 돌아온 최초의 영세자였다네. 당시 정치 상황에 비추어 채제공이 천주학에 반대하는 입장에 서 있었던 것을 보인 거지. 하지만 그가 천주학 자체를 무조건 부정한 것이 아니라, 당시 이단으로 인식되던 그들의 천주설을 공격하기에 앞서 선배로서 후배에 대한 걱정과 애정이 깊게 배어 천주교에 현혹된 젊은 학자들이 정치적으로 어떤 화를 입지 않을까 하는 우려가 아니었을까? 나는 그렇게 생각한다네."

"그러니까 타종교를 이단이라며 헐뜯고 핍박하던 당시에 먼저 자신을 돌아볼 것을 충고한 거군요."

"번암 채제공의 종교간의 대화는 타종교적 차이를 인정하는 데서 출발하고 있다는 데 의미가 있네. 그 다름을 인정해 주었기에 잿빛 복장을 한 스님들과도 대화할 수 있었고, 또 사학邪學으로 몰리던 천주학을 설파하는 신부들과도 학문적 토론이 가능하지 않았겠는가 싶거든."

"그렇다면 그 다름을 인정하면서 받아들였다는 거 아닙니까."

"그러니까 처음부터 무조건적인 반대가 아니거든. 토론을 해보고 나서 천주학설을 강하게 비판했고, 그래서 초기 천주교 지도자 이존창을 주살하라고 상소문을 올린 일이 그 한 예일 수가 있네."

"그 번암 선생님 역시도 그 천주학 교리의 부당함을 그렇게 느끼셨던 거군요."

"평안도 관찰사까지를 지내셨던 분인데 그처럼 민족 뿌리 역사를 바꾸어 놓는 천주학 교리에 고개가 끄덕거려 믿어지겠는가? 하지만 그 분이 당시 배척 받던 불교였지만 그 승녀들과 잘 어울리면서 상월대사 부도탑 비문도 써주고, 또 월성대사 문집 서문도 써주는 등 번암집에 스님들에게 주었던 십여 편의 글이 있는 것을 보게 되면 교리가 다르다고 해서 무조건 반목시하질 않았다는 증거가 아니겠는가. 그건 나도 마찬가지라네. 내가 만나본 천주학 교리에 아까 내가 지적한 그 문제점만 아니라면 우리 민족 정통 신앙과 다름이 없으니 그 성자 예수 말씀을 쌍수로 받아들여야지. 안 그런가?"

"오늘 참으로 큰 공부를 하게 됐습니다. 한양에 올라가면 먼저 우리 민족 뿌리 정신부터 배우고 난 연후에 그 천주학 교리도 접해 봐야 할 것 같습니다."

"그래, 기회가 닿는 대로 비교분석을 해보시게. 그러기 위해서는 먼저 우리 뿌리 역사 기록을 담아둔 규장각을 들러보시게. 조상으로부터 면면이 이어온 우리의 역사를 바로 알게 될 게야. 거기에 기록된 우리 민족 뿌리의 개천 사상은 바로 민족자존의 동맥이라 단군조선의 찬란했던 역사의 흐름을 바로 알게 되지. 그러면 우리가 얼마나 위대한 민족이었던가를 새삼 느낄 수 있게 될 게야. 찬란한 동방의 정신문화를 이루었던 역사의 흐름을 알면서 우리 민족의 실체를 바로 볼 수 있게 될 테니까. 그런데 오늘 안타깝게도 우리의 전통문화가 무엇인지도 모르는 백성들이 되고 말았으니 안타깝기 그지 없구만. 예스러움이 미개함이 아닌데……, 쩝쩝……."

그리고 왕석보는 잠시 사이를 두고 돌아가는 시국이 안타깝다는 듯이 다시 말을 이었다.

"우리의 자연에 우리만의 삶의 방식과 문화를 보존하려는 가치와 긍지를 가질 법도 하련만 어찌해서 남의 나라 것만 새로운 문화라고 하는지 내 원……. 물론 인간은 불완전하기 때문에 새로운 보완을 꾀하면서 거듭 변화 발전할 수밖에 없는 존재이기 때문에 개화를 할 필요성은 있는 것이네. 정신을 밝게 개명시키자는 것이니까. 하지만 민족 긍지의 주체성까지 잃어버린 데서야 말이 되겠나? 이렇게 제정신을 못 차리고 우왕좌왕할 때일수록 내가 나라와 더불어 있다는 주체성을 잃지 말아야 하지 않겠나. 국가는 나와 불가분의 관계니까 말일세."

"선생님께서는 어떻게 그 많은 공부와 학문을 두루 다 접하셨습니까? 참으로 대단하십니다."

"석가 부처께서는 세상을 바다에 비교하시지 않았는가. 그 바다에 비하자면 내 공부는 한 방울의 물방울에 지나지 않는 것이라네."

이미 백가에 박식하게 되었음에도 오히려 지킴으로써 자신을 단속하고 있는 왕석보 선생이었다.

그래서 더욱 굳세어 보이고 엄숙해 보였다. 그야말로 이미 눈으로 음란한 것을 보지 않고, 귀로는 듣지 않으며, 광명하고 게으르지 않아 스스로 일가의 학문을 이루신 선생은 한껏 말만 하는 것은 실천에 무익하다 하여 오히려 몸을 깨끗이 하는 데 그 뜻을 두고, 구차이 영리에 좇지 않고, 구차이 침묵하지도 않았으며, 또 자신을 가볍게 하는 것으로써 그 쓰임을 구하지도 않았다. 그처럼 사심 없이 후학들을 키우는 왕석보 앞에 저절로 고개가 숙여지면서 황현은 진정으로 가슴으로부터 우러나오는 인사를 거듭 올렸다.

"이렇듯 큰 공부를 하게 해주셨으니 올라가 문우들과 함께 다시 배워 오늘 표류하고 있는 우리 민족정신을 바로 세우는 데 노력하여 보답하겠습니다."

"고맙네. 아무쪼록 그 뜻 이루어서 만세에 귀감이 되도록 해주시게. 그게 바로 내가 바라는 것이니까."

그리고 덧붙여 당부의 말을 하였다.

"한 알의 썩은 사과는 주위를 썩게 하는 것이니, 바로 분별하여 몸가짐을 바로 해서 웃어른들이 바라시는 선비로 이 시대가 필요로 하는 일꾼이 되어주기를 바라네."

그렇게 말하는 왕석보 선생은 명리와 영달에는 초연하여 얽매이지 않았지만, 그러나 재능이 있는 후학들에 대해서만큼은 과거 응시에 급제하기를 누구보다도 희망했다.

그 날도 새로운 공부에 크게 눈을 뜨게 해준 스승 왕석보, 그처럼 훌륭한 인격과 풍부한 학식에 황현은 큰 절을 올리고 뒷걸음으로 물러 나왔다. 황현은 평소에 병법兵法, 형법刑法, 재정財政에 관한 서적을 즐겨 읽었다. 그 쪽으로 뜻을 두고 있었기 때문이다.

그러나 그날 왕석보 스승으로부터 뜻밖에 커다란 가르침을 듣고 나온 황현은 그로부터 사학史學에 깊은 관심을 갖게 되었다.

그것은 한낱 과거를 이해하려는 데 그치려는 것만은 아니었다. 민족혼을 잃어버린 백성들의 정신 계몽운동이 절실히 필요하다는 생각을 갖게 된 것이다. 그만큼 스승의 가르침에 영향을 받은 황현은 유가儒家에서부터 제자백가諸子百家에 이르기까지 무불통지無不通知로 박식할 수 있게 된 것이었다.

08
배달민족의 얼 홍익인간

왕석보 선생으로부터 생판 처음으로 들어보는 충격적인 가르침의 말씀을 듣고 나온 황현의 걸음은 까닭 없이 무거웠다.

집으로 돌아온 황현은 한참 동안 말을 잃고 앉아 혼자만의 깊은 생각에 잠겼다. 스승으로부터 서양 신부들이 설파하는 천주학 교리의 문제점을 듣고 난 뒤여서 그런지 머릿속이 혼돈스러워지면서 어쩐지 찜찜한 기분이 남아돌았다.

그 이야기들이 자꾸만 머릿속을 맴돌면서 혼자 중얼거렸다.

"그래, 알아야 서생을 한다고, 앞서 지나간 수레바퀴 자국을 먼저 살펴야 우리가 시행착오를 답습하지 않는다는 말씀인 게야."

그런 남편의 행동거지가 조금은 이상하게 보였던지 아내가 흘깃 쳐다보며 물어왔다.

"얼굴이 어둡네요, 밖에서 무슨 일이라도……?"

"아무것도 아니오. 뜻밖에 생각지도 않은 큰 선물을 받고 와서 정리를 좀 하느라고……."

"?……."

아내는 참으로 알 수가 없다는 표정으로 얼굴에 물음표를 하나 가득 만들어냈다.

"당신은 지금 알게 아니고……. 참, 그믐께는 한양으로 올라가야겠으니 그 행장 채비나 좀 해 주시오."

황현은 갑자기 마음이 바빠져 왔다. 내려올 때는 한 달포쯤 쉬어 가려고 작정했던 것이지만, 마음을 돌려 짐을 챙겨 달라고 부탁했다. 과시 공부도 해야겠지만 시간을 아껴 틈틈이 역사 공부도 해야 할 것 같았기 때문이다.

황현이 역사학자로 그 의식이 투철할 수 있었던 것은 스승 왕석보로부터 그렇게 불붙기 시작한 것이었다.

이윽고 짐을 챙겨 떠나는 날이었다.

먼 길 떠나는 아들을 서운하게 바라보는 어머니의 표정은 아들을 마치 물가에 세워둔 어린아이처럼 걱정스러운 눈빛을 보내오다가 이윽고 한 마디 하였다.

"공부도 좋지만 첫째는 건강이여, 끄니 건너지 말고 잘 챙기고……."

그리고 대문 밖까지 따라 나오시던 어머니는 작은 주머니 하나를 아들 손에 슬그머니 쥐어주면서 말했다.

"애비야. 여기 이거…… 받아 넣어 둬. 누가 챙겨 줄 사람도 없는 객지에서 글 읽다가 출출하면 나가서 뭐라도 사서 먹도록 혀."

어머니가 아들을 위해 따로 챙겨 두었다가 슬쩍 건네주는 비상금이었다.

"…… 아버님께서 넉넉히 챙겨 주셨는데요."

"암말 말고 넣어 둬. 소식 궁금하지 않게 인편 있으면 소식이나 자주 보내주고……."

멀리까지 따라 나와 손을 흔들어 주시는 어머니와 식구들의 배웅을 받으면서 황현은 한양길을 재촉했다.

추석이 지나서인지 소슬해지는 가을바람은 하루가 다르게 겨울을 재촉하는 듯, 들녘에는 꽃이 다 떨어진 수수꽃다리 잎이 바람에 흔들리고 있었다.

'그래, 어릴 때 서당을 오고 가면서 저 꽃잎을 따서 씹고 놀았지.'

가을이 노랗게 물들어가는 들녘을 바라보며 황현은 세상 몰랐던 어린 시절 추억이 슬며시 떠올라 동심 젖은 미소를 지으며 흥얼거렸다.

황현이 나귀등을 타고 객주에서 묵고 쉬면서 집을 떠난 며칠 만에 한양에 도착했을 때는 저녁노을이 서산마루에 붉게 타고 있었다.

숙소에 짐을 풀어놓고 나온 황현은 그 길로 스승부터 찾아뵙고 인사를 올릴 생각이었다. 복정골을 향해 걸음을 재촉했다.

바쁘게 찾아들어간 추금 강위 선생 댁 사랑방에는 반갑게도 무정茂亭 정만조, 이건창을 비롯해서 김택영 등 몇몇 문우들이 함께 모여 앉아 한참 담소를 나누고 있었다. 모두들 반가워했다.

"인사 받으시죠. 염려해 주신 덕분에 잘 다녀왔습니다."

"허허……. 이 사람 먼 길에 좀 쉬지 않고 바로 올라 왔네, 그려."

강위는 황현이 생각보다 일찍 상경한 것에 놀라고 기뻐하면서 시골 안부를 물었다.

"그래, 대소가는 다 무고하시든가?"

"그렇습죠. 뭐."

그 물음에 황현은 태평스럽게 대답했다.

그러자 이번에는 아주 다정한 목소리로 미소를 지으며 뒤따라 왕석보 선생의 안부를 물어왔다.

"자네 스승께서는 잘 지내고 계시던가?"

"여전히 대작을 만들어내시기에 골몰하고 계셨습니다."

"대작이라니?……."

강위는 생뚱하게 대작이란 말에 잠시 어리둥절한 표정으로 반문했다.

"훌륭한 선비를 만들어내는 것이 선생님의 예술작품 아니겠습니까."

"허허, 이 사람. 난 또 갑자기 무슨 소린가 했네. 오늘 내가 자네한테 한 수 졌구만. 핫핫하……."

"아, 아닙니다. 이번 추석 명절에 선생님으로부터 너무나도 놀라운 가르침을 받아서 참으로 대학자님이시란 걸 새삼 느꼈습니다."

"참으로 큰 추석 선물을 받고 왔구먼. 그래 그 내용이 무엇이든가."

"인류 역사 뿌리였습니다."

"인류 역사 뿌리라?"

"네. 우리 민족 역사에서부터 서양 유대 민족 뿌리 역사까지 모르심 없이 펼쳐 들려주셨습니다."

"지금 자네 유대 민족 뿌리 역사라고 했는가?"

강위는 새삼 놀라는 표정으로 되물어왔다.

"그게, 그러니까. 오늘 문제가 되고 있는 야소교 천주학 교리로 뿌리의 정체성을 설명해 주셨습니다. 무조건 반대하고 비평하는 것만 능사가 아니라고 말입니다."

"허허, 뜻밖이네. 그렇다면 자네가 듣고 온 그 정체성에 대한 예를 들어서 한 번 말해 보시게나."

채근하는 물음에 황현은 잠깐 망설였지만 대충 간략하게 들은 대로 요약해서 말했다.

"서양 야소교 천주학 신부들이 들고 들어와 설파하는 교리에 문제점을 들추시기 전에 먼저 우리 민족 뿌리 역사부터 제대로 알아야 한다고 하셨습니다. 그래야만이 비교 분석할 수 있다고 말입니다."

"당연하신 말씀이네. 제 조상 뿌리를 모른대서야 말이 되겠는가. 그래서 족보 없는 자손을 상것이라고 하질 않는가. 거지 근성으로 아무데나 손을 내미는 것이니까. 흠흠……."

"그래, 저더러 한양에 올라가거든 틈이 나는 대로 역사 공부를 하고 서양 야소교 천주학 교리도 접해 보면 세상 돌아가는 물정을 쉽게 알게 될 거라고 하셨습니다."

"그렇게 말씀하시고도 남으실 분이네. 그 전에 서양 천주학 신부들이 들고 온 교리를 알아야겠다고 하신 분이었으니까……."

"그러셨군요. 선생님 말씀으로는 그들이 들고 온 예수 성현의 가르침은 일찍이 한알님께서 우리 민족 위에 펴신 홍익인간 이화세계라는 건국이념과 다를 것이 없다고 하셨습니다. '네 이웃을 네 몸같이 사랑하라' 는 것이 바로 이웃과 조화를 이루게 했던 본래 우리 민족 위에 심어져 내려온 조화주 한알님 사상이고, 그것이 우리 민족의 종교였다구요. 그래서 선을 바탕으로 하는 외래 종교가 들어와 동화할 수 있었듯이 무조건 배타할 이유는 없다고 하셨습니다."

"음……."

"그런데 다만 거기에 문제점은 예수 성현이 유대 땅에 태어났기 때문에 유대민족 뿌리가 인류의 조상이고, 또 그 민족 수호신 야훼가 천지만물을 주관하는 천주님으로 믿으라는 것은 어불성설이라고 하셨습니다. 그러니까 예수 성현이 내 아버지라고 칭한 한알님은 야훼가 아니라고 말입니다. 성경을 보면 분명히 각 씨족 그 종자씨를 심은 창조신이 제각기 있고, 그래서 그 민족을 세우고 그들을 계율로써 엄히 다스려 온 수호신이 각기 그 성호를 나타내고 있다고 말씀하셨지요."

예의 그 물음에 대답을 듣고 있는 강위의 눈빛은 이미 그 교리의 문제점을 들어 알고 있다는 그런 표정이었다.

"허허……. 맞는 말이네. 각 민족신들이 성호를 내걸고 이방 족속간에 서로 싸우는 전쟁사를 담아두고 있는 것이 천주학 신부들이 들고 온 구약성경이거든. 그래 그 기록을 보게 되면 유대 족속을 세운 야훼신의 행사는 그 백성들에게 전쟁의 전략기술뿐만 아니라, 하늘을 오르내리는 천상의 기계문명을 보여주고 또 어떻게 발전시키는가를 직접 가르쳐주고 했단 말씀이야. 그게 서양 물질문명을 이루게 한 그들 조상신 호흡이라는 정신이지. 그 모습은 만물을 사랑하신다고 예수 성현이 지칭한 그런 하나님 모습이 아니거든. 그러니 천주학 신부들이 설파하는 교리에 문제가 있다는 거 아니겠는가. 그러니 의식이 살아있는 선비라면 배타를 할 수밖에, 그대로를 받아들이면 조상 뿌리 족보가 바뀌는 판인데 안 그런가? 그래서 먼저 조상 뿌리를 제대로 알아야 한다는 것이네. 그래야 거기에 흔들리지 않고 받아들일 것은 받아들이고, 버릴 것은 버리게 되는 것이니까. 흠……."

"그럼 모든 동서양의 종교가 선을 바탕으로 한 것이라면 그 근원은 도대체 어딥니까?"

황현은 먼저 그것부터가 궁금했다.

"당연히 그런 의문이 들어야겠지. 그 본원은 만물을 낳고 주관해 오신다는 저 위에 계신다는 천지부모 조화주 한알님으로부터 비롯된 것이라고 우리 조상님들은 배웠다네."

"조화주라고 하셨습니까?"

"그렇네. 일찍이 우리 조상들은 하늘 위에는 만물을 낳고 기르는 조화주 하나님이 계시다고 배워 왔네. 그래 만물의 이치가 그로하여 음양 조화를 이루고 있다는 것이지. 그러니까 태초에 만물이 생겨날 때 그 음양 천지부모 합덕에 의해서 조화를 이루고 만물이 생겨났다고 해서 조화주라고 한 것이지. 그러니까 밝은 빛으로 만물에 생기를 불어 넣어주는 양은 거룩한 성부로 '한알님' 이 되고, 그 생기를 받아 물질을 만들어내는 음은 거룩한 성모로 '한울님' 이라고 했다네. 그 한알, 한울이 태초 음양 천지부모 조화로써 합덕을 이루므로 거기에서 만들어져 나온 천지부모 아들들이 일곱 성현들로 '한얼님' 이라. 바로 우리 조상님들이 기도 발원으로 삼아온 그 칠성님이라네. 그래 격암유록 사답가寺畓歌에 보면, 저 하늘 위에 계시는 조화주 한알님, 한울님께서 농사짓는 밭이 일곱 두락이 있는데 그걸 뭐라고 했느냐. '사답칠두천농문무성명寺畓七斗天農文武星名 천상수원영전天上水源靈田이라.' 그러니까 태초 천지부모 조화주께서 우주와 만물을 짓고 이루실 때 그 한얼님들과 함께 역사를 이루셨다는 게야. 그게 오늘에 이르러서 민간신앙으로 속된 무속으로 흐르고 있지만. 쩝쩝……."

황현은 어렸을 때 동네에서 보아온 굿판을 떠올리면서 물었다.

"그럼 우리의 전통무속이라는 것이 그로부터 비롯된 것입니까?"

황현은 어렸을 때 동네에서 그런 굿판을 수없이 보아왔기 때문이다.

"우리 조상들이 하늘 본자연의 원천을 알고 숭상하여 재를 올렸던 관례가 있었는데, 세대가 멀어지면서 본 삼신이 아니라 자연신을 섬기는 무속으로 흘러 버렸던 게야. 허허……. 말하자면 그렇게 하늘 근원을 알아라, 하고 우리 배달 한민족 위에 심어진 그 삼신三神 사상이었는데 말이야……. 그래 그 원천을 조상신 환웅천제님으로부터 배워 알았던 우리 조상들이 세계 속에서 유일하게도 삼신각을 세우고, 또 칠성각을 세워 귀한 자손을 점지해 달라고 기도발원을 하는 기도처로 삼아왔던 것이라네. 만생명을 주관하신다고 믿어왔으니까. 그럼 그게 얼마나 신빙성이 있는 것이냐고들 하겠지? 그래 하늘은 그 증표로 어두운 밤하늘에 반짝이는 북두칠성으로 길 잃은 나그네의 이정표를 삼게 하여 이 진리를 너희가 바로 알고 깨달아야 한다는 증표로 삼게 했다는 게야. 그러니까 그 조화주의 아들이 한얼님으로 일곱인데 그 칠성님들이 근원은 같으나 독자 인격신으로 그 색을 달리하고 시대와 나라를 달리해서 동서양으로 각기 출현했단 말씀이거든. 그 가르침이 바로 도라는 것이라서 그 바탕에는 착함의 선을 깔고 있단 말씀이지. 그래 보면 공자나 노자 등은 자연의 일부분인 인간들에게 자연으로서의 도리를 가르쳐 준 스승이고, 대법계 스승으로 석가는 인간이란 자연법칙에 따라 인과응보에 의해 연을 맺고 다시 윤회를 하게 된다는 내세관을 가르쳤네. 그 내세관은 예수 성인도 마찬가지라, 그가 가르치는 하늘나라 영생법으로 인간이 거듭나서 탈겁이 되면 그가 본자연 하나님 아들로 영생부활을 할 수 있는 거나 마찬가지로 영생부활을 얻게 된다는 말씀이거든. 그 푯대를 나타내 보이기 위해서 그가 세상에 와서 십자가를 짊어지는 것이라고 했단 말씀이야. 그것이 만세전에 이미 하늘로부터 예수에게 정해진 운명이었다고 성경이 기록해 두고 있는데도 그 이치를 못 깨달으니 그걸 보고 뭐라고 하는지 아나? 눈뜬 당달봉사라고 한다네. 허허……. 그래 우리 뿌리 역사서를 보게 되면 하늘 천신이 세상이라는 밭에 인간 농사를 짓는 데 있어서 먼저는 대자연을 관리 관장하도록 만들어 놓았던 종 · 신계들을 시켜서 땅에 인간 종자씨를 뿌리게 했다 해서 그들을 지신이라고 했단 말씀이거든. 그게 바로 천지인이 하나로 고리를 잇고 있다는 거 아니겠는가. 그 믿음이 바로 우리 배달민족 조상신 환웅으로부터 가르침을 받고 믿어온 지고한 종교 사상으로 한 철학이라고 한 걸세."

"그러니까 종교의 시작은 서양에 앞서 우리 조상들로부터 먼저 시작되었군요."

"맞네. 그래 원천 하늘을 아는 천도의 종갓집이라는 게여. 생명의 근원자리 삼신을 바로 알고 칠성님의 존체를 아는 민족이었으니까. 그래서 배달민족을 원천 하늘을 아는 제사장 민족이라고 했다는 거네. 그러니 우리 조상님네들이 이웃 민족간에 싸움질 할 생각을 갖게 생겼는가? 경천敬天, 숭조崇祖, 애인愛人이라는 홍익인간 사상을 배워온 민족인데……. 그게 바로 원통맥 도가의 종갓집이라는 거여."

"그렇군요 ……."

"그래, 격암유록에 조화주 한얼님이 인간 농사짓는 밭이 일곱 두락이라고 한 거여. 그러니까 하늘 원천의 주인 하나님이 인간 씨알들을 자라게 하려고 인간 농사 시절에 따라 처음에는 종을 시켜서 씨를 뿌리게 하고 난 후에 아들 일곱 성현, 곧 칠성님들을 차례대로 시절 따라 세상에 출현을 시켰다는 거지. 그러니 그 도의 크고 작은 차이일 뿐, 각기 선을 밑바탕에 깔고 있는 거 아니냔 말이여."

"예 ……."

"그래, 우리 조상들은 일찍이 그것을 조상신으로부터 가르침을 배워 왔기 때문에 하늘과 땅과 사람이 삼천대세계三天大世界로 하나로 고리를 잇고 있다고 배워 왔단 말씀이거든. 그래서 저 높이 계시는 조화주 한알님 아들 칠성님이 만생명을 주관한다고 믿어서 칠성각을 세우고 또 귀한 자손을 얻게 해달라고 칠성발원 기도를 드렸던 거란 말씀이야. 그래, 자손을 낳게 되면 그 칠성님이 점지해 주셨다고 해서 일곱 색 색동저고리를 해 입혔던 것이 우리 조상들 전통신앙으로 유일하게 우리 배달 민족만이 가지고 있는 고유문화라는 거였네."

"아, 그렇군요."

"그런데 서양 야소교 신부들이 들고 온 교리는 영계, 신계로 나누어져 있는 그 구별도 없이 오직 야훼만을 유일하신 천주님이라고 내세우니 그 논리가 이치적으로 설명이 될 수가 없지 않은가. 그래서 그 문제점을 들추면 의심은 죄가 되는 것이니 무조건 의심하지 말고 믿으라는 게야, 허허……."

"아, 그래서 예수 성현이 너희가 시대 구별을 하라고 했다는 거군요."

황현은 왕석보 선생께서 예리하게 지적해 주시던 그 말씀이 문득 생각나면서 불쑥 그렇게 말했다.

"들어 알고 왔구먼. 그렇네. 그 시대 구별을 성경 신구약으로 분명히 나누어서 해두고 있지. 언제 기회 있으면 한 번 훑어보시게. 태초에 성부 한알님, 성모 한울님, 성자 한얼님, 이 삼신의 존체가 바로 태초에 만물을 낳고 기르셨다는 본자연하신 하나님으로 그 존재가 바로 영계라는 게여. 그런데 야소교 신부들이 그 존체에 대해서는 언급조차도 하지 못하고 있는 거네. 하지만 우리 조상들이 믿어온 종교 사상으로는 성삼위聖三位 존체에 대해서 쉽게, 그리고 명쾌하게 이해할 수가 있단 말씀이거든. 나도 처음에 신부들이 들고 온 천주학 교리 성경을 훑어보면서 놀라운 것을 발견했는데 바로 그거였다네. 그 한알님 아들 칠성님이 창세 이후 하나님의 비밀로 감춰두라고 했다는 기록이거든. 내가 어딘가 적어 둔 게 있을 게야."

그리고 자리에서 일어나 서랍장을 뒤척이던 강위는 손에 든 종이를 펼쳐 들면서 말했다.

"그래, 여기 있구만……."

그 기록은 유대 땅 선지자 요한이 성령에 이끌려서 하늘에서 보고 왔다는 계시록 2장 20절이었다.

'네 본 것은 내 오른손에 일곱 별의 비밀과 일곱 금촛대라, 일곱 별은 일곱 교회의 사자요, 일곱 촛대는 일곱 사자니라.'

그리고 그 밑 5장 7절 기록이다.

'일곱 뿔과 일곱 눈이 있으니 이 눈은 온 땅에 보내심을 입은 하나님의 일곱 영이더라.'

"보시게 이 얼마나 분명한 기록인가 말이네. 하도 신기하고 반가워서 참고로 기록해 두고 있었네, 허허……."

"그런 구절이 다 기록되어 있다니 참으로 놀랍습니다요."

그때까지 조용히 주고 받음을 듣고 있던 김택영이 신기하다는 듯이 되물었다.

"그런데 그 구절을 천주학 신부들은 언급을 하지 못한단 말입니까?"

"언급을 못한 것이 아니라 오직 유일신만을 주장하고 있으니 이해를 못할 수밖에 없질 않겠나. 그러니까 서양 천주학 신부들이 들고 온 성경은 진실하게 기록을 하고 있었네만, 어째 그런 이야기는 언급조차도 못하고 야훼를 유일하신 천주 하나님으로 믿으라는 건지, 내 원……. 하지만 불가 사원에 가면 그래도 그 모양새라도 만들어 놨어, 법신불法身佛, 화신불化身佛, 보신불報身佛, 이렇게 삼존불三尊佛이 바로 부처의 근원 자리라는 게지. 흠흠……."

"참으로 큰 공부를 하게 해 주시는군요. 인류 역사 위에 있는 만물의 근원자리, 그 섭리를 오늘 다시 크게 눈을 뜨게 해 주시니……."

"그거야 내가 자네들보다 한 걸음 앞서 관심을 가졌다는 것뿐이네. 그리고 오늘 공부는 자네가 먼저 시작하게 한 것 아닌가? 거기에 관심이 없는 사람은 들어서 이해도 안 되지만, 거기에 대한 의문조차도 갖지 않는 법인데 도움이 됐다니 고맙구먼. 핫핫하……."

"아닙니다. 제게 이제부터 우리 역사 공부를 해야겠다는 생각을 갖게 하신 분이 왕석보 스승님이시고, 또 오늘은 추금 선생님이십니다."

"그렇게 생각해 주니 더 이상 고마울 데가 없구먼. 그래서 사람은 죽을 때까지 배워야 한다는 것이네. 무릇 존재하는 것은 어느것 하나도 하늘 섭리에 의해서 생겨나지 않음이 없는 것이라고 했네. 심지어는 개미에게서도 배울 것이 있다 했으니 무조건 무시할 것만이 아니라, 그 속에 담아있는 기운을 살펴보라는 게야. 그래야 합동해서 선을 이루게 되고,

또 발전해 나갈 수 있는 것이니까……."

"큰 공부가 되겠습니다. 감사합니다."

황현은 새롭게 눈을 뜨게 된 공부에 뿌듯한 기쁨을 느끼면서 그 날은 그쯤에서 다시 찾아뵙겠다는 인사를 하고 모두들 함께 물러 나왔다.

그리고 이틀 후 다시 김택영과 함께 강위 선생 댁을 방문했을 때였다.

"허허……. 여독도 아직 풀리지 않았을 텐데 역시 지칠 줄 모르는 젊음이 좋구만. 어서 들어들 오시게."

강위의 뒤를 따라 방으로 들어간 황현은 그 앞에 옷매무새를 다시 단정히 여미면서 가만하게 무릎을 꿇고 말했다.

"숙소에 가서 아무리 생각해 봐도 국조 단군왕검 이전에 우리 한민족을 세우셨다는 뿌리에 대해서 별로 들어 아는 바가 없어서 여간 궁금하지 뭡니까……."

"그렇겠지. 우리 민족정신이 삼국시대로부터 조선 오백년을 거쳐 내려오면서 오늘 이처럼 흐려져 버렸으니 그럴 밖에……. 그럼 먼저 하나 물어보겠네. 우리 민족의 경축일이라는 개천절의 의미는 알고 있는가?"

"개천절이라고 하셨습니까?……."

황현은 머쓱해졌다. 그때까지 들어 아는 바가 없었기 때문이다. 대답을 하지 못하고 어정쩡한 웃음을 흘렸다. 그러자 강위는 빙긋이 웃으면서 응당 그럴 줄 알았다는 듯한 표정으로 입을 열었다.

"개천의 의미를 알게 되면 동서양의 뿌리 역사를 바로 보고 알게 되지. 개천開天을 파자해 보시게. 하늘 문이 열렸다 함이거든. 그건 동서가 마찬가지지라. 인류 시원에서 역사상 처음으로 하늘 천신들이 그 문을 열고 이 중앙아시아 땅에 내려와 처음 물질계를 열었다 함을 말해 주는 것이니까……. 그 중앙아시아를 문자로 파자해 보게. 지구 중심이 되는 처음 땅이라는 거네. 그래 보게 되면 서양 야소교 신부들이 말하는 야훼가 에덴동산을 창설한 곳이 바로 해가 뜨면 제일 먼저 비취는 동방이었다고 했어. 그곳이 바로 하늘 천신들이 내려온 처음 땅 중앙아시아로 서양 유대 민족 조상신 야훼도 처음에는 그 곳을 거점으로 그의 기쁨이 된다는 에덴동산을 창설하고 처음 사람 아담을 흙으로 지었다는 것이거든. 바로 그 신계가 내려와 물질계를 열었다는 뜻이지. 그와 같이 우리 민족 뿌리 역사도 처음 시작의 기록은 동방의 해 뜨는 곳, 바로 중앙아시 땅에서 처음 사람 남자 아만과 여자 아반을 신들이 만들었다는 게야. 그 기록과 별반 다를 것이 없지."

"아, 그렇군요……."

"다만 그 기록을 유추해 보면 서양 유일신 야훼처럼 혼자서 동산을 창설하고 사람을 지은 게 아니라, 우리 민족 조상신 환웅 한알님은 하늘에 있는 삼천 무리나 되는 신장 신관들을 거느리고 내려왔다는 게야. 그 천신天神들이 땅의 물질인간을 만들어야 하는 사명을 받고 내려온 거지. 그래 지신地神이 서로 합발合發하여 물질계를 열었다는 거네. 그러니까 하늘 천신 다음 가는 자리, 그 처음 사람을 창조했다고 해서 버금 아亞자를 붙여 남자를 아반, 여자를 아만이라고 했다는 게야. 서양 유대족속 처음 남자를 아담이라고 한 것이나 다를 것이 없지. 그 족속 처음 뿌리 조상이니까. 이렇게 하늘에서 인간 종자씨를 뿌리기 위해서 내려온 신들에 의해서 처음 지음을 입었다는 물질계 사람이라는 게야. 그러니까 그 천신들에 의해서 우리 한민족 뿌리 조상이 세움을 받은 날이 바로 무진년 음력 시월 상달 상날로, 우리 조상들은 이 날을 신성시했고, 또 기념하기 위해서 신성한 곳에 제단을 쌓고 하늘에 제를 올리면서 전국적으로 축제마당을 벌렸던 것이 바로 개천행사라, 한민족 세움을 받았다는 경축일이라는 게지. 흠흠……."

"아아, 그런 것을……."

황현은 자신도 모르게 입에서 엷은 탄성이 새어나왔다.

그 모습을 지긋한 웃음으로 건너다보고 있던 강위는 다시 목소리를 가다듬으며 말을 이었다.

"그런데 안타깝게도 인도로부터 유입된 불교가 들어와 국교가 되다시피 하면서 우리 민족정신은 점차 세상을 살아가는 기복신앙으로 흐려지다가 고려시대 후기 중국에서 유교(성리학, 주자학)가 도입되면서 중국문화를 모방하게 하는 모화풍조는 마침내 일신의 영달만을 추구하던 집권자들의 방패로 반상제도가 만들어지면서 우리 민족정신을 희미하게 그 존재자체를 표류하게 하고 말았던 폐단의 요인이 되고 말았던 게야. 그러니까 유불선도儒佛仙道가 모두 그 선을 바탕으로 한 가르침이었는데도 사악한 것이 인간들이라, 삶의 방편으로 그 성현들 이름을 들먹이면서 사리사욕에 도구로 활용해 먹은 거지. 흐흥!……."

"…… ?……."

"그걸 보고 뭐라고 하는지 아나? 염불보다는 잿밥에만 눈이 어두워 있다고 하는 것이네. 아, 거기에 하늘과 땅과 사람이 하나로서 고리를 잇고 있다는 우리 민족정신이 뚜렷이 살아있었으면 그 모양들을 했겠는가? 흐려졌으니까 그 모양들이지."

"아, 네……."

"아, 우리 민족정신이야말로 이웃을 내 몸같이 사랑하고 또 서로 협동하여 선을 이루게 함으로써 모두를 유익되게 한다는 바로 홍익인간 정신인데……. 그래, 우리 조상들이 고대사에서 이웃나라들과 사이 좋게 지내면서 먼저 침략해 본 일이 역사상으로 없었던 원인이 바로 민족정신에 있었던 것이었네. 그런데 오늘에 와서 민족정신이 흐려지고 나니까 이 나라꼴이 뭔가? 쿵!"

"예. 참으로 안타깝게 되었습니다."

"이제는 조상족보까지도 내다가 팔아먹는 양반들이나 다를 게 없는 꼴이 되게 생기질 않았는가 말이네. 그 모양새를 보고 뭐라고 하는지 아는가? 배만 부르게 해주면 주인님으로 모시고 주억거리는 개돼지나 다를 것이 없다는 게여. 사람이 짐승과 다른 것이 있다면 자존심이라는 주체성이 있다는 것인데, 저 위에 높으신 분들이나 백성들이 하나같이 얼이 빠져 사는 판국인데 양반 상놈이 어디 따로 있는 게여? 그러니 알아야 서생을 한다는 거네. 공부해서 넘주는 게 아니니까. 흠흠……."

표류하고 있는 민족정신을 그처럼 안타깝게 설명해 주고 있는 강위는 어느 때보다도 표정이 진지했고, 목소리 또한 다른 때와는 달리 근엄했다. 모두들 그 앞에서 숨소리조차 조용했다. 비로소 우리 민족 조상들의 숨결이 얼마나 고귀했음을 새삼 느끼게 해주는 배움의 자리였다.

그토록 정갈하고 고귀한 가르침의 숨결은 마침내 시간의 강을 건너 황현을 역사 공부에 심취할 수 있게 해준 것이나 다름이 없었다. 그 젊음의 정열에 의기를 북돋아 주었고, 보다 꿋꿋한 선비 정신으로 살아갈 날에 큰 획을 그어준 것이나 마찬가지였다.

09
진흙발 선비의 눈물

역사라는 것, 그것을 강위로부터 새롭게 배우고 나와 숙소로 향하는 황현의 반응은 강렬했다.

"오늘에야 왜 내가 하늘을 이고 있는가를 배웠으니, 허허……."

바람에 날리는 도포자락을 여미면서 황현이 실소하듯이 중얼거리는 말이었다.

"그래 사람은 죽을 때까지 배운다는 거 아닌가. 귀가 보배라더니 매천 자네 귀가 열렸네 그려. 핫, 핫하."

옆에서 그 중얼거림을 들은 김택영이 껄껄 웃으면서 하는 말이었다.

"내 그동안 하늘 모르는 초등학문만 배워 왔다는 거 아닙니까. 공자님 사서삼경 윤리 도덕만 열심히 배워 왔으니, 그 참……."

"이거 보시게. 만사는 다 때가 있는 법일세. 자네는 지금 그 수순을 밟고 있는 게야. 그래 우리 어른들이 사람이 죽으면 왜 칠성판 위에 아무개 현고학생 졸업했다는 졸卒자를 붙이는지 아시는가? 숨 끊어지는 순간까지 세상 이치를 배우고 간다고 해서 그런 거라네. 그러고 보면 우리 조상들은 유달리 하늘을 사랑하고 섬겨 왔단 말씀이야. 그 실증을 보여준 게 바로 저승까지도 지고 간다는 칠성판이거든."

"칠성판에 무슨 의미라도……?"

"우리 조상들은 별자리 중에도 북두칠성하고 삼태성을 좋아했는데 그 이유가 뭔지 아나? 바로 하늘 원천을 알았다는 증걸세. 조금 전에도 우리가 듣고 오지 않았는가. 우리 조상들은 저 하늘 위에 삼신이 계시고, 칠성님이 계신다고 믿었고, 그 증표로 하늘이 붙박아 놓았다고 해서 별자리 중에도 북두칠성하고 삼태성을 좋아했다는 게야. 그래 다른 민족과는 다르게 삼신각, 칠성각을 세우고 소원을 빌어 왔다는 거 아닌가. 그 믿음이 우리 조상들 민간신앙으로 얼마나 대단했던지 청동기시대의 고인돌 성혈에도 북두칠성과 삼태성이 새겨져 있고, 고구려 무덤에도 이 별자리들이 그려 넣어져 있다는 게야. 어디 그뿐인가. 사람이 죽으면 널판 위에 북두칠성을 새겨 땅에 묻고 제발 칠성님들이 계시는 밝은 곳 극락세계로 가게 해달라고 빌었다고 해서 그걸 칠성판이라고 한 거라네. 허허……."

"그렇습니까!?……."

"조금 전에도 우리가 듣고 온 이야기네만, 저 위에 하늘이 왜 크고 작은 도법을 들려가지고 칠성님들을 차례로 시대에 맞춰서 세상에 내려 보냈겠나. 바로 인간 종자 씨알 익히는 데도 그 수순이 있다는 거라. 그래 너희가 그동안 땅에 자연지도自然之道를 배웠거든 이제 하늘 대법을 배우라고 한 거지. 노자 성현이 도는 깊고도 깊다고 했단 말씀이야. 그 깊은 도를 인간들이 현생에서 다 배우고 깨우치지 못하고 떠나니까 저승에 가서 잠시 휴식하고 다시 세상에 와서 배우게 한다는 게 인과에 따라 그 연을 맺고 온다는 중생 윤회로 석가 성현이 설파한 연기법이라는 거 아니겠나. 그런데 그 스승들이 가르친 도를 하나라도 제대로 깨달아 알았으면 세상이 이 모양 이 꼴이 되겠는가?"

그리고 다시 사이를 두고 덧붙여 말했다.

"하지만 우리 조상들은 그때 벌써 하늘 대법을 배워 그 이치를 깨달았다는 말씀이거든. 그게 한얼사상으로 바로 만물감통사상이라는 거 아니었겠나. 그렇게 하늘을 보면서 별에 이름을 붙이고 땅에다 옮겨 놓은 것이 우리 배달민족 조상들이고 보면 그 믿음의 신앙관을 알 수 있잖겠는가 말이네. 그러니까 본자연과 대자연, 그리고 자연의 일부분이라는 우리 인간이 하나의 틀을 이루고 있다는 종교적인 믿음 바탕에서 비롯된 것이지. 놀랍지 않은가?"

"참으로 대단한 민족이란 것을 오늘 새삼 느끼고 보니 이제부터 배우고 더 할 일이 많아진 것 같군요. 허허……."

"역시 자네는 이 시대가 요구하는 선비 정신이 확실히 살아 있구먼. 사실 우리 조상들이 정신적으로 이루어 나온 문화유산이란, 그 위업이 대단한 것이었다네. 그런 우리 문화가 어쩌다가 알맹이 다 빠진 볼쌍 사나운 허접한 빈 껍데기로 밀쳐놓고 뭐, 반만년 찬란한 역사였다고? 그래 놓고서도 자기도취에 빠져 세월아 네월아 세상 돌아가는 것은 내 알 바 아니라는 식으로 살아온 이 나라 양반님네들이고 보니 나라꼴이 이렇게 될 수밖에 더 있겠는가. 그래 모름지기 선비 글이란 뜻을 전해야 하는 것, 어려워도 그게 오늘 우리들이 해야 할 일 아니겠나."

"듣고 보니 참으로 그렇습니다요. 조상이 물려준 내 땅에서 저렇게 외세가 도와준다는 미명에 속아 어쩌면 우리가 더부살이 신세가 될지도 모르게 생겼으니, 원……."

"시국을 잘 보았네. 이대로 가다간 나라꼴이 남의 둥지에 알 낳는 뻐꾸기한테 알짜배기는 다 빼앗기고 말지 않겠는가? 이 빌어먹을 시국을 소위 이 나라 선비 학자라는 우리가 가만히 보고만 앉아 있을 수만은 없지 않은가 말이ㄴ ㅔ."

"그렇지요. 정신없이 돌아가는 세상 사람들에게 우리 선비 양심을 맞출 수는 없는 일이지요."

이제 주고 받는 대화는 서로가 그 뜻을 같이 구하고 응하면서 어제와는 또 다른 상승차원으로 발전해 나가고 있었다.

"자, 오늘 우리는 이제 나라와 민족을 어떻게 되살릴 것인가? 숙제를 풀어야 하네. 몰락을 막기 위해서는 저 위 높은 자리에서 자신의 영달만을 추구하고 앉아 귀신 씨나락 까먹는 소리나 주절거리고 앉아있는 탐관오리님들, 어처구니없는 행실을 붓대로 까발려 정신을 차리게 해야겠지. 그것이 글줄이라도 배웠다는 오늘 우리가 해야 할 일 아니겠는가? 지혜를 얻기 위해서는 세계 속에 찬란히 빛나던 우리 조상들의 얼, 그 정신사상이 무엇이었던가부터 알아야 된다고 생각하네."

"같은 생각입니다. 이제부터 우리 역사공부에 관심을 기울여 볼 생각입니다."

"듣기에 아주 반가운 소리네. 하지만 자넨 특별 보거과에도 응시해야 할 입장이니 너무 서두르지 마시게. 모든 일에는 순서가 있는 법, 응시준비도 그에 못지 않는 일일세."

"하지만 근래 재상들 대개가 통과출신이라 평소 문자의 형감衡鑑도 제대로 가려내지 못한다는 소문인데 보거과에 응시해 본들 괜히 힘이나 빠지는 거 아닌지 모르겠습니다요."

사실 그 당시 알게 모르게 떠도는 입 소문은 낫 놓고 기역자도 모르는 사람이 과거를 주재하고, 또 낫 놓고 기역자도 모르는 사람이 과거 급제자로 선발된다는 말이 장안에 나돌았다.

"입소문이야 좀 불려서 그렇겠지. 설마 그 정도로 부패했겠나. 이런 때일수록 자네 같은 의식 있는 선비가 이 어두운 시국에 백성들을 대신해서 조정에 많이 등청해 줘야 되는 것 아니겠나. 그게 자네가 우선으로 해야 할 일일세."

황현보다 세 살이 위인 김택영은 때로는 다정다감한 벗처럼, 또 때로는 여러 가지를 바르게 가르쳐 주는 선배로서 스승과도 같았다.

그렇게 같은 뜻을 주고 받으며 또 배우면서 황현은 민족이 부르는 소리와 그 부름에 응답해야 할 사명감마저 온몸으로 느끼고 있었다.

한편 수도하는 고해승처럼 황현은 엄격하게 자신을 다스리며 보거과에 응시할 준비에 열심히 몰입해 들어갔다.

그것은 황현이 한양에 올라올 때의 포부로 한미한 가문을 떳떳하게 다시 일으켜 세워보리라는 안일한 결심이 아니라, 민족과 나라를 일으키는 데 자신을 던져 보리라는 대의에 의한 굳은 결의 같은 것이었다.

그것은 혼돈의 시대, 역사가 도전해 오는 소리가 계속 귓가에 아프게 맴돌았기 때문이다.

그러는 동안 어느덧 계절이 바뀌고 또 해가 바뀌어 새봄을 알리는 파릇한 새싹이 서울 장안의 봄을 장식해 주고 있는 3월이 돌아왔다.

이윽고 보거과保擧科 응시를 해야 하는 그 날 아침, 황현은 조상님께 조용히 기도를 올리고 걸음을 대궐로 향했다.

보거과 응시 자격은 지방에서 향공생원시鄕貢生員試의 초시初試에 합격한 생원만이 회시會試에 나아가게 되어 있는 자격으로 그 둘째 관문이었다.

특별 보거과保擧科 응시가 열린 것은 고종 20년(1883년)으로 황현의 나이 29세였다.

그날 회시 시관試官은 판서 정범조였다. 그는 평소 주사主事 정만조鄭萬朝와 가까운 사이였다. 정만조가 황현의 재능을 귀띔 받은 것은 교리敎理 창강 이건창으로 인해서였다.

그 당시 문장이 천신薦紳이라고 꼽히는 중에서 으뜸가는 국내 명사가 바로 이건창과 강위였다.

황현이 국내 명사 이건창과 문우가 될 수 있었던 것은 행운으로 지방 구례에서 칩거하며 후학들을 길러내고 있는 왕석보 선생으로부터 인정을 받았기 때문이다.

만남과 만남의 인연 고리로 황현은 이건창과 교분을 맺게 되었고, 또 정만조를 알게 되면서 그로부터 특별한 관심을 받게 된 것이었다.

그 날 주사 정만조가 시관 정범조에게 슬쩍 귀띔해서 말하기를, "이 시험에 황현이 수석을 차지하지 못한다면 이 시험은 시험이 아니다"라고 할 정도로 정만조는 그만큼 황현의 실력과 글재주를 인정해 주고 있었다.

황현은 옷매무새를 가다듬고 대궐 안 인정전 뜰에서 열리는 보거과 응시장으로 들어섰다. 진사과의 정원은 각각 100명이었다. 황현은 여러 판서 책策 시관들이 지켜보는 가운데서 그날 응시생들에게 주어진 시제詩題를 그동안 닦아온 문장 실력으로 누구보다 앞서 써서 올렸다.

보거과 응시 결과는 역시 정만조가 예측했던 대로였다. 황현이 장원 급제로 뽑혔다.

이윽고 큼지막한 벽보에 황현의 이름이 나붙었다.

"허허…… 축하하네. 이 보거과에 자네가 장원이 안 되면 누가 되겠는가, 수고했네."

정만조, 강위를 비롯해서 문우들 역시도 마치 자신의 일이나 되는 것처럼 모두들 기뻐하며 축하를 해주었다.

황현은 그동안의 피로가 한꺼번에 풀리는 듯 온통 눈앞이 환해 오면서 걸음마저도 가벼웠다. 그러나 축하를 받고 기뻐하기에는 너무 일렀던 것인지도 모른다.

이미 매관매직賣官賣職으로 부패되어 있었던 정국이었다. 시관 한장석韓章錫이 황현이 별 볼일 없는 시골 출신의 선비임을 알고 등급을 고쳐서 이등으로 내려 앉히고 말았다. 그리고 마지막 시험장에서 경의經義를 치루게 되었을 때, 어처구니없게도 황현을 짐짓 떨쳐 내쳐버린 것이다.

그만큼 부패된 난세의 시국 상황은 보거과에까지 그 절대 영향력을 미치고 있는 관료들의 매관매직이라는 입김이었다.

장원에 급제하고 한껏 부풀어 있던 황현은 마치 벼랑 끝으로 내몰린 것 같은 그런 참담함의 기분을 주체할 수가 없었다.

그야말로 질식할 것 같은 눈앞의 어둠이 처절하게 몰려왔다. 그동안 용기와 힘을 실어주던 문우들은 둘째치고라도 그처럼 아들의 급제 소식만을 학수고대하고 있을 아버지와 식구들의 얼굴이 떠오르면서 마음을 우울하게 했다.

그 중에서도 슬퍼지는 것은 뇌리에 생생하게 남아 있는 어머니의 모습이었다. 깊은 밤 목욕재계하고 하얀 대접에 정화수를 떠놓고 천지신명께 두 손 모아 아들을 위해 치성 드리던 어머니의 모습이 둥둥 떠다니면서 가슴을 젖게 했다.

더 없이 허탈해져 오는 걸음이 황현에게 더 이상 말을 잃게 만들고 말았다.

"이럴 수가……."

그 어처구니없는 소식에 문우들은 하나같이 아연한 표정들이었다. 결코 남의 일처럼 느껴지지 않는다는 듯 어이없어 하는 문우들은 이윽고 누가 먼저랄 것도 없이 위로의 자리를 마련하고 저마다 한 마디씩 시국 돌아가는 부패에 대한 실망의 울분을 여지없이 토해냈다.

"나라 장래가 어찌 되려고 유망한 선비마저도 뜻대로 나설 수 없는 이 나라 꼴이라니……. 이러고도 오늘 우리가 설 자리를 찾는단 말인가?"

"말해서 무엇하겠나. 그러니 조상 족보도 내다 팔아먹는 세상 아닌가. 흐흥!"

"망조로다, 망조! 나라가 어쩌다가 이 지경이 되었단 말인가?"

"난장판이 된 것이 어디 어제 오늘 일인가. 위로부터 분명한 신념의 정신을 가지고 원칙에서 벗어나지 않았다면 절대로 초래하지 않았을 부패인 것을……."

"그 참! 노루가 개가 되고, 개가 노루가 되는 이 빌어먹을 놈의 세상을 살아야 한다니, 이런 몰락을 눈앞에 보고 무슨 희망으로 살아야 한단 말인가? 이 더러운 허잡 두엄더미 속에서, 킁!"

선비들은 구제할 수 없는 절망적인 조정의 부패에 저마다 허파가 뒤집힌다는 듯 칼칼한 분노를 토해 놓고 있었다.

그때까지 주고 받는 이야기를 굳은 표정으로 가만히 듣고 앉아있던 강위가 긴 한숨을 내쉬면서 한 마디 내뱉었다.

"그 참! 모두들 도리에 어둡고 어리석어 관직을 팔고 사는 것도 이제 한계선을 넘고 있으니……. 벼슬 명부에 이름을 올려 금관자 옥관자를 한 사람이 거리에 넘쳐나는 세상이 되겠네 그려. 쩝쩝……."

참으로 시국 돌아가는 꼴이 못마땅하다는 표정이었다. 혀를 끌끌차고 몇 번 차다 말고 다시 입을 떼었다.

"그러나 어쩌겠는가. 때를 기다려 볼 수밖에……. 하늘에서 조상들이 얼빠진 이 후손들을 이대로 가만히 내려다보고만 계시겠는가? 그러니 우리라도 제 정신을 차리고 준비를 차분히 하는 것이 선비의 도리가 아니겠나."

그리고 황현을 그윽한 눈빛으로 건너다보며 다시 입을 열었다.

"연꽃은 진흙 속에 뿌리를 내렸으되 진흙에 물들지 않고 꼿꼿이 물위에 버티고 서 있어서 저만치서 바라보는 이들에게 더욱 감동을 준다고 하질 않는가. 나는 오늘 자네가 이 아픔을 통해서 더욱 꿋꿋한 붓대로 많은 사람들에게 감동을 주는 그런 연꽃 같은 선비가 될 것이라고 분명히 믿네. 힘을 내시게."

"연꽃은 무릇 군자의 꽃이라 했는데 감히 제가 어찌……."

"군자를 사랑하는 사람이 바로 군자라고 했다네."

"하지만 군자라 할 수 있는 사람은 재주와 덕이 뛰어나 이름이 알려져야 하는 것 아니겠습니까요. 그래서 공자께서도 군자란 만나기가 어렵다고 하셨는데 제가 어찌 그 말을 감당할 수 있겠습니까."

"자네 그 재주와 심성으로는 능히 이루어 내고도 남을 것이라고 보네. 물론 세상을 살면서 성현들 가르침대로 그렇게 치우침 없이 산다는 게 어찌 수월할 수 있겠는가만은, 그래 성현들 말씀 왈 가르침을 받았으면 심신을 바로 닦아 도덕 군자가 되라는 거 아니겠는가. 하늘과 땅의 이치를 아는 사람이라는 거지. 흠흠……."

잠시 침묵이 흐른 뒤 강위의 말은 다시 이어졌다.

"그래, 비록 혼미한 세상에 태어나 아픈 세월을 살아도 군자를 흠모하고 사랑하는 글은 남는 것. 군자는 말이 필요 없네. 참되고 선한 아름다운 글은 생명력을 갖고 시대와 상황을 뛰어넘는다고 했네. 세상이 더욱 혼미해질수록 자네 가슴에 듬직한 사상을 꽃피우시게. 바람에 날리는 갈대처럼 흔들리는 많은 사람들 속에서 자네는 그것을 지닌 것만으로도 기품이 달리 보여질 걸세. 아시겠는가?"

"제게 선비로서 살아갈 용기와 지혜를 오늘 이처럼 주시니 어찌 학문에 게으를 수 있겠습니까. 평생 높은 뜻 기리며 살도록 가르쳐주신 말씀 유념하겠습니다."

"나는 자네가 그래줄 것이라고 믿네. 그래 앞으로 어쩔 셈인가? 한양에서 자네 입지를 찾아 세워 볼 생각은 없는가?"

"선비가 뜻을 세우고 나설 만한 그런 시국이 아니니 무엇을 더 바라고 한양에 머무를 수 있겠습니까. 낙향을 해야 되지 않겠습니까?"

"그 마음 모르는 바는 아니네만……. 잠시 더 머물러서 아직 다 익히지 못한 역사 공부도 좀 하고 그러는 것이 어떨까 싶어서 하는 말인데……. 참, 자네 우리 민족사 자료들을 한 번 훑어보는 시간을 갖는 게 어떻겠나. 언제 우리 함께 규장각에 한 번 들어가 보세나. 역사를 바로 알아야 오늘 이처럼 얼빠진 시국을 바로 보고 비판하는 안목도 생길 테니까."

"그 자료들을 들추어 볼 수 있다면 굳이 낙향하는 것이 어디 대수겠습니까. 하교해 주신 말씀에 따르겠습니다."

장원에 뽑혔다가 부패된 세도가들의 입김에 밀려난 황현은 뱃속에 꿈틀거리는 화를 가라앉히고 민족적 정신 무장을 위해 그로부터 새롭게 마음을 가다듬기 시작했다.

며칠 후 아침나절이었다. 오락가락 스치는 비바람 속에서도 꽃송이들은 여전히 봄의 전령처럼 제 모습을 피워내고 있었다.

그 꽃송이들을 눈 맞춤하며 황현은 김택영, 이건창 등과 함께 스승 강위의 뒤를 따라 우리 민족 오랜 뿌리 역사 기록물이 소장되어 있다는 규장각으로 향했다.

연락을 받고 나온 정만조 역시도 합세했다. 당시 규장각은 일반 평민들은 출입할 수 없는 곳이었다.

일행이 고문서들이 빽빽이 들어차 있는 규장각 안으로 들어섰을 때였다. 빛 바랜 서책들이 아직도 뿌리의 존재 있음을 말해 주는 듯, 큼큼하게 해묵은 곰팡이 냄새를 확 풍겨왔다.

그 속에 얼핏 눈에 들어온 배달민족 역사에 관한 문헌으로는 환단고기桓檀古記, 단기고사檀奇古史, 동국사록東國史錄, 동사년표東史年表, 규원사화揆圓史話, 삼국유사三國遺事, 세종실록世宗實錄, 동국통감東國通鑑, 응제시주應製詩註, 세가보世家譜 등이었다.

일행이 자리를 정하고 앉았을 때였다. 강위가 자리를 털고 일어나 벌써 저만치서 먼지 쌓인 책꽂이를 들추다가 그 중에서 몇 권의 서책을 뽑아들고 나와 황현 앞에 내밀면서 말했다.

"읽어보시게. 기록은 이것 말고도 김부식이 쓴 삼국사기도 있고 하네만, 역시 그도 유학자라서 중국 역사하고 좀 엇갈리는 부분이 있단 말씀이거든……."

그리고 먼저 《환단고기》부터 읽어보게 했다. 전반적인 기록의 내용은 일전에 우리 뿌리 역사에 대해 말씀해 주신 그대로였다.

환웅천제께서 3천 신장을 거느리고 한밝산 마루턱 신단수 아래에 내려오시어 도읍을 한밝산에다 정하셨다. 이곳을 검벌(신시, 神市)이라 하고, 나라 이름을 배달나라(倍達國=桓國)라고 하였다. 그로 번성된 백성들이 이 분을 환웅천제, 혹은 검벌환웅(神市桓雄), 또는 배달환웅(倍達桓雄, 檀雄)이라 하였다.

한밝산은 삼신인 한얼(三神, 上帝)님이 내려온 산이며, 안 늙고 안 죽게 하는 선약仙藥이 많은 산으로 신선들이 글자를 만드는 방법 책인 육서六書가 맨 처음 있었던 산이다. 모든 신비한 방법을 적은 신선도서神仙道書들 가운데 으뜸가는 책, 삼황내문, 혹은 삼신내문이 있었던 산이다.

그 옛날엔 글이 없어서 말과 일들을 기록할 수가 없었다.

글자의 시초는 환웅천제께서 거느리고 온 3천 신장 중에서 사관士官 월광사관신지로 하여 만들어졌다. 새와 짐승의 발자취와 자연의 현상을 넓게 살핀 끝에 글자를 만들었는데, 이것이 한 옛적 글자의 시초이다. 그로하여 모든 문서의 기록을 정리하도록 했다.

또 우관 원보팽우는 토지의 평정과 치수를 맡았으며, 농관 고시는 오곡의 씨 뿌림과 거두기를 맡았다. 그리고 신관 풍백지제는 모든 명령계통의 준행을 맡았고, 우사 옥저는 사철의 기운을 순하게 쓰는 것을 가르쳤으며, 뇌공 숙신은 모든 백성의 치우침의 형벌을 이치대로 준행할 책임을 맡았고, 운사 수기는 선과 악을 가르쳐 관장했다.

여기까지를 대충 훑어보고 난 황현의 입에서는 저절로 가느다란 탄성이 새어 나왔다.

"아, 이것이 서양 뿌리 역사나 마찬가지라고 하시던 그 신불시대 역사 기록이구나."

황현은 지난 번 왕석보 선생께서 우리 뿌리 역사 기록도 서양 유대민족 뿌리 역사나 마찬가지로 천신들이 그들이 세운 백성과 함께 먹고 마시며 모든 삶의 생활방법을 가르쳐 주고 했었다던 말씀이 생각나면서 고개가 끄덕여졌다.

다시 앉음새를 바꾸고 《역대신선통감》(권3, 제8절)을 읽어나갔다.

한밝산을 중심 터로 삼은 동이의 9겨레가 벌써 7~8천년 전부터 한원(中原, 中國)으로 갈라져 나가 그곳을 개척하고 살았다.

웅족雄族과 호족豪族은 나란히 이웃해 살던 원주민이었으나, 웅족은 환웅천제의 말씀에 순응하여 배달나라의 백성이 되는 성은을 입었으나 호족은 그렇지 못하여 훗날 한밝산 부근에서부터 떨어져 나가 오늘날 서양인으로 일컬어지는 무리가 되었다.

"바로 이것이었구나, 우리 배달민족 뿌리 역사가……."

그날부터 주위의 도움을 받아 규장각 출입을 자유롭게 할 수가 있게 되면서 인류 역사 시원에 대한 인식의 눈이 더욱 확실하게 떠지기 시작한 황현이었다.

그렇게 우리 민족 뿌리 역사를 찾아 공부하고 연구하게 된 황현이었지만, 우리 조상들이 세계 속에 자랑스럽게 꽃피웠었다는 우리의 민족정신을 되살리기에는 아득한 사회 분위기였다.

그러나 역사에 대한 바른 이해로써 누구 못지 않게 진지해진 황현, 그의 학문은 이제 어설픔이라고는 전혀 찾아볼 수 없게 되어갔다. 이미 달관된 높은 식견은 주변 사람들을 놀라게 했다.

그것은 서양 신부들이 들고 온 천주학 교리까지 스승님의 말씀에 따라 접근하고 민족 정체성을 연구 분석했기 때문이었다.

비로소 황현은 서양과 동양, 그 문화의 척도가 고대 동서양으로 있었던 신불의 시대, 그 민족 창조신들의 가르침 호흡에서부터 비롯되어졌다는 것과 그로하여 동양은 정신문명을 이루어 나왔고, 서양은 그처럼 물질문명을 이루어 나오게 되었다는 사실에 크게 눈이 떠진 것이었다.

그것은 어쩌면 평생을 두고 잊을 수 없는 진흙밭, 그 속에서 어처구니없게도 횡포한 벌레들에게 살점을 물린 아픔을 하늘로부터 위로해 주는 또 다른 보상의 큰 수확 같은 것이기도 했다.

10
지리산 매천 향기로
梅 泉

황현이 한양에 올라와서 그처럼 돌이켜 생각하고 싶지 않은 섬뜩한 좌절과 아픔을 겪으면서 얻은 것이라면 보배로운 우리 한민족의 '얼' 이 무엇인가를 공부하여 깨닫게 되었고, 그로하여 자신의 존재 의미를 선연하게 깨달을 수 있게 되었다는 사실이다.

그것은 더없이 축복된 만남, '인연' 의 고리 속에서 얻어질 수 있었던 정신적인 발전으로 승화되었다.

그 날 문우들과 헤어지고 며칠이 지나서였다.

황현이 문우들과 북한산행을 하기로 약속된 장소로 나갔을 때는 스승 강위를 모시고 문우 이건창, 김택영이 먼저 나와 기다리고 있었다.

"늦어서 죄송합니다. 다들 먼저 나와 계셨군요."

"허허……. 자네는 시간 가는 줄을 모르는군. 늦은 것을 보아하니 그 열정이 또 밤새도록 눈이 책에 매달리셨구만."

미안해 하는 황현을 편안하게 해주려는 김택영의 말이었다.

그러자 강위도 거기에 한 마디 덧붙였다.

"타고난 선비 기질에다 몸에 밴 학습 탐구, 단련 습성 때문이 아니겠는가. 책을 읽는 즐거움이 없다면 그처럼 열중할 수는 없는 일이지. 그 즐거움 속에는 노력과 집념과 목표가 함께 어우러져 있는 것이니까. 허허허……."

"죄송합니다. 뒤 늦게 하는 공부가 우리 뿌리 역사에서부터 서양 천주학이라 끝이 없지 뭡니까요."

사실 그랬다. 공부에 함몰되다 보면 새벽 먼동이 뿌옇게 터오는 날이 예사였다.

"그럼 자네 이제 조화주 하나님 섭리 속에서 동양과 서양이 그 이치로 양대 사상을 이루고 있다는 것도 알아지든가?"

강위가 입가에 잔잔한 웃음을 피워내면서 묻는 말이었다.

"그렇습지요. 거기에다가 이 광활한 대자연 속에서 참 작은 내가 소우주라는 것도 이제야 알았습니다요."

"허허허……. 자네가 그 이치를 알았다? 축하하네. 엄청난 대발전이야. 그러니 밤을 지새울 법도 하구먼. 천지부모 합덕이라는 조화주 기운행이 오행육합으로 그로부터 비롯된 인간이 축소판으로 소우주라. 오장에 육부를 형성하고 있고, 우리가 살고 있는 이 지구 역시도 오대양 육대주를 형성하고 있는 것이라네. 그래 천지조화 음양 이치를 알아야 소우주라는 인간 정신이 어느 쪽으로도 기울지 않는 중형의 도를 지킬 수 있다는 것이 우리 조상들로부터 이어져 내려온 조화사상이었다는 거 아닌가. 허허허……."

강위의 가르침은 이렇게 시간과 장소를 가리지 않았다. 무위자연無爲自然 속에 앉아서는 천지자연天地自然 조화의 대도大道를 그처럼 가르쳐 주고 있었다.

그날은 오래간만에 스승을 모시고 바깥 나들이를 하기로 약속한 날이었기에 북한산성을 향해 오르면서도 스승과 문우들이 주고 받는 대화는 언제나 그렇듯 학문이 아니면 시국이야기 테두리 안에서 맴돌았다.

북한산성을 향해 시원한 나무 그늘을 따라 얼마쯤 올라가다가 일행이 소나무 그늘 아래서 잠시 쉬어가기로 했을 때였다.

울창한 소나무 숲 사이에서 불어오는 시원한 공기를 가슴으로 길게 들이마시며 김택영이 중얼거리듯이 말했다.

"이렇게 자연이 주는 사계의 공식절차는 더없는 시원함으로 아름답게 조화를 이루고 반겨주는데……. 오늘 나라가 이 지경이 된 데에는 수구당들에게 책임이 적잖은 것이지만, 그러나 오늘 개화파들이 주장하는 방향이란 것도 문제는 있네. 나라 발전이라는 명분만을 내세워 절름발이 모양을 하고 편리함만 좇아가고 있으니 그 참……."

"누가 아니래나. 나라가 발전하기 위해서는 물질문명을 발전시킨 그들의 양식도 많은 부분 받아들여야 변화 발전하는 세계 속에 공존할 수 있는 것이니까 무조건 배척하는 것만 능사는 아니네. 발전하고 있는 외래문화를 받아들이려 한다면 반면에 먼저 우리 문화의 소중함도 알고 지켜져야 하는 건데……. 그 편리함의 기능만을 우선하고 인간을 도외시하는 그런 외래문화를 무조건 받아들여야 한다고 손뼉들을 짝짝 쳐 대고 있으니 이 세태를 우리가 어찌 감당해야 할지 모르겠구만. 쩝쩝……."

산봉우리에 시선을 던지고 앉아있던 이건창이 그에 응수를 하는 말이었다.

주고 받는 대화를 가만히 옆에서 듣고 있던 강위가 그 사이를 가르고 입을 열었다.

"천지 일월이 조화를 이루고 만물을 길러내듯이 동서양이 정신문명과 물질문명으로 조화를 이루어야 한다는 것이 고대사에서 십이제국을 다스려 나왔던 우리 조상들의 조화사상인데……. 그렇게 물려준 정신문화 유산이 무엇인지도 모르는 백성들이 되고 말았으니, 물질을 앞세우고 들어오는 외세의 몰개성적 문화에 밀려 우리 고유문화가 자칫하면 형체마저 잃고 우리 민족 본성마저도 변질되게 생겼으니 답답하고 안타깝지 뭔가."

당시 정국의 흐름은 그랬다. 그러니까 고종17(1880, 경진)년 10월 김홍집金弘集이 일본에서 돌아와 이언易言 책 두 권을 고종께 바쳤다. '이언' 이란 청국인 황준헌黃遵憲의 저작물로 전체의 뜻은 오늘에 처해서 부강하려고 한다면 반드시 먼저 서양의 제도를 배워야 되며, 서양 기술을 익혀야 된다는 것이었다.

그것은 청국의 황준헌 책사가 부산하게 해외를 돌아다니면서 서양인들의 어떠한 현상을 미루어 헤아려 보고 그 추측함과 합치해 본 그의 견해였다.

황준헌이 그 책을 휴대하고 일본에 건너간 것을 김홍집이 얻어가지고 와서 다만 고종께 보이려고 한 그의 의도는 대개 왕이 천하대세를 묵찰默察 헤아려서 어떤 일을 꾀함에 있어서 자순咨詢 주장을 하게끔 하기 위한 것일 뿐이었다.

그렇기 때문에 거기에 그 어떤 사사로운 뜻을 감추고 들어온 것은 아니었다. 그러나 이것을 곡해하는 유생들은 김홍집이 천주학에 들어갔다고 이르고 그것을 공박하는 의론이 한편에서 분연히 일어나고 있는 그런 시국에서 정론을 내리는 강위였다.

잠시 숨을 고르고 다시 말을 이었다.

"개화란 먼저 정신 개명부터 해야 하는 것이네. 하긴 우리 민족이 얼이 빠져 본성을 잃어간 답답함이 어디 어제 오늘 일이겠는가. 광해군 때 말이네. 민심은 천심이라는 건데 소위 백성들의 안위를 염려해야 하는 군주가 민가 수천 구를 부수어서 인경궁, 경덕궁을 세웠다는 거 아닌가. 그리고 또 장차 경복궁을 세우려고 민을 위협해서 관직을 팔아 바치게 하고 중복해서 벼슬명부에 이름을 올려 금관자 옥관자를 한 사람들이 거리에 넘쳐나서 당시 사람들이 말하기를, 다섯 명이 지나가면 그 가운데 당상관 한 사람이 있다고 할 정도였다네. 그게 바로 백성이야 어찌 되든 군주의 권위를 상징하려는 대궐 증축에만 열을 올렸다는 거 아닌가. 얼빠진 군주 밑에 탐관오리들이 넘쳐나게 마련이고, 그런 난리굿판에 잠방이조차 벗고 이리저리 허겁을 하고 뛰어다녀야 하는 배고픈 백성들이야 멋스러운 우리 조상들 정신문화는 접어 두고라도 인간으로서의 도리를 찾고 돌아볼 겨를이 어디 있었겠나. 물론 그래서 들고 일어난 반정에 밀려난 광해군이었지만 말이네……. 그래, 오늘 비슷한 답습으로 백성들이야 어찌 되든 궁궐 증축에 열을 올리던 대원이 나리마님도 그 전철을 밟은 것이나 별 다름이 없지 않았는가 말이여……."

"예, 맞습니다. 지당하신 말씀입니다."

"우리 어른들 말씀인 즉, 곡식 창고가 충실해야 예절을 알게 되고, 의식이 족해야 영욕을 알게 된다고 했단 말씀이야. 그래 임금이 법도에 따라야 육친이 안전하게 되고, 뭇백성들이 원하는 바를 베풀어주고, 또 백성들이 원하지 않는 것은 제거를 해주어야 하는 것이 곧 정치라. 정사를 잘 베풀면 화가 도리어 복이 되고 패함이 도리어 공이 된다고 했으니 가볍고 무거운 것을 소중히 여기고 도량형을 신중히 하라는 거지. 그래 임금이 깊이 생각하는 예의염치가 베풀어지지 않으면 나라는 곧 망하게 된다고 했는데, 백성이 안중에 없는 군주가 자리를 지켜 낼 수가 있겠는가? 그러니 배고픈 백성들이야 무조건 개화를 해야 한다는 쪽에 서서 박수를 보낼 수밖에 더 있겠는가. 개화는 인간 본성을 밝히는 정신 개명부터 먼저 우선으로 해야 하는 것인데…….”

돌아가는 시국 정세가 더 없이 안타깝다는 강위의 말이었다.

당시 우리나라의 선구적 개화사상가로 알려져 있는 사람들은 김옥균, 김윤식, 유길준 등이었다.

그들은 환제瓛齊 박규수(朴珪壽, 1807~1877)의 문하생들이었는데, 박규수는 1866년 당시 평양감사로서 대동강에 진을 친 미국 무장상선 제너럴셔먼호를 격퇴시킨 사람이다.

박규수는 《열하일기》를 남긴 연암燕巖 박지원朴趾源의 손자로 조선 후기 실학파의 진보적 사상과 문학을 계승하고 발전시킨 인물이다.

그는 일찍이 20대 초인 성균관 유생시절에 이미 익종(翼宗, 순조의 아들, 효명세자/ 孝明世子)의 각별한 지우知友를 받아 장래가 몹시 촉망되던 처지였다.

그러나 외척 안동김씨가의 세도를 견제하고 국정을 쇄신하고자 애쓰던 익종이 서거하자 과거 공부를 폐하고 18년 동안이나 칩거해 지내다가, 1848년(헌종 14년) 그의 나이 마흔두 살 때 대과에 응시 급제하여 벼슬길에 오르기까지 독서와 저술에만 몰두했던 만큼 세속의 출세와 영달에는 초연한 분이었다고 강위는 박규수의 인품에 대해서 부언 설명을 해주면서 덧붙였다.

"박규수는 관청 일을 처리하는 데 단련되어 통달했고, 또 문학에도 큰 비중을 차지해서 현실적으로 가히 이 시대가 쓸 만한 인품이었다네. 그런 분이 대원군나리 집정시절에는 척양을 주장했는데 고종이 집정하는 갑술(1874)년 후에 일본과 통교할 것을 주장하니 시의에 영합한다고 그를 의심하지만 나는 꼭 그렇게 생각지만은 않네. 그 때와는 달리 통교도 통교 나름이니까……."

그 말을 하고 강위는 자리에서 훌쩍 일어나 벌써 저만치 앞장서 숲속길을 오르기 시작했다. 모두들 일어나 그 뒤를 따랐다.

그러나 아직도 주고 받던 이야기 끝에 생각이 매달려 있는 듯 김택영은 황현의 손목을 가만하게 잡아끌어 일으켜 주면서 입을 열었다.

"그래서 하는 말인데 선구자적 개화도 중요하지만, 오늘 우리가 생각해 볼 것은 삼국을 통일했던 신라 화랑도 정신 말일세. 그것이 바로 자랑스러운 우리 조상들의 민족 뿌리 정신이었다는 것을 반추해 봐야 한다는 것이네. 이렇게 혼미한 난세에 이 나라를 외세로부터 지켜 나가려면 무엇보다도 민족정신 무장이 필요한 때가 아니겠는가 싶구먼……."

그러자 어깨를 나란히 하고 걷던 이건창이 그 말을 받아 응수했다.

"나도 그렇게 생각하네. 사실 신라는 우리 조상들의 충분한 정신전통문화 그대로를 살려 생활 속에 실천했기 때문에 삼국을 통일할 수 있었던 거란 말씀이거든. 그 젊은이들이 세속오계를 비롯한 여러 일화를 통해 그들이 어떻게 심신을 수련했는지 잘 보여주고 있으니까 말이네만, 수련을 통해 신라의 젊은이들은 국가를 위해 자신의 모든 것을 내걸만한 기개와 담력이 길러졌었고, 그렇기 때문에 삼국을 자신들의 손으로 통일해야겠다는 충분한 의지의 능력이 잠재 속에 스며들면서 담력이 길러질 수 있었던 거 아니었겠나. 그것이 바로 우리 민족 조상들의 뿌리 정신사상으로 신라인들에게는 외국 문화를 포용하고 흡수해서 자신들의 전통문화와 조화를 시켜 발전해 나갈 수가 있었던 강하고 섬세한 민족자존의 긍지가 길러졌었던 것이거든……. 그래 중국을 통해 들어온 미륵 사상을 받아들인 것만 해도 그렇다네. 신라에서는 그보다 더 월등한 사상을 만들어냈다는 거 아닌가."

"그렇네만……."

"그게 바로 신라 땅이 미륵사상에서 말하는 미륵불국토로 정토淨土라고 하는 정토사상을 꽃피워냈을 정도니까 신라인들 자존의 긍지가 어느 정도인지 짐작해 볼 만하지 않은가? 그때 거기에 신라 화랑 대표로 꼽히는 원효라는 사상가가 등장해서 복잡한 불교계 제파를 통합시키기도 했을 정도니까 말이네. 이게 바로 신라인들이 보여준 우리 고유의 전통문화 사상이라서 본래 우리 재래사상 속으로 유입된 불교나 유교, 그 모순과 충돌하지 않았던 이유였단 말씀이지. 허허……."

"그런데… ?…."

"그래. 지금 우리나라가 이질적인 문화를 받아들이려면 삼국을 통일했던 화랑도 정신을 본받게 하고 또 되살려야 하는 것 아니겠나. 화랑도 정신을 만들어낸 심신 훈련은 문무를 겸해서 어느 한쪽에만 치우치지 않고 나라 안 승경지를 두루 돌아다니며 산천 정기를 받아 마시면서 평상시에는 독서와 음악, 무용 등 다양한 심신수련법을 익혔기 때문에 그 화랑들을 일컬어 하늘과 땅 사이에 더할 수 없이 아름다운 꽃이라고 해서 천지화랑이라고 불렀다는 게야. 그 천지화랑을 오늘 우리 조정이 다시 그처럼 장려해서 길러낼 수만 있다면 이 나라 장래를 걱정할 것도 없지, 안 그런가?"

"예, 맞습니다."

"그게 바로 우리 민족정신의 극치라는 것을 보여준 건데, 그러니까 그렇게 살아있는 민족정신 위에서만이 동양과 서양이라는 이질적인 문화가 우리 속에 들어와 충돌 없이 조화를 이룰 수 있는 건데 정신 얼이 이처럼 빠진 상태에서 개화를 한다? 이 나라꼴이 어찌 되겠는가. 불 보듯 뻔하지. 흐흥!"

민족정신을 되살려야 한다는 이야기를 주고 받는 동안 일행은 어느새 원효봉을 넘어 영초봉과의 사이에 있는 북문 앞에 당도했다.

산성문을 바라보면서 김택영이 걸걸한 목소리로 웃으면서 물어왔다.

"이보시게 황생원, 자네 북한산성 문이 몇 개나 되는지 들어본 일이 있는가?"

"……? 문이 그렇게 많습니까?"

"그렇다네. 산성문이 열두 개, 내성인 중성문이 두 개, 거기다가 수문까지 합하면 열여섯 개나 된다네. 북한산성의 중요성을 알 만하지 않은가? 그러니까 이 성을 처음 쌓기 시작한 것은 삼국시대 초기로부터 시작했다네. 그로부터 고려 때도 몇 번 축성한 일이 있었지만 조선조에 들어와서 별로 관심이 없었다가 임진왜란과 병자호란이 있은 후부터 산성의 중요성을 느끼게 되었다는 게야."

김택영이 설명해 주고 있는 북한산성의 축성내역은 임진왜란이 끝난 후였다고 했다.

한음漢陰 이덕형(李德馨, 1561~1613)이 선조의 명으로 중흥산성(북한산 古城)을 살펴보고 보고한 기록에서 이곳의 중요성을 역설하였는데, 도성에서 가까운 천혜의 요새지로 이곳에 성을 쌓고 관리하였다면 멀리 의주까지 피난갈 필요가 없었을 것이고, 또 남한산성에서 뼈아픈 쓰라림을 당하지 않았을 것이라는 의견으로, 한음문고漢陰文庫 제9권에 '중흥동산성형세계中興洞山城形勢啓' 는 숙종조의 북한산성 축성의 시작이 되는 글이라고 했다.

그리고 덧붙여 부연 설명을 해주었다.

"한편으로 축조의 시작은 병자호란이 지난 후 효종이 북벌론을 세워 국방을 강화할 때 이완 대장과 우암 송시열 등에게 북한산성 축성의 필요성을 은근히 유시한 것이 축조의 시작이라고 하지만, 의견이야 어떠하든 숙종 때 이르러서 분분한 의견 교환을 거쳐 숙종 37년에 산성축조가 시작된 것만은 사실이라네."

그리고 한 곳을 손짓으로 가리키며 말했다.

"저 영취봉 봉우리를 지나면 백운대가 보이거든. 거길 지나면 만경봉과 사이에 조그만 문이 나오는데 그 문을 통해야만 산성 안으로 들어가게 된다네. 산성문을 흘려서 하는 말이 개구멍받이라고 한다네."

"개구멍받이?"

"핫핫 하……. 그렇다네. 왜 개구멍받이라고 했느냐 하면 이 산성을 쌓기 전 병자호란 때에 청나라 오랑캐가 넘어왔던 곳이라 해서 이 북한산성을 쌓은 후에 비칭으로 '개구멍이문' 이라 했다는구먼. 북한축성별

단에는 '백운봉암문' 이라고 기록되어 있지. 오늘 우리 그 개구멍아문을 한 번 들어가 보세. 저렇게 왜구들이 기웃거리니까 그것도 공부가 되지 않겠는가?"

황현은 북한산성 축조에 대해 얽힌 이야기를 하나하나 들으면서 질곡에 처한 역사의 호흡을 다시 마시고 있는 듯한 느낌마저 들었다.

북한산성을 쌓기 전 신라 때에는 24대 진흥왕(554~576년 재위)이 순수비를 비봉에 세우기 위해 직접 왔던 곳이라고 했다.

그리고 태종무열왕이 황산벌 전투에서 장렬히 전사한 화랑 장춘랑과 파랑의 영혼을 위로하려고 세운 절이 장의사藏義寺라고 설명해 주었다.

조선 초기에 들어와서 한양에 있는 열 곳의 명승지 중에서 장의사가 그 첫 번째로 꼽히면서 세종 8년(1426) 나라의 동량을 키울 목적으로 독서당讀書堂 제도가 생겼었다고 한다.

그곳 북한산성에 얽힌 역사적인 이야기를 하나씩 떠올리며 들려주던 김택영은 그 이해를 도와 다시 설명해 주면서 그런 제도가 이 난세에 사뭇 아쉽다는 듯이 말했다.

"그때 조정에서는 나라의 장래를 짊어지고 나갈 젊은 집현전의 문신 중에서 똑똑한 사람을 뽑아 생활비를 넉넉히 대주며 경치 좋고 조용한 곳에 가서 열심히 글을 읽게 하는 제도로 이 때 생긴 독서당 중의 한 곳이 장의사였다네. 매월당 김시습도 이곳에서 글을 읽었다는 거 아닌가. 보시게 물이 더없이 맑아 돌까지도 흰 것이 완연히 세속 밖의 명승지가 될 만하지 않은가? 허허허……."

둘러보는 장의사 앞 냇가 시냇물은 삼각산 여러 골짜기에서 내려와, 골짜기 안에는 여제단厲祭壇이 있고, 그 남쪽 무이정사武夷精舍 절 앞으로는 수십 장의 바위가 쌓여 수각水閣을 이루고 있었다.

그렇게 절경을 이루고 있는 북한산은 신라 때부터 그 유명해진 장의사와 함께 고려 때까지 주로 가람터로 신혈사, 문수사, 향림사, 석적사, 청량사 등이 생겨나 조선 초기까지 마을은 형성되지 못하고, 고려 황실과 개성 사람들의 중요한 기도처였었다고 했다.

1711년 삼각산三角山 안에 축조된 북한산성北漢山城은 남한산성과 함께 나라에 위급한 상황이 생겼을 때 임시 피난지로 삼아서 그 이후로 평창 동부는 북한산성의 운명과 함께 한 명승지로 의관을 갖추고 놀러오는 발길이 끊이질 않는다고 김택영은 덧붙여 평창 동부에 대해 부언 설명을 해주었다.

"왜 이곳을 평창 동부라고 했느냐 하면, 그러니까 중국의 무릉도원처럼 신선이 내려와 산다는 별세계 마을 이름이 동부나 동천이라, 그래서 평창 동부라 했다네. 그러니까 오늘 세상만사 다 잊고 이렇게 이곳에 올라온 우리가 바로 신선이 아니겠나. 허허……."

북한산성에 올라와 생경生硬했던 경관을 돌아보는 황현은 이 땅의 선조들이 살아온 시대정신을 다시 배우면서, 저만치 그 흙과 함께 있는 돌멩이 하나에도 어쩌면 지난날 피로 얼룩졌던 슬프고 애틋한 사연이 담겨져 있는 것만 같아 가슴이 뭉클했다.

그 이야기를 들으면서 우리 선조들의 꿈과 숨결이 배어 있는 듯한 역사의 흔적을 돌아보는 가슴이 새삼 젖어 흐르면서 선조들의 진솔한 호흡이 더욱 크게 느껴져 왔다.

어디쯤을 올라가다가 이건창이 걸음을 세우고 구파발 쪽을 손짓해 보이면서 말했다.

"저쪽을 보시게. 저 곳이 변방과의 빠른 문서 전달을 목적으로 파발 정거장을 설치했던 곳이라네."

파발제도는 선조 30(1597)년 정유재란 때 봉수제도의 결함을 느껴 20~40리 간격에 역과 구별하여 새로운 군사 우편 파발제도를 만든 것으로 정거장인 참站을 설치하던 곳이었다.

그리고 다시 덧붙여 설명을 해주었다.

"파발을 전달하는 방식에는 두 가지로 구별하는데 하나는 말을 타고 전달하는 기발騎撥과 사람이 직접 달려가서 전달하는 보발步撥 형식이었지. 그래 그 정거장을 파발이라고 한다네. 우리는 오늘 거족발로 산성을 돌아보지만 말이네. 허허……."

파발제도에 대한 이야기를 들으면서 일행은 솔바람 그늘을 따라 올라가 개구멍받이를 돌아보고 나왔다.

그렇게 북한산성을 둘러보고 내려와 개울가에 당도했을 때는 어느새 한낮이 기울고 있었다.

출출해진 일행은 시장기에 얼핏 눈에 들어오는 산골짜기 밑 작은 주막집을 찾아 들어갔다. 그리고 주문해 청한 술안주로 주거니 받거니 몇 순배 술잔이 돌았을 때였다.

"어떤가? 이 땅의 흙은 변함없이 우리 조상들이 이 나라를 어떻게 지켜왔는가를 침묵으로 말해 주고 있지 않은가. 오늘 세상이 잠시 어둡다고 우리 너무 낙심하지 마세나. 그러니 이럴 때일수록 더욱 자중하고 우리가 해야 할 일이 무엇인가를 좀 더 생각해 봐야 되겠지. 흠……."

강위의 말이었다. 하지만 황현은 시험관의 농간을 직접 겪으면서 조정을 더욱 불신임하게 되었고, 이제 막막한 한양생활을 청산하고 시골로 내려가 후학들에게 선조들의 시대정신이나 일깨워 주며 생활하리라고 마음을 굳히면서 그 말미를 꺼내 소신을 밝혔다.

"이제 귀한 우리 역사에 관한 서적도 읽어 머리에 담았으니 서서히 고향으로 내려가 볼까 합니다. 막막한 이 시국에 힘이 없는 붓대 당장 어찌해 볼 묘책이 있는 것도 아니고 하니 말입니다."

"그게 다 시대를 잘못 만난 선비의 가슴앓이로세. 그러니 낙향을 하겠다는 건데……."

스승 강위는 그 말을 하고 일찌감치 보지 못한 애잔하면서도 서운한 눈빛을 그윽하게 담아 보냈다.

"네. 절이 싫으면 중이 떠난다고 하잖습니까. 진흙 밭 건너다보니 불이 꺼져 칠흑처럼 어두운 절터인지라 돌아가겠습니다. 내려가 지리산에 묻혀 한겨울 매화꽃 향기나 마시면서 지낼까 합니다. 그러다 보면 혹시 누가 압니까? 오래오래 산다는 신선이라도 될지. 핫핫하……."

"동지섣달 강추위 속에 피어나는 매화꽃 향기라, 허허허……. 그 존재 자체가 이미 하늘의 은총이고 기적이 아니겠나. 얼어붙은 이 난세에 책임을 느끼는 꿋꿋한 선비정신이 매화꽃 향기로 관류貫流하고 있구먼……. 그래, 그 청결한 향기 들이마시면서 머리를 헹구다 보면 매화꽃 향기 퍼 올리는 그윽한 우물이 되시겠네, 그려."

황현의 말 한 마디에서 선비의 절제와 지조를 느끼는 듯 매화꽃과 연계를 지어 덕담을 해주던 강위가 갑자기 무릎을 탁치면서 큰 소리로 말했다.

"맞네! 자네는 매화꽃 향기 그윽한 매화꽃 샘으로 지리산 매천梅泉이라. 자네 그 선비 정신하고 썩 잘 어울려 봉합되는 호일세 그려. 역시 왕석보 선생께서는 선견지명이 있으신 게야. 허허허……."

강위의 그 같은 말에 옆에서 듣고 있던 이건창, 김택영 역시도 공감대를 같이 한다는 듯이 크게 웃으면서 찬사를 보냈다.

"선비 향기 그윽하게 담아내는 매천 우물이라. 그 호가 이제 보니 아주 썩 잘 봉합되는뎁쇼. 핫핫 하……."

"그래, 어쩌다가 시절이 이토록 춥고 어두워서 사군자의 개성을 살릴 수도 없는 시국이니 지리산 매화꽃 향기로 많은 사람들이 오래도록 감동을 받을 수 있는 그 매천 모습을 만들어내시게나. 자, 이제부터 자네는 지리산 사군자로 매천 모습을 확실하게 만들어야 하는 걸세."

"자! 매천, 축하박수 받으시게. 시간은 항시 긴 여행이고, 그것을 의미 있게 하는 건 체험 자체가 아니라 그것을 받아들이는 자세라고 했네. 삶을 향기로운 과육으로 성숙시키기 위한 선택의 의지는 자신을 더욱 외롭게 만드는 거라는 말도 있네. 허허허……."

석별의 정을 아쉬워하는 문우들은 황현의 매천이라는 호를 주제삼아 입에 올리며 희망을 잃지 말라는 격려와 함께 그 용기를 아낌없이 그렇게 실어주고 있었다.

그것은 어지러운 조정과 시국에 실망하고 낙향하는 황현에게 같은 뜻을 가지고 교유해 왔던 문우들로서 가슴 뜨겁게 안겨주는 최대의 선물이나 마찬가지였다.

황현은 일어나 두 손을 모두며 스승 강위에게 크게 예를 올리면서 말했다.

"이처럼 크신 말씀을 선물로 안겨 주시니 어찌 감당할지 모르겠습니다. 하지만 더욱 열심히 공부에 임하라는 뜻으로 가슴에 모두어 안고 떠나겠습니다."

"오늘 우리가 한양에 올라올 때의 포부를 접고 시골로 낙향하겠다고 마음을 정한 자네에게 무슨 말로 더 위로를 해 줄 수 있겠나. 하지만 바다에 나가서 무서운 폭풍을 만난 경험이 유능한 선장을 만든다고 했네. 자네야말로 한양에 올라와서 특히 물질지향이라는 획일화된 가치에 휩쓸린 어지러운 정국을 직접 몸으로 체험하지 않았는가. 누구보다도 선비의 뜻을 세울 수 없는 무상함의 좌절감을 크게 느꼈던 만큼 비장한 각오가 있으리라고 보네."

스승으로서 제자에게 한껏 위로와 용기를 주기 위한 덕담이었다.

그 말을 하고 강위는 다소 씁쓸한 웃음을 멀리 날리며 혼잣말처럼 중얼거렸다.

"시국이 이 모양이라, 먹이만 찾아 허둥대는 개눈에는 선비의 붓대조차도 한낱 갈비뼈로 보인다는 형국인 것을……."

"그러니 절이 보기 싫으면 중이 떠나는 것입지요."

"그래, 언제쯤 귀향할 생각인가?"

"생각 같아서는 계절이 바뀌기 전에 괴나리봇짐을 꾸릴 생각입니다만……. 그동안 생경한 한양에 올라와서 각별하게 신경을 써 주신 은사님들과 여러 문우들이 제게 베풀어 준 배려와 그 고마움 다 갚아 보은하지도 못하고 내려간다는 것이 마음에 민망스럽고 죄송할 뿐입니다."

"이 사람 지금 무슨 소리하고 있는 겐가? 이 난세에 자네 그 건강한 정신 하나 살아있는 것만으로도 고맙고 위로가 되는 것을……."

그러자 이건창, 김택영 역시도 헤어짐이 서운한 듯 한 마디씩 해왔다.

"우리 몸은 비록 떨어져 있어도 마음만은 언제나 하나로 관류하고 있다는 거 잊지 마시게나."

"그렇네. 앞으로 이런 저런 말 못할 일들을 겪고 살아내야 할 이 난세에 마음만이라도 늘 함께 곁에 있어야 되지 않겠나. 우리 서로 근황이나 자주 주고 받으세나."

그렇게 헤어짐의 인사를 아쉽게 주고 받는 서로의 눈빛 속에는 벌써부터 서운한 가슴 속 연민의 정이 잔잔하게 고여 흐르고 있었다.

그런 다음날 오후쯤이었다.

전에 없이 어두운 표정이 된 이건창이 황현의 숙소로 불쑥 찾아들었다. 그리고 땅이 꺼질 듯한 긴 한숨을 내쉬면서 새로운 소식을 전했다.

"이렇게 살아있는 것도 형벌이라, 자고 나면 가슴 아파야 할 일들이 또 밀려드는구만……."

"무슨 상스럽지 못한 일이라도……?"

황현이 뜨막한 표정으로 물었다.

"이 세상에 사람처럼 사악한 동물이 없다드니 그렇구만. 항차 짐승도 같은 짐승끼리는 서로 잡아먹지를 않는다는데 이거야 원……. 내 일찍이 함께 교분을 나누어 오던 문우 이근수가 시대를 잘못 만난 제물로 어제 참형을 당하고 말았다지 뭔가. 하늘도 무심하시지……."

안타깝게도 시대의 제물이 되었다고 말하는 이근수는 평소 대원군을 칭송했던 선비였다고 했다.

"그게 어제 오늘 있는 일도 아니잖습니까. 그게 어떤 직접적인 연관이라도 크게 있는 겁니까?"

황현이 다음 말을 채근하듯이 황급히 물었다.

"아까운 사람이었네. 인품이나 학문이 누구 못지않게 뛰어난 선비 중의 선비였었네. 그런데……."

이건창이 말하는 이근수는 그토록 척결되지 않은 조정의 파벌 싸움에 오늘 희생의 제물이 된 것이라고 했다.

"개판이라, 도무지 사람 말이 통하지 않는 세상이니……."

이건창은 참으로 어처구니가 없다는 듯이 그 안타까움을 호소해 왔다. 어제 참형을 당했다는 이근수는 결국 세도가들의 당파싸움이었던 남인, 북인, 노론, 소론이 만들어낸 당쟁파벌이 부른 비극이라는 것이었다.

그 당시 사대부 집안으로 이름이 뛰어난 집안은 거의 남인으로, 대원군이 집정하던 10년간 영남 인사들을 잘 키우고 보살펴 주었다고 했다.

그러한 보살핌 덕분에 뼈 속 깊이까지 감사하는 마음이 스며든 그들은 입이 마르게 대원군을 칭송했고, 그래서 대원군이 보정부保定府로 구금되어 갔는데도 조정에서는 모셔올 뜻이 없는 데에 불만을 품었다고 한다.

그러한 분위기에서 조정 안팎의 영남인들은 대원군을 더욱 가련하게 여기는 마음이 생겨 원성이 높아가면서, 영남 선비들은 더러 과장科場을 폐지하기도 했는데, 그들의 목소리는 '세상에 무도함이 이와 같은가' 통탄하고 사군자가 과거에 응시하는 때가 못 된다고 등을 돌렸지만, 그러나 이근수는 거기에 합세하지 않았다고 했다.

그는 문학에 뛰어났고 준수하여 거기에 끄달리지를 않아 한양에서 지내는 동안 조성하趙成夏가 국사國士로 대접했을 정도로 대원군과는 모르는 사이인데도 임오군란 초에 다른 사람과 함께 시국을 이야기하며 수개 조문을 획책하여 올린 선비였다고 한다.

그래서 그 가상함을 전해 들은 대원군은 그를 매우 칭찬하며 "가히 국사를 의논할 사람은 오직 이근수 뿐이다"라고 했던 사람이라고 했다.

그런데 얼마 후 조정에 또 변이 생겼기 때문에 대원군과 가까이하던 사람들은 모두 의심을 받게 되면서 도망쳐 숨을 때, 이근수는 어쩔 수 없이 고향으로 낙향하여 근신하면서 초시에 합격했으나 복시覆試에는 나가지 않으면서 그 울분을 술로 달래며 지냈다고 했다.

그러다가 주위와 어울려 주고 받는 말이 시국에 미치게 되면 치밀어 오르는 노함으로 눈을 부릅뜨고 비분강개하였는데, 그의 가까운 친구 이문우 등도 자연이 그 영향을 받아 조정에 대한 불신을 주위에 심어 주게 되었고, 그러한 소식이 마침내 조정에까지 들어가 전해지게 된 것이라고 했다.

고종은 더없이 불쾌하게 여겨 어사 조병로趙炳老에게 그 사실을 알려 주고 이근수의 자만함을 없게 하라고 한 것이었는데, 결국 목숨까지도 앗아버린 것이라고 했다.

조병로는 평소 잔인하고 혹독한 성격으로 이근수 등과 어울렸던 이문우도 함께 포박하여 상주에 가두었고, 그 일파를 국문하는 데 잔인포악하게 대꼬챙이로 찌르고 불로 달근질을 하여 오독五毒 모두 갖추었었지만, 이근수는 거기에 오히려 호령하여 이르기를…….

"선비는 각각 뜻이 있어 때에 따라서는 과업을 폐할 수도 있는 것이니 꼭 물을 필요가 없다. 나는 모역謀逆을 하지 않았으니 어찌 일당이 있겠느냐? 죽일 테면 편안히 죽여라! 어찌 죽음을 두려워하여 무고한 사람을 끌어들인단 말인가."

그리고 이근수는 더 이상 입을 열지 않으므로 목을 매달아 죽였고, 그와 절친했던 이문우 역시도 모반의 죄목으로 연좌되어 참형을 당했다는 것이다.

이건창은 그 사건이 결코 남의 일같지 않다는 듯이 황현을 흘낏 한 번 바라본 후에 다시 입을 열었다.

“이런 재난을 또 누가 당하지 않는다고 보장을 하겠는가. 시국이 이와 같으니 자네도 시골 내려가 근신하더라도 이 일을 유념해 두시게. 너무 자신을 내세워 굽히지 않고 위험한 말을 솔직히 함부로 하게 되면 그처럼 터무니없는 화를 입게 되는 판국일세. 부디 자중하시게. 그 한 예를 들어 말해 주겠네. 고려 말에 원천석이 이성계의 역사적 범죄를 고발하는 사시史詩를 남기면서 후손들에게 세상이 바뀔 때까지 절대 공개하지 말라고 당부를 했었다네. 그런데 그 후손들이 손자 때 이르러 성급히 열어 보았다가 이성계의 범죄를 고발하는 글을 보고 까무러치게 놀라 당장 불태워 버린 일이 있었다는 게야. 내 그 이야기를 자네에게 하는 이유는 세상이 바뀔 때까지는 하고 싶은 이야기도 자중해야 한다는 말일세. 이근수처럼 애석한 일을 당하면 그 또한 국가 존망에 인재를 잃는 손실이 아니겠는가.”

그제서야 황현은 이건창이 일부러 찾아와 그 소식을 일러주는 뜻을 알아듣고 간략하게 자신의 소신을 밝혔다.

“일러주신 말씀의 뜻을 어찌 모르겠습니까. 무엇이든 새것이라면 좋아하는 시국과는 상관없이 저는 낙향해서 후학들에게 우리 민족정신이 무엇이란 것만 일깨워주고 학문에만 전념하겠습니다. 어찌 낙담하고 슬퍼만 하겠습니까요.”

“그렇게 하시게. 선비가 어떻게 처신할지 막막한 시국이라서 의롭게 말하는 것도 때로는 올가미에 걸려 화를 자초하는 것이니 유념하라고 일러주는 말일세. 때로는 현명하게 침묵하는 것도 어려운 일이겠지만……."

그리고 자리에서 일어나던 이건창은 황현을 돌아보며 다시 다짐하듯이 말했다.

"인생은 먼 곳으로 항해하는 배와 같다고 했네. 어찌 날씨 좋은 평탄한 항해만 할 수 있겠는가. 인생의 목적은 끊임없는 전진이라는 거 잊지 마시게. 그러다 보면 열매 맺는 풍요로운 가을도 만나 보게 되는 것 아니겠는가. 도덕경에 이르기를 회오리바람은 하루 아침을 가지 못하고, 소낙비는 온종일을 갈 수 없다고 했네. 그 말을 위로삼고 자중하다 보면 청명한 날도 오지 않겠나. 그렇게 믿고 우리 기다려 보기로 하세나."

그 말을 남기고 돌아서는 이건창의 뒷모습이 언제까지 황현의 가슴속에 남아 새로운 날의 의기를 북돋아 주는 참다운 문사들과의 우정이 진실로 뜨겁게 남아돌았다.

11
나라 위한 구국 일념

눈만 뜨면 어지러운 조정 이야기로 머릿속이 혼미스럽기만 했다.

혼탁한 사회 소용돌이 속에서 황현은 이제 한양에 올라올 때와는 달리 벼슬길에 나가고 싶다는 마음조차도 없어졌다.

다만 서둘러 시골로 내려가 초야에 묻혀 칩거하면서 후학들의 교육과 계몽으로 구국의 길을 찾고 싶다는 오직 그 마음뿐이었다.

한양에 올라와 공부하는 동안 수습할 길 없는 나라의 형세를 보았고, 그런 한 편으로 학식과 인품이 높은 좋은 문우들을 만나 서양의 물질문명과는 비교될 수 없는 우리 조상들이 보배롭게 일구어 나온 정신문화 유산이 무엇이란 것을 새롭게 공부하게 된 것만으로도 큰 소득이라고 생각하면서 스스로를 자위했다.

그처럼 사고思考하는 차원이 달라진 황현의 모습은 한미해진 가문이나 다시 일으켜 세워보려고 다짐하며 한양에 올라왔던 예전의 모습이 아니었다.

이미 어느 경지에 오른 군자의 모습으로 달리 말이 필요 없어졌다. 그래서 외부의 방해와 유혹에 흔들리기 쉬운 한양을 떠나야 한다는 생각으로 주변의 주고 받음을 하나씩 정리해 나가고 있을 때였다.

그러는 동안마저도 조정은 외척 민씨 일파의 부패정치로 인해 나날이 더욱 어지러워지면서 눈만 뜨면 어두운 소식이 날아들었다.

그 당시 외유를 하고 돌아온 박영효 등이 서양제도에 완전히 들떠 있어서 미친 사람 같다는 입소문이 나돌았다.

그는 고종에게 의복제도를 변경할 것을 피력하면서 백성이 귀천 없이 다 함께 간편하게 의복을 변경하는 것은 곧 국가를 부강하게 만드는 일로 먼저 해야 할 일이라고 간해 올린 것이다.

이때에 청나라에서 돌아온 민영익도 함께 합당하다는 의견이 모아지면서 비로소 절목節目을 정하고 공복公服은 소매가 넓은 홍단령紅團領을 폐지하고, 또 고하의 관리는 다같이 소매가 좁은 흑단령黑團領을 착용하도록 하였다.

그리고 사복도 따라서 도포, 직령直領, 창의氅衣 등의 소매가 넓은 것은 모두 없애고 양반이나 천민이나 다같이 소매가 좁은 두루마기를 입도록 하였고, 벼슬을 하는 사람은 전복戰服을 더하고 나머지 자세한 것은 대략 넓은 소매를 금하는 원칙에 따르며 지나친 장식은 금하게 했다.

그로부터 전래되어 내려오던 의복제도의 개혁이 선포되자 나라 안은 발칵 뒤집혔다. 사람들의 감정은 날카로워져서 복종하지 않았고, 연명상소가 잇달으면서 유생들은 더 말할 것이 없었다.

그러나 고종은 이를 일체 물리쳤다. 드디어 불협화음은 임금과 신하간이 서로 멀어지고 조정은 틈이 벌어지는가 싶더니 점차 조금씩 가라앉게 되어 비로소 중의에 반포되기에 이르렀다.

"거 참, 내일을 예측할 수가 없으니……."

돌아가는 정국은 무언가 크고 엄청난 바람이 일 것만 같은 느낌이 들면서 황현은 주변정리를 마무리했다.

그리고 한양을 떠나기에 앞서 마지막으로 그동안 다정했던 문우들과 모여 이별주를 나누는 자리에서였다.

석별의 정이 못내 아쉬운 듯 김택영이 황현을 건너다보면서 말했다.

"만남은 헤어짐을 전제로 한다는 것이지만, 아픔을 안고 떠나는 자네를 보니 마음이 어째 시국 돌아가는 것만큼이나 어둡네 그려."

황현 역시도 서운한 것은 마찬가지였다. 하지만 애써 목소리를 높여 밝게 하고 말했다.

"몸이 떠난다고 어찌 마음까지야 떠나겠습니까. 마음만은 여기 두고 떠난다는 것 잊지 마시고 항상 지켜봐 주십시오. 선비가 한때의 고난과 외로움을 당하더라도 어찌 스스로를 버릴 수야 있겠습니까요."

"그래. 우리는 평생지기로 신교를 맺어오지 않았는가. 부디 좋은 날 있을 때까지 우리 서로 안부 전하고 몸이나 잘 지키도록 하세나."

이건창이 그 말을 하고 잔을 높이 들어 보이면서 말했다.

"자! 오늘 우리 매천의 사군자를 위해 술잔을 높이 들어 마시는 걸세."

석별의 잔을 들어 마시는 눈빛들이 서로의 가슴 속 아쉬움의 정을 주고 받으면서 술잔을 내려놓았을 때였다.

그때까지 한 마디 말씀도 없던 강위가 그윽한 눈빛으로 황현을 건너다보면서 입을 열었다.

"시국이 하 수상하니 언제 또 우리가 이런 자리를 갖게 될지 기약을 할 수가 없는 것이 아쉽구만……. 그러나 우리 희망은 잃지 마세나. 오늘 우리들 선비 정신만 살아있다면 시간이 걸리더라도 좋은 열매는 꼭 약속되리라고 믿네."

"감사합니다. 말씀하신 그 좋은 열매를 약속으로 지켜 드리기 위해서라도 고향에 돌아가 열심히 후진들을 키워내 보이겠습니다. 지난 번에 제게 말씀해 주시지 않으셨습니까. 아무리 총명하더라도 배우지 않으면 깨닫지 못하고, 노력과 배움 없이는 인생을 밝힐 수가 없다고 말입니다."

"허허……. 자네는 틀림없이 매화꽃 향기 그윽한 지리산 매천으로 많은 사군자를 만들어 낼 것을 우리는 믿고 기다리겠네. 사람마다 생각의 차이는 바로 배운 것과 배우지 않은 것에 차이가 있다는 것이지. 그래서 가르침이 필요하고 배움이 필요한 것 아니겠는가."

"그렇습니다. 그 길이 아무리 고통스럽다 하더라도 어리석음으로 가는 길보다는 멀지 않고 아름다운 것이라고 생각하게 해준 그동안 저의 한양 생활이었고, 또한 선생님과 여러 문우 선배님들이었습니다. 진심으로 이 자리를 빌어서 감사드립니다."

그 밤, 황현은 문우들과 석별의 정을 아쉽게 남기고 다음날 나귀를 빌어 타고 귀향길에 올랐다.

며칠을 걸려 집에 도착했을 때였다. 식구들은 반가운 소식을 들고 왔으리라고 잔뜩 기대하는 눈빛들이 역력했다.

황시묵은 아들 황현을 보자 인사도 받기 전에 대뜸 그 말부터 꺼냈다.

"얼마나 큰 선물을 안고 오기에 그토록 기별이 오래 걸렸던고? 그래,

장원에 뽑혔다믄서 그 뒤 기별이 있어야 될 거 아닌가?"

"죄, 죄송합니다. 지금 세상 돌아가는 일이 그렇게 쉽지를 않구만요."

"뭐여?……."

"그, 그게 그러니까."

머뭇하며 말 끝을 흐리는 아들의 몸짓 표정에서 뭔가를 느끼는 듯 황시묵의 표정이 굳어졌다. 얼굴에 어두운 그늘이 드리워지면서 얼마만에 조심스러운 눈빛으로 물어왔다.

"일이 잘 안 된겨?"

"소문 들어서 아시겠지만 지금 조정이 어지러워서 저뿐 아니라 한양 선비들이 처신을 어떻게 할지 막막할 뿐입니다. 매관매직으로 장원으로 뽑혀도 무색한 것이 시국이라서……."

황시묵은 그 말뜻을 얼른 알아들었다는 듯이 갑자기 얼굴에 수심이 드리워지면서 잘라 말했다.

"그만, 알아들었네. 이야기는 천천히 듣기로 하고 어여 들어가 여장이나 푸시게."

"죄, 죄송합니다. 기쁜 소식을 들고 오지 못해서……."

"그게 어디 아범 탓인가? 시국이 어지럽다고 혀싸도 과거시험만큼은 설마혔는디……."

미루어 짐작한다는 황시묵의 표정이었다.

"그래도 몸 성하게 돌아왔으니 때를 기다릴 수밖에……."

어쩔 수 없다는 듯 그 말을 하는 황시묵의 어깨가 축 처지면서 긴 한숨을 내쉬었다. 그러다가 이윽고 표정을 바꾸면서 말했다.

"어서 들어가 아이들이나 만나 보시게."

"먼저 소자 인사부터 받으시죠."

안으로 들어간 황현은 아버지에게 큰 절로 인사를 해 올리고 물러나와 아들을 무릎에 앉히고 토닥거리면서 혼자 중얼거리듯이 말했다.

"애비가 태어난 시국은 혼란한 시대였어도 네가 살아갈 세대는 봉황이 날개를 펴는 그런 태평성대였으면 좋겠구나."

그처럼 태평성대를 간절히 구가하는 마음으로 황현은 자신이 시골에 칩거하면서 해야 할 일을 하나씩 머릿속에 그려 넣기 시작했다.

그리고 그것을 실천에 옮기기 위해서는 먼저 스승 왕석보의 조언을 듣고 싶었다. 인사도 올릴 겸 다음날 방문했다.

여전히 시골에서 칩거하며 후학들이나 가르치며 한유한 세월을 보내고 있는 왕석보 선생이었다.

황현을 보자 크게 떠진 눈을 하고 깜짝 반가워 하였다.

"허허……. 어쩐지 아침에 저 담장 위에서 까치가 깍깍거리더니 자네가 올 거라는 소식이었구먼. 어서 들어오시게."

"인사부터 받으시지요. 염려 덕분에 잘 지내다가 왔습니다요."

"허, 이 사람이……. 잘 지내고 왔다고? 하지만 내 소식 들어 다 알고 있네. 그래 마음고생이 여간 심하지 않았겠구먼."

"그게 어디 저 혼자 하는 고생입니까. 위로부터 민초에 이르기까지 귀천 없이 모두 같이 당하는 고초인 걸입쇼."

"그래 이제 아주 정리하고 내려온 건가?"

"시국이 어지러운 상황에서 무얼 더 기대해 보겠습니까. 차라리 흙에 묻혀 내세움 없는 조용한 사군자가 되어 보고 싶습니다."

"흠……. 사군자가 되고 싶다? 그 듣기에 나쁘지 않구만. 그것도 이 난세에는 현명한 생각이네."

"그래서 말씀인데……, 제가 선생님 덕분에 한양엘 올라가서 우리 뿌리 역사 공부와 서양 천주학을 공부하게 되면서 서양과 동양, 양대 사상 본질이 무엇인가를 알게 되었습지요. 그러고 보니 오늘 세계 흐름의 변화에 우리가 어떻게 대처해야 할 것인가를 느끼고 깨달았습니다."

"허허……. 과연 내가 기대했던 만큼 비약적인 큰 공부를 하고 왔네그려. 이 하늘 아래 그 이상 큰 공부가 어디 있겠는가."

왕석보 선생은 참으로 뿌듯하다는 듯이 웃으면서 다시 덧붙였다.

"그래 오늘 서양 외국 문물을 접하고 들어온 식자들이 너나없이 편리한 기계 물질문명을 발전시켜 나온 서양 것이라면 무조건 숭상하고 제도마저도 바꿔야 한다고 떠들고 있지 않은가. 머지 않아 제 조상 뿌리마저도 노란 머리에 파란 눈으로 바꾸자고 할지도 모르지. 헛헛허……."

"저도 천주학을 접해 보면서 조금은 그 부분이 마음에 걸렸습니다. 유대인 조상 뿌리가 전 인류의 조상이라고 설파하고 있으니 말입니다."

"오늘 이처럼 민족 얼이 빠져 있으면 그렇게 믿고 받아들일 수도 있지 않겠는가. 그래, 어리석은 사람은 결코 자신의 어리석음을 인정하려 들지 않는다는 게 문제인 게야."

"오늘 저렇게 서양제도를 무조건 받아들여야 한다는 목소리가 높아지고 있으니 이대로 가다가는 서양 천주학이 우리 조상 얼을 바로 찾아 세우는 데 어쩌면 걸림돌이 되지 않을까 하는 생각이 들었지만 설마 그렇게까지야 되겠습니까?"

"제발 그렇게 되지는 말아야 할 텐데……. 그렇게 되면 이 나라는 족보도 없는 상것으로 서양 강대국에 도와달라고 구걸이나 하게 되지 않겠나. 지금 하는 짓거리 모양새를 보아하니 그렇다는 말일세."

"어쩌면 그렇게 될지도 모른다는 생각이 저도 은근히 들지 뭡니까. 박영효가 저렇게 서양 것이라면 무조건 받아들여야 한다고 날뛰고 있으니 천주학이 그 힘을 입는 것입지요."

그 말 끝에 황현은 이윽고 자신의 소신을 밝혔다.

"그래서 말씀인데 지금 우리가 수구냐, 개화냐를 따질 때가 아니라는 생각입니다. 무엇보다도 이 시대 젊은이들에게 필요한 것은 우리 민족정신을 되살리게 하는 공부가 먼저 우선시 되어져야 한다는 것이지요. 저야 아직 거기에는 미진한 공부에 불과하지만 선생님이 옆에 계시니 배워 가면서 후진양성에 도움이 되었으면 합니다."

"역시 자네다운 생각이로세. 세상사 아득한 이 난세에 그보다 더 우선적인 국민정신 계몽운동이 어디 있겠나. 그거야 조정에서 모반이라고 잡아들일 걱정도 없으니 잘 생각했네. 나도 옆에서 힘 닿는 데까지 후원을 할 테니 거기에 젊은 자네가 앞장서시게."

"하오면 도와주시는 걸로 믿고 나름대로 계획을 세워 보겠습니다."

"자네 뜻이 그렇다면 우리 모두 힘을 모아 보세. 봉주도 자네가 내려와 그 뜻을 편다면 엄청 반가워할 걸세."

왕석보 선생의 아들 봉주 왕사각은 황현보다 열 살이나 위로 마치 형님 동생 사이처럼 지내오면서 학문의 선배로서 시문詩文에 있어서도 많은 것을 가르쳐주곤 했었다.

그때 마침 왕사각은 출타하고 없었다.

"오시면 만나뵙고 여러 가지로 함께 의논해 보겠습니다."

"그렇게 해보시게. 하지만 생각이 그렇다고 너무 성급하게 서두르지는 마시게나. 객지 타관에서 그동안 심신도 지쳐 있을 테니 머리도 좀 식히고 건강도 좀 챙기고 난 연후에 천천히 생각을 모아가면서 계획을 세워 보시게."

"말씀대로 하겠습니다."

황현은 왕석보 선생을 찾아뵙고 그동안에 있었던 한양 생활과 앞으로 자신의 처신에 관한 문제를 의논 드리고 집으로 돌아왔다.

그 며칠 후였다. 왕석보 선생 댁을 찾아 갔을 때 출타중이어서 만나지 못했던 왕사각의 모습이 불쑥 대문 안으로 들어섰다.

"허허……. 자네가 왔다는 소식을 듣고 찾아왔네."

"그렇잖아도 만나뵙지 못해서 서운했습니다요."

"그래, 아버님께 대충 자네 얘기는 들었네. 지리산 매천으로 자리매김하기로 했다는 자네 얘기 말일세. 그래, 오늘 그 얘기도 들을 겸 우리 밖으로 훌쩍 나가서 머리나 식히면서 그동안에 있었던 이야기나 나누세. 허허허……."

왕사각은 황현의 그동안 심적 고통을 들어 대충은 짐작한다는 듯 밖에 나가 머리나 식히고 들어오자고 제의했다.

그리고 채근하듯이 말했다.

"바람도 쏘일 겸 자네 의중에 있는 생각을 구체적으로 좀 듣고 싶네. 늦은 봄이라지만 아직은 날씨가 쌀쌀하니 옷 단단히 걸치고 나오시게."

"어디 멀리 가시게요?"

"한양에 비하면 바로 지척이지. 따라오시게. 시원한 바람을 마시게 해 줄 테니……. 자네는 그동안 학문에만 매달려 있어서 언제 지리산 주변을 돌아볼 기회나 가져 보았겠는가. 오늘 산천경계 구경이나 하면서 흙

속에 묻혀 꿈틀거리는 이야기나 줏어 올려 보세. 허허허…….”

황현은 바깥 나들이 준비를 하고 그 뒤를 따라 밖으로 나왔다. 얼마쯤 가다가 왕사각은 읍내 주막거리에서 나귀를 빌어 몰고 오면서 말했다.

“자네가 하고자 하는 일에 이것도 어쩌면 공부가 되지 않겠나 싶지 뭔가. 그래 나하고 며칠 머리도 식힐 겸 풍류시객이 되어 보자는 걸세.”

황현은 더 물어 볼 것도 없이 왕사각이 시키는 대로 나귀 등에 올라탔을 때였다. 그의 호탕한 목소리가 펄썩 날아 올랐다.

“자! 가자. 남원골 춘향이를 만나러, 핫핫 하…….”

왕사각은 나귀를 남원쪽으로 몰았다. 그리고 얼마쯤 가다가 말했다.

“이보시게. 우리 조상들은 특히 마음이 어두울 때면 우리 가락 판소리로 애환을 달랬다네. 그래서 우리 것은 다 소중한 것이여. 그것이 우리 조상들이 생활 속에서 호흡해 온 문화니께 말이여. 자네 우리 조상들이 풍류로 즐겨온 그 판소리에 대해서 좀 알고 있나?”

“글쎄요……. 대충 알기로는 춘향가, 수궁가, 심청가, 홍부가, 적벽가, 뭐 그런 거 아닙니까요?”

“허허, 그 판소리라는 것이 말이여. 우리나라 고유의 구비예술로 ‘창唱’과 ‘아니리’로 구성되는 것이라네. 창은 운율적인 사설과 서사시적인 아니리로 그야말로 문학적이지. 그래서 심청가니 심청전이니 하는 것은 판소리를 음악과 문학 그 어느 쪽에 더 비중을 두고 보느냐 하는 관점의 차이지만, 대부분 구비예술이 그렇듯이 판소리도 언제 누구에 의해서 시작되었는지 알려지질 않아서 판소리 창자唱者들이 대부분 재인 출신들이라는 점에서 광대들로부터 시작되었을 거라고 본다네. 판소리 광대로는 하은담, 최선달, 우춘대가 있었는데 광대는 남자 무당을 일컫는 말이라고 하드구먼."

한유하게 나귀 등에 올라앉아 산천 경계를 구경하면서 광대에 대한 왕사각의 설명은 그랬다. 판소리 형성기였던 영조 때만 해도 우인偶人으로 분류되었던 이들의 직업은 철저하게 가계家系 중심으로 세습되어 내려왔다고 했다.

그들이 비록 무학의 서민 출신들이었지만, 우인 또는 예인藝人으로 대접 받을 수 있었던 것은 그들이 마을 공동체의 제의祭儀를 주관하는 제사장직에 있었기 때문이라는 것이었다.

그래서 그들이 굿판을 벌리는 곳은 특정한 장소가 따로 없었고, 주체도 따로 없었기 때문에 작게는 가정에서부터 마을 공동체이기도 했고, 때로는 나라 전체이기도 하면서 벌어지는 굿판은 집안의 부엌이나 대청 마당에서 벌이기도 하고, 또 마을의 당산나무 아래서나 장승 아래서도 벌렸는데, 그러한 굿판은 시간이나 장소에 제약이 없었고, 굿을 보러 온 사람들도 관객이면서 주체였기 때문에 신명으로 공동체가 하나 되고, 신과 인간이 하나가 되는 대동大同의 제의였다고 한다.

그래서 단골들이 벌이는 소리판에는 억압받으면서 살아야 하는 민초들의 한恨이 담겨 있고, 억울하게 죽은 망자들의 원怨이 어우러져 그 '소리' 속에 원한이 풀어지고 녹아들면서 살아있는 자들과 죽은 자들과의 화해를 이루게 해주는 것이라고 했다.

그들의 소리가 대부분 계면조의 비애가 주조를 이루고 있는 것도 그 때문으로, 눈물은 삶의 고통을 다스리고 원한을 씻을 수 있도록 신이 주신 약이라고 생각한다는 그들은 그렇기 때문에 왼손에 든 손수건으로 눈물을 닦아내고, 오른손에 든 접부채로 원한을 날려 보내는 모습을 보이는 것이라고 했다.

소리꾼들에게 있어서 판소리는 직업적인 단순한 생계의 수단이 아니라 인생의 비약秘藥이 담겨 있는 음악이고, 울음이 담겨 있는 광대한 울림과 같은 것이라는 설명이었다.

"저도 어렸을 때 동네 마을 어귀에서 가끔 벌어지는 굿판은 보아왔습니다만 거기에 대해서 그렇게 깊이 생각해 보지는 못했거든요."

황현이 어린 시절 마을에서 보아왔던 굿판을 머리에 떠올리며 하는 말이었다.

왕사각은 응당 그럴 것이라는 듯이 웃으면서 그 이해를 도와 다시 말했다.

"소리꾼들의 판소리는 아무에게나 전수시킬 수 없고, 또 누구나 전수받을 수도 없는 것이어서 가계나 특수 집단에서 세습되는 형태로 이어져 나오지만, 혹독한 전수과정을 감당하지 않으면 해낼 수 없는 특수 예술로 천민 계층의 광대들로부터 시작되어 상류 계층에까지도 울림을 주게 된 것이라네. 그 이유는 우리 조상들이 자연을 사랑하는 원초적 심성이 비약해서 자연신을 숭상하게 된 것은 자연의 변화무쌍함에 대한 두려움이 마침내 존경심으로까지 변해 섬김의 대상을 삼은 것인데 이것이 자연을 숭상하는 정령신앙精靈信仰, 혹은 무격신앙巫覡信仰이라고 아버님이 말씀해 주시드구만. 그러니까 성현들이 중생들에게 가르쳐온 우주 근원적 존재의 신이 아니라 재앙을 가져다주는 신, 축복을 가져다주는 신 등으로 수없이 많은 자연신을 의식하고 그 두려움의 신들과 원만한 관계를 유지하기 위해서 행해졌던 제사 의식이 산 자와 죽은 자의 화해를 위하는 살풀이굿에서부터, 내림굿, 씻김굿 등 행위를 무속신앙이라고 하는데, 이때에 신과 인간과의 관계를 중계하는 사람이 무녀였네. 그 행위의 제사의식에서 빼놓을 수 없는 것이 바로 춤과 노래로 이러한 제사의식은 서양이라고 다를 것이 없다는 게여. 신으로부터 선택받은 제사장이 그 중계자가 되는 것이었다네. 그래 제사의식에서 곁들여지는 것이 춤과 노래로 그것을 서양 천주학 신부들이 들고 들어온 구약성서 기록에서 히브리인들이 야훼신에게 올리는 제사의식에서 보여주고 있다는 게야. 허허허……."

"그러니까 각 민족 전통가무는 민속신앙에서 비롯된 거라는 것 아닙니까요."

"그렇게 보아야겠지. 그게 바로 세계 어느 국가나 민족을 막론하고 그 민족 전통예술은 그들이 사유하는 정신을 바탕으로 성장해 나왔다고 보아야겠지."

"듣고 보니 그 나라 문화 예술은 동서가 마찬가지로 원시시대에서 체계화된 고등 종교로 발전되어 나왔다는 생각이 드는군요. 한양에서 잠깐 들어 배운 이야기지만 석가 불교가 꽃 피우기 이전에 힌두교 계율 역시 마찬가지로 음악을 중요시해서 그로 비롯된 음악은 인도의 음악예술 형성에서 지대한 영향을 끼쳐 그처럼 명상적이고 신비한 철학성까지를 보이고 있는데, 이후 불교가 인도의 종교로 정착되면서 마찬가지로 빼놓을 수 없는 구성여건으로 그것이 절에서 스님들이 부르는 범패梵唄 소리라고 하더군요."

그것이 황현이 한양에서 잠깐 공부한 불교 상식으로, 불교의 범패는 불교 음악의 가장 대표적인 것으로서, 인도에 불교가 꽃피우기 이전에 있었던 바라문교 '베다' 에서 출발되어진 것이라고 했다.

그렇게 비롯된 범패는 이후 티벳, 몽고, 중국, 조선, 일본 등으로 퍼져 나간 것으로, 그 1음에 맞추어 여러 노랫말을 낭송하고, 고음, 중음, 저음 등 3음에 맞추어 낭송하는 것인데, 때로는 보다 넓은 음역으로 중간에 사이음을 넣어서 낭송하는 것이 베다의 낭송법이라고 했다.

그 전통이 불교에서 그대로 지켜지고 있는 불교음악은 그만큼 전통을 고수하고 있다. 초기부터 음악의 효율성을 얼마나 중요시했는가 하는 단면적인 이야기로 석가는 북인도의 미개한 국민들에게 설법하였으나 도무지 알아듣지 못하자 비파琵琶를 연주하면서 원각경圓覺經을 가르쳤더니 감화하여 설법을 청하여 들었다는 기록이 있다. 그 외에도 여래如來의 비파 소리는 8인의 귀신을 감동케 하였다는 등, 많은 이야기가 있다.

그런가 하면 공자의 가르침 유교 역시도 마찬가지로 음악을 중요시했다. 물론 유교는 내세관來世觀이 없기 때문에 종교라기보다는 윤리적인 실천철학에 보다 가깝지만, 그러나 중국과 조선 등 한자漢字 문화권의 민족들에게 있어서는 공자의 교학사상敎學思想은 그야말로 완전한 종교로 국교國敎가 될 정도였다.

그 가르침의 하나가 지극한 조상숭배 사상으로 고등종교 스승들의 가르침과 그 맥을 같이 하고 있는 것으로, 조상은 살아서나 죽어서도 존경과 섬김의 대상이었다. 부모가 죽어서는 단순한 조상이 아니라 후손들에게 행복과 건강과 안녕을 지켜주는 것이라는 것이 그 믿음이었다.

그러한 공자 유교의 조상숭배 사상은, 명절과 혹은 제사일에 어른과 조상이 계신 고향을 찾는 아름다운 풍속이 만들어지게 한 것이었다.

특히 조상의 제삿날은 잊어서는 안 될 성일聖日로 가르친 것이고 보면, 이와 같은 공자의 가르침 하나하나는 동양인에게 있어서는 단순한 지식이나 철학적 가르침이 아니라 종교적 지상명령으로 어쩌면 계율과도 같은 것이기도 했다.

공자의 유교는 동양인에게 있어서 종교적인 심성으로 자리를 잡을 수 있을 만큼 공자는 음악을 중시하였다. 그래서 인간 사회의 교화 수단으로 좋은 음악을 통하여 군자와 성인의 대열에 오를 수 있다고 생각한 공자는 그 자신도 음악을 배웠고, 뛰어난 음악 이론과 연주 실력을 실제로 갖추었다는 기록이다.

그처럼 음악을 중시했던 공자의 예악사상은 사서四書와 오경五經에도 잘 드러나 있다.

이렇듯 유교에서 음악을 중시했지만, 그러나 도덕성이 결여된 음악은 세상을 어지럽히고, 또 나라를 망하게 한다고 간주하여 배척했다. 어떤 면에서는 불교 음악과 비슷한 점을 보여주고 있는 것이다.

유교풍의 음악은 불교의 경우처럼 발전과 변화의 기회는 적을 수밖에 없었던 것으로, 그 이유는 보수성이 강해 모범을 항시 옛 음악제도에서 구했기 때문이라고 할 수 있었다.

이러한 이유로 유교음악은 새로운 창작이 불가능했고, 오랜 옛날 전통적 선율 그대로 유지 보존함으로 불교나 마찬가지로 그 침체를 벗어나지 못했다.

그러나 인간의 선성善性을 높이는 국민교육으로 간주되어 국가의 통치제도와 밀접한 관계를 맺어 왔다. 바른 음악을 알고 행하는 것이 국가를 부흥하게 한다고 믿은 나라에서는 음악을 관장하는 관청과 관리를 두었을 정도로 좋은 음악은 그만큼 국민의 도덕성을 높이는 것이라고 생각했었기 때문이다.

이렇게 음악의 효율성을 믿었기 때문에 형이상학적 관념과 상징을 음악에 부여했던 유교음악의 관념의 틀은 십 수세기 동안 지배하였다.

이것은 하늘의 도를 베풀어보려는 공자의 인간적인 사색의 일면이기도 했던 만큼 유교음악은 국가 통치제도와 밀접한 관계를 맺으면서 의식 음악의 형태로 행해졌다. 또 그렇게 이어져 오면서 조상과 과거의 성인과 현인賢人들을 위한 제사음악을 제례악祭禮樂이라고 부르고, 조정에서 행해지는 각종 의례에 불리어지는 것이 연례악宴禮樂, 회례악會禮樂으로 나누어 사용되어 나온 것이었다.

그 제례악은 수없이 많아 문묘악文廟樂, 종묘악宗廟樂이 그 대표가 될 수 있는데 전자는 공자와 그의 법통을 이은 성현들을 위한 음악이고, 후자는 지난 임금들을 위한 음악으로, 전자는 공자 사후에, 후자는 중국의 한나라 때에 확립된 제도였다.

그야말로 어떤 국가보다 완전한 유교 국가였던 조선은 태조에서 태종에 이르는 동안 정치적으로 안정을 가져오게 되었고, 이후 제9대 성종조에 이르기까지 문무제도가 완비되어 서민에 이르기까지 이와 같은 유교음악이 보급되어지면서 융성한 부흥을 보였다.

조선 초기에는 아악부흥운동이 일어났는데, 세종 이후 유교적인 덕목에 옳지 못했던 음악의 폐기와 함께 개작작업에 들어갔다.

이를 위한 국가의 음악담당 기관이 장악원掌樂院이라는 이름으로 대표적이다. 여기에서 만들어진 음악은 주로 태조의 업적을 노래한 것이었고, 궁중의식에 사용되었음을 조선 초기의 기록이 담아두고 있다.

이 시기에 병행하여 고려 향악의 개작과 폐기가 논의되어졌는데, 그것은 남녀 관계를 읊은 내용을 주제로 하는 고려 향악은 도덕적으로 유교 정신에 어긋난 것이었기 때문에 선율은 그대로 두고 노랫말 개작에 들어간 것이다.

이러한 작업은 세종 때에 이르러 조선의 건국이념인 예악사상禮樂思想은 획기적인 업적을 낳게 된다.

그때까지 불완전했던 유교음악인 아악이 정리되어졌는데 〈여민락與民樂〉 등의 악보 창제가 그것으로, 세종이 이것들을 일신하여 유교음악의 이상에 가깝도록 정리를 했다고 한다.

이러한 혁신운동은 그 내용에 있어서 중국의 아악 부흥운동 노력보다 앞서게 했다. 음악을 이루는 기본음 산출을 위한 율관律官을 만들어 실용화 하면서 편경과 편종을 만들었고, 아악에 필요한 여러 악기들을 만들어 갖추게 하였다.

그만큼 세종은 음악이 백성에게 미치는 영향이 크다는 것을 간파했던 것으로, 여러 대신들과 함께 아악의 이론과 실제에 대한 강의를 듣고 배운 임금이었다고 한다.

그로부터 정리되어 내려온 아악 '여민락' 등 수많은 음악이 새로이 창제되었는데, 이 곡은 글자 그대로 백성들과 함께 즐기기 위한 곡이었던 것이다.

세종이 백성들을 위한 선정을 펴왔다는 좋은 실례로 세종이 창제한 여러 곡들이 궁중을 벗어나 백성들 누구나가 함께 즐겼음이 이후에 남긴 선비들의 옛 악보에서 전해지고 있는데 이것이 동양 최초의 유량流量 악보인 〈정간보井間譜〉이다.

이렇게 정리되어져 내려와 맥을 잇는 예악은, 백성들의 심성을 바르게 실천할 수 있도록 국민 정서를 순화시키는 데 크게 기여를 해 왔고, 성종 때에 이르러 〈악학궤범樂學軌範〉은 유교사상에 기초되었던 당시로서 총체적인 음악사전이나 마찬가지였다.

이 영향은 조선조의 많은 선비들에게 미쳤고, 인격도야의 수단으로써 음악의 실제를 배우고 익히는 데 큰 도움을 주었다고 한다.

당시의 선비들은 유교사상에 의해서 난잡하지 않고 심신을 안온하게 하는 데 합당한 음악을 즐겼던 것으로, 그들이 남긴 옛 악보의 흔적에서 그들이 즐겼던 악기는 주로 군자다운 악기인 거문고였다.

이렇듯 조선의 음악에 지대한 영향을 입혔던 유교사상은 도덕성이 결여된 노랫말은 배제했다. 판소리의 12마당 중에서 〈춘향전〉, 〈심청전〉, 〈흥부전〉, 〈수궁가〉, 〈적벽가〉 등 5마당만 남고 〈배뱅이타령〉, 〈강릉매화타령〉, 〈가짜신선타령〉, 〈옹고집타령〉, 〈숙영낭자전〉, 〈장끼타령〉, 〈까투리타령〉은 그 노랫말이 유교사상에 위배된다고 하여 이때 간추려 버렸다고 했다.

그리고 남은 5마당 〈춘향가〉는 열烈을, 〈심청가〉는 효孝를, 〈흥부가〉는 우애를, 〈토끼타령〉은 어리석음의 징계를, 〈적벽가〉는 지혜로운 장수를 칭송하고, 간웅奸雄을 징계하는 것으로 5마당 모두의 주제 내용이 유교적인 덕목에 합당한 것만 허용했다.

이렇게 유교사상은 우리 민속음악에까지도 그 영향을 입혀 왔고, 또 그 이외의 민요 등에도 많은 영향을 미쳤던 것으로, 조선왕조 500년의 기반은 이 유교사상으로 학문적 문화적 발전을 가져온 것이라고 볼 수 있었다.

실제 유교의 경전과 유교적 사상으로 옛 일을 읊은 시 문학의 내용도 마찬가지였다. 유교적 덕목에서 위배된 것은 인정하지 않았다.

예술 그 자체가 도덕성을 잃지 않았을 때, 비로소 아름다운 예술로서 가치가 있다고 생각한 공자사상은, 인간 자체가 도덕물이라는 것이기 때문이었다.

사실 인간은 도덕물道德物로서 짐승과는 변별되는 만물의 영장이라고 했다. 그러나 만물의 영장이라는 인간이 처음부터 도리를 아는 도덕물이 아니었다. 그래서 동서를 막론하고 천지조차 구별하지 못할 정도로 무지했던 원시시대를 거쳐 구석기, 신석기, 그리고 청동기시대를 거쳐 진화 발전되어 나온 것이 인류 역사다.

지구촌 문명이 그랬듯이 종교 역시도 마찬가지로 원시 종교로부터 체계화 된 고등종교로 발전되어 나왔고, 예술 또한 마찬가지로 발전해 나왔던 것으로, 종교는 예술의 모체라고 할 수 있는 것이었다.

이렇듯 예술이 그 종교 행위에서 비롯된 것이라고 했을 때, 공자께서 이와 같이 예악을 지극히 중시하고 신봉했음은 과연 성인다운 지혜였다고 높이 평가할 수 있었다.

히브리인들의 뿌리 역사인 구약성서를 볼 때 그들 민족 수호신 '야훼' 역시도 그처럼 문명이 발전되지 못했던 백성들에게 춤과 노래를 즐기도록 권장했었음을 수없이 기록하고 있다.

그것은 황현이 들추어 본 우리 배달 한민족의 뿌리 역사 기록에서도 마찬가지였다. 조선의 옛 일, 조선고사朝鮮古史에 의하면 환웅천제를 옹위하여 이 땅에 함께 하강했다는 천신 신우에게 천제께서는 그 일을 맡도록 지시한다.

"너는 사악관이 되어 백성들에게 음악을 가르쳐서 서로 마음과 몸을 밝고 명랑하게 하라."

이 같은 태고사 한민족 뿌리 기록은 히브리인들의 구약성서에 나오는 천신들의 행사 기록이나 조금도 다르지 않음을 보여주고 있었다.

음악을 가르치는 신이 있었고, 농사짓는 법에서부터 집을 직접 지어 보이고, 또 가르쳐온 천신도 있었으며, 말의 뜻을 전하게 하는 각종 문서 그 인쇄활자의 정보에 이르기까지, 인간 세상을 살아가는 데 유익하게 하는 360여 가지의 지식이 서양이나 마찬가지로 천신들에 의해서 전수되어졌음을 우리 배달 한민족 뿌리 역사 기록에서 살펴볼 수가 있었다.

이렇게 동서의 뿌리 역사는 분명히 다르지만, 그 조상 시작의 역사는 어느 민족이나 이와 같은 신화적인 요소의 기록을 가지고 있다는 점이다. 히브리인이 '야훼신'을 찬양하며 노래를 불렀던 것처럼 우리 배달 한민족 조상들 역시도 마찬가지였다.

우리 배달민족을 세운 조상신에 대한 찬가讚歌가 만들어져 백성들이 불렀고, 또 생활 속에서 누구나 쉽게 흥얼거렸던 여러 가지 노래가 있었을 것이며, 근대의 것으로는 〈아리랑〉이며 〈강강수월래〉라는 우리 민요 가락 등이 이에 해당한다.

그처럼 우리 조상들이 생활 속에서 사랑하고 애창했던 민요가락 아리랑의 뜻은, 우리가 생각하는 남녀의 애틋한 이별의 정한이 담긴 그런 차원을 넘어서 '해 뜨는 동방'이라는 이 아시아 땅에 처음으로 물질계를 열어 우리 한민족 뿌리를 세우고 인간이 살아가는 세상의 이치와 법도를 밝게 가르쳐 주고 떠나간 조상신 하느님을 그리며 찬양하는 노래라고 했다.

이 아리랑亞理朗을 파자破字하면 지구상에 처음(아/ 亞)으로 물질계가 시작된 이 땅에 인간의 도리와 하늘의 이치(리/ 理)를 밝게 불 밝혀(랑/ 朗) 주고 가셨다는 조상신 신불神佛님, 곧 환웅천제님을 찬양하며 그리는 노래라고 했다.

민요가락 〈강강수월래〉도 마찬가지다. 원래는 '강'이 아니라 간방艮方을 나타내는 간艮으로, 우리 배달나라는 지구 위치상으로 정동과 정북의 사이 그 가운데 45도의 방위에 위치하고 있기 때문에 간방이라고 한다.

그리고 수월水月이란, 동양의 음양오행 사상에서 양적인 성부 하나님의 대위가 되는 음적 성모 하나님을 의미하는 것으로, 중국의 〈산해경〉에는 이를 천상모태황후天上母胎皇后라고 적고 있다.

이 신위가 불교에서 말하는 도솔천 미륵님으로, 이 도솔천에 계신다는 성모님(미륵/ 彌勒)이 처음 아시아 땅 간방에 출현하시었고, 또 말법시대末法時代에 다시 출현하신다는 것으로, 우리 배달민족 고유의 종교적인 사상에서 만들어져 나온 노래라고 했다.

한양에서 규장각을 드나들면서 우리의 뿌리 역사와 문화를 새삼 공부할 수 있었던 황현은 그 문화예술의 변천사를 머리에 떠올리면서 왕사각에게 말했다.

"우리 민족이 유난히도 종교적인 심성이 강한 것은 조상신 환웅천제께서 백성들에게 가르치신 사상이 조화로써 대도大道였기 때문이라는 것을 알았습니다. 이러한 배달민족 정기가 이방나라를 도전하여 정복문화를 이루어 나온 동적인 서양인들과는 달리 하늘과 땅, 그리고 사람을 사랑해 왔던 정적인 민족성 그대로를 문화예술에서도 나타내 보이지 뭡니까."

"바로 그것이네. 아버님께서도 말씀하시기를 그것이 곧 민족정신으로 민족 조상신의 호흡, 그 정기에 의해서 만들어져 나왔기 때문에 어느 나라 민족이든 그 나라 문화 예술은 조상의 뿌리사상에 바탕을 두고 발전되어 나온 것이라고 하셨네. 그래서 우리 민족의 전통음악이 서양과는 달리 모음변화를 일으키면서까지 길게 호흡을 타고 흐르는 것이 특징으로 호흡을 중요시하는 우리 전통음악은 그래서 폐부적肺腑的인 음악이라고 한다네. 사람을 사랑하는 넉넉한 민족적 심성을 그대로 나타낸 것이라고 말이여. 그래서 특히 수제천壽齊天이나, 영산회상靈山會相 같은 합주 음악은 그렇기 때문에 더없이 유순한 정감이 흐르면서 민족적 심성 그대로 평온한 분위기를 안겨 준다는 거 아닌가. 허허……."

사실 동서의 민족 뿌리 역사가 다른 만큼 그 대조를 보이는 예술문화는 각 민족의 특질의 종교와 밀접한 관계를 가지고 태어났고, 또 그로부터 발전되어 나온 것이 사실이다.

그만큼 민족의 뿌리 그 사상은 국민정신의 원동력이 되는 것이기 때문에 우리 민족은 이웃 나라를 먼저 침략해 본 일이 역사 이래로 없는 민족이었다. 그러나 이웃 나라들로부터 수없이 침략을 당하고 짓밟혀 왔기 때문에 가슴 속에 한이 많은 민족임에는 틀림이 없다. 그래서 우리 가락에는 그처럼 천상으로 실어 보내는 애절한 기도의 슬픔 같은 것이 묻어 있는지도 모른다는 생각까지 들면서 이야기는 다시 판소리 마당으로 돌아갔다.

"제가 한양에서 공부한 바에 의하면 우리 민족의 조상신은 처음 나라를 세우면서부터 백성들에게 자연으로서의 도리와 질서를 배워 익히게 한 천손민족天孫民族으로 문화예술 그 시작이 처음부터 자연신을 숭상하는 무속적인 바탕이 아니었을 거라는 생각이 들거든요."

"나도 그렇게 생각하네. 하지만 인간은 신적인 자연 환경 속에 살고 있기 때문에 우리 민족 본래의 뿌리 정신이 점차 흐려지면서 외래 종교 유교가 들어와 국교가 될 정도였으니까 자연신을 숭상하는 무속과 함께 어우러질 수밖에 더 있었겠나."

그것은 맞는 말이었다. 유교 전통음악 제례악이나, 연례악, 회례악에는 특별한 음악편성이 요구되었던 만큼 실제 음악을 담당했던 이들은 음악적 재능을 가지고 뽑힌 전문인들로 유교적인 의식 절차와 음악을 배워 수행을 쌓아온 말하자면 직업적인 예인들이었다고 한다.

이처럼 유교에서 음악이 숭상되었으나 그 예인들의 신분을 유교에서는 달리 높여 주지를 않았다. 하지만 이와 같은 유교음악의 내용은 조상신을 흠모하고 그 공덕을 찬양하였던 것이다. 때로는 살아있는 그들을 대하듯 하는 제례의식은 음악과 함께 술과 떡과 음식을 정성들여 제공하는 것이었는데 그것이 조상들을 즐겁게 하는 것이라고 믿었기 때문이다.

이렇듯 유교의 조상숭배 의식에서도 음악은 필수적이었던 것으로 민족과 국가, 그리고 지역에 따라 종교도 다르고 음악이 다르지만 섬기는 신에 대한 외경과 섬김의 신성은 공통적이었다. 심지어는 가르침의 교리 없는 무속신앙에 이르기까지 음악은 종교에 필수적이었던 것임을 알 수 있게 했다.

그래서 피부의 색깔을 달리한 지구촌 각 민족마다 문화와 종교뿐 아니라 환경과 전통, 관습 등이 전혀 다른 상태에서도 모두 하나의 공통된 믿음을 신화나 전설 속에 나름대로 간직해 오고 있으면서 그들이 믿는 믿음의 형태에서 신을 찬양하는 노래가 만들어진 것으로, 그 속에 담겨 있는 종교성이 신을 부르고 맞이하여 화해를 청하는 행위로서의 춤과 음악은 없어서는 안 될 필수요건인 것이었다.

이것이 어느 민족이든지 가지고 있는 원초적인 무격신앙으로, 신을 불러 맞아들이고, 신께 빌고, 신의 의탁을 사람께 전하고, 또 신을 보내는 이러한 무속행위는 분명히 고등종교 이전 원시 종교로부터 출발하였고, 거기에 음악과 춤이 수반되었다는 사실이다.

우리의 전통음악도 마찬가지로 출발은 배달나라를 세워 주신 조상신을 찬양하는 데서부터 비롯된 것이었지만, 점차 자연신을 숭상하는 무계로 흘러서 특히 고전적 예술음악보다는 민속음악이 강한 무속 영향을 더 많이 받아 왔음을 보여주고 있다.

그래서 우리 민족 속에 아직도 민간신앙으로 흐르고 있는 토속신앙 행위는 자연신을 숭상해 온 원시 종교형태의 그 일면을 보여주고 있는 것이었다.

그로부터 비롯되어진 우리 민속음악은 그렇기 때문에 나라의 큰 행사마당에 없어서는 안 될 중요한 부분을 차지하기도 했었는데 배달민족 정기가 점차 흐려지면서 신라와 고려에서는 조정의 행사 중의 하나였던 '팔관회' 에 이러한 무속행위의 일면을 그대로 보여주고 있다는 것이다.

이러한 의식은 그대로 이어져 조선조에서도 그와 같은 무속행위는 지위의 상하와 귀천에 구별이 없이 행해졌다. 심지어는 선비들이 즐기는 '심방곡心方曲' 이라고 불리우는 중대엽中大葉의 심방곡은 '신방곡神房

曲' 으로 불리웠던 무계의 음악이었다고 한다.

이렇게 상류사회의 풍류도 역시 그 같은 영향을 입어온 것으로 무속음악은 무속행위가 아닌, 타음악의 형성에까지 지대한 영향을 입혔던 것이다. 대표적인 예가 판소리와 산조散調음악으로 무속음악은 시나위에서 출발했다고 한다.

그래서 판소리와 산조음악은 무계음악의 요소를 많이 지니고 있는 것으로 각 지역의 민요에서 이러한 모습을 볼 수 있는데, 경기 민요의 〈창부타령〉과 〈노랫가락〉, 경상도 민요의 〈성주풀이〉 등은 그 대표적인 한 예로 꼽을 수 있다. 해안가의 풍어제에서부터 진도의 씻김굿, 충청도의 별신굿 등 굿판에는 예외 없이 노래와 춤이 수반된다는 것이었다.

이렇게 무속행위와 무속음악은 우리 민족 전통음악에 지대한 영향을 끼쳐 왔던 것으로, 어찌 되었거나 민간 토속종교는 일반인들의 기복신앙으로 자연신을 의식하는 믿음의 바탕에서 비롯된 것으로 보아야 한다고 했다.

하지만 고등종교나 토속신앙이나 그 믿음이 무엇이든 간에 그 자체에 관계되는 것이 바로 신을 찬양하는 음악이었다는 부분이다. 그래서 희랍인들은 음악을 관장하는 '아폴로' 만으로 부족하여 다시 뮤즈와 여덟의 여신을 만들어 냈다고 했고, 그리고 아폴로신전의 제사와 '디오니소스' 신전의 제사를 통해 음악이 신께 바쳐졌다는 기록이다.

서양 음악사 속에서 전자는 고전주의로, 후자는 낭만주의로 구체화되어진 것이라고 했을 때, 우리 민족의 전통음악 역시도 마찬가지였다.

황현이 한양에서 규장각을 드나들며 보아온 우리 역사에서 나타내 보이는 음악은 중국의 역사서 《삼국지위지동이전三國志魏志東夷傳》에 나타나는 것이 처음이었다.

그 기록에서 배달나라 사람들은 해마다 10월이나 정월에 온 국민이 모여 하늘에 제사를 지내고, 남녀가 노래와 춤을 즐겼다는 내용이 있다.

우리 민족의 태고사를 들추어 보았을 때, 처음 삼위태백에 하강하셨다는 조상신을 환웅천제桓雄天帝라고도 했고, 신불천황神佛天皇이라고 불렀다는 기록도 있다.

이렇게 배달 한민족 조상신이 삼천의 신장 선관과 함께 물질계를 열기 위해 동방의 해뜨는 이 중앙아시아 땅에 내려와 천제단을 쌓고 비로소 물질계를 열었다는 뜻을 하늘에 고천告天했다는 이날이 바로 상원갑자 10월 3일(上元甲子十月初三日)로, 배달 한민족의 후손들이 길이 기념하고 경축해야 하는 '개천절開天節' 이라는 것이다.

개천이라 함은 하늘의 천신들이 하늘문을 열고 처음 아시땅에 내려와 하늘의 뜻을 받들어 물질계를 열었음을 의미하는 것으로, 즉 배달민족의 조상이 되는 남자 '아만' 과 여자 '아반' 이 서양 유대족 뿌리 역사 기록이나 마찬가지로 천신에 의해 창조되어졌다는 날이다.

그래서 배달나라 사람들은 이 날을 기념하여 시월 상달 상날이 되면 국중대회를 열어 제천행사를 거행하였고, 만백성이 다 함께 춤과 노래를 부르면서 이 날을 경축했다는 기록이다.

이러한 배달민족 정신사상은 조선을 개국한 단군왕검에 이르러 나라안의 명산을 택하여 국선수두國仙蘇塗를 설치하게 하여 미혼의 자제들로 선남을 뽑아 무예를 익히도록 하였다고 했다.

이들을 나라가 자랑하는 국자랑이라고 불렀으며, 국자랑이 출행할 때에는 수려한 천지화天指花를 머리에 꽂고 다녔기 때문에 사람들은 그들을 일컬어 천지화랑天指花郞이라고 불렀다는 것이다.

그로부터 훗날 신라시대의 중심인물이었던 화랑도를 만들게 된 것으로, 원효가 무예를 익혔던 것도 이 화랑도 출신이었기 때문이었다.

그래서 원효대사는 배달 한민족의 주체적 사상의 원류로 추앙되었던 것이며, 그렇기 때문에 원효의 포교활동은 거리에서 무애무無碍舞의 춤을 추고 무애가의 노래를 부르며 소리 높여 외치면서 권선포교를 했던 것인데, 이때 원효대사가 불렀다는 노래가 '무애권선가' 라는 것이었다.

이처럼 가무는 종교 의식과 밀접한 관계를 가지고 출발했고, 그래서 조선시대의 가무는 사찰과 거의 밀접한 관계로 승광대僧廣大라고 했다.

그만큼 사찰은 '승광대' 의 후원자로 가무는 포교 활동과 직결되어 왔음을 보여주고 있는 것이라고 했다.

이렇게 가무는 인간 정신을 순화시키는 데 있어서 가장 빠르게 전달될 수 있다고 믿은 신라시대에는 음악을 맡은 '음성서' 라는 관청까지를 두고 있었는데, 군자의 도리를 가르치는 유교음악이 그 중심이었다고 했다.

그만큼 인간의 도덕성을 중시하는 유교음악은 국가의 정치이념으로까지 장려되었던 것으로, 이와 같은 우리 음악에 관계된 자료들이 황현이 들춰본《고려사高麗史》에 기록되어 있었다.

이야기는 다시 판소리꾼으로 돌아가면서 왕사각은 거기에 대한 이해를 도와 설명을 해주었다.

"문헌상으로는 우춘대 다음으로 나오는 권삼득은 전북 완주군에서 영조 47년에 태어난 안동권씨 향반鄕班의 둘째 아들이었다네. 그런데 그 광대의 후원자가 전북 고창 아전衙前으로 동리 신재효인데 그 사람이 춘향가, 토별가, 심청가, 박흥보가, 적벽가, 변강쇠가 등 여섯 바탕을 손질하게 되면서 판소리 사설과 아니리는 양반 계층 식자들에 의해서 다듬어 개작이 되고, 문학적으로 다듬어져서 민초들의 판소리와 사대부의 문학이 만나 구비예술로 폭넓은 사랑을 받게 된 것이라네."

"아, 그래서 소리판이 마을 사람 누구나 쉽게 접할 수 있는 연회 공간이 된 거군요."

"그렇다네. 판소리가 상류 양반사회에서 불리워지던 정악正樂이 아닌 속악俗樂이면서도 이렇게 일반 대중들로부터 상류층까지 사랑을 받을 수 있었던 것은 판소리 사설도 양반네들 품위에 맞게 많이 수정이 되었기 때문에 양반들 앞에서는 적벽가가 많이 불려지고 있고, 대궐 안까지 불려 다니게 되면서 왕을 매료시킨 명창에게 벼슬까지 내려지게 된 것은 인간 원초적 감정을 풀어내는 서민적 음악성과 지적인 재미를 엮어내는 고풍한 문학성에서 사랑을 받게 된 것이라고 볼 수도 있지. 그러니 비극적이면서도 웃기는 요소를 갖고 있고, 또 정절이 있는가 하면 노릿한 음탕함, 그 양면성을 갖고 있다는 거 아니겠는가. 허허허……."

"제가 알고 있는 상식으로는 판소리가 전라도 지방 무당들이 사용하던 무가에서 유래된 것으로 알고 있거든요."

"미루어 짐작컨대 판소리는 실제로 수천 년에 이르는 장구한 세월에 걸쳐서 우리 민족 문화적, 음악적 역량이 결집되어 만들어진 결정판이자 총아라고 생각된다네. 그렇게 오랜 세월 동안의 형성과정에서 판소리는 당시 서민층의 무당 살풀이굿에서부터 작용했기 때문에 양반들 음악인 정악을 하는 이들이 속악을 하는 이들과 자리를 같이 하기를 꺼려 했다지만, 판소리가 소리꾼만 있어서 되는 것이 아니라네. 청중과 같이 판을 만들어 가는 것이기 때문에 울림을 주는 생명체와도 같아서 그 소리꾼들이 점차 파격적인 예우를 받게 된 거지. 그러니까 속악을 뛰어넘은 것이 어버이에 대한 효라든가, 나랏님에 대한 충, 친구간의 의와 같은 인간 도덕적 덕목들을 바탕으로 권선징악으로 끝나는 형태를 띄우게 되는데, 그런 현장성이 바로 대중 속에 뿌리를 박고 있는 구비예술의 생명력이라고 보아도 좋을 것이네. 그 판소리를 계층 구별 없이 오늘에 와서 만들어낸 사람이 누군지 아는가?"

"저야 그 쪽으로는 별로 아는 바가 없구만요……."

"허허……. 선비라, 학문에만 몰두했으니 그렇겠지. 하지만 귀한 것은 반드시 천한 것을 바탕으로 삼고 이루어진다고 했네. 위로부터 조정에서 백성들의 민초를 헤아렸다면 오늘 나라가 이 지경이 되었겠는가? 판소리 황금기를 만들어낸 사람이 바로 이 구례 고장에서 자라 그 계통으로 두각을 나타낸 송만갑이라는 명창이라네. 일곱 살 때부터 부친에게서 소리를 배우기 시작해서 열세 살 때 벌써 소년 명창이라는 소리를 들었다는 게여."

"송만갑이라고요? 많이 들어본 이름 같습니다요."

"들어봤을 게야. 마을 사람들이 원님 함자는 몰라도 송만갑의 이름은 알 정도라니께. 그 목소리가 마치 신주님 목소리처럼 맑은 데다가 통성으로 냅다 소리를 질러대면서 떨어뜨리는 기교가 그야말로 일품이라는 게야. 춘향가, 적벽가, 그리고 심청가가 특징이라는구만. 얼마나 그 울림이 감동적이던지 전라감사 이재각이 참봉직을 내렸다는 거 아닌가. 어디 그뿐인가? 고종 임금님으로부터 사헌부 정육품 벼슬인 감찰을 제수 받았다는 입소문이 파다한데 못 들어 봤는가?"

▲ 조선 말기의 남도명창 송만갑

"그 신끼가 붙었다는 소리꾼 말씀이군요."

"자네도 들어 알고 있구먼. 아무튼 하늘로부터 내린 소리꾼이라는 게야. 그런 송만갑이가 집안에서는 패려悖戾 자식으로 없애버려야 한다는 소리까지 나왔다지 뭔가. 허허허……."

"네? 그러는 데에는 이유가 있을 것 아닙니까요."

"그러니까 조정에서 동인, 서인 편가르기를 하듯이 소리판도 그 모양이라. 송만갑이가 동편제 소리를 하는 가문의 예인 법통을 이어가라는 집안 기대를 저버리고 서편제까지를 넘나들었으니 가문의 예맥藝脈을 벗어났다고 난리법석을 쳐댄 거지. 그런 상황을 동료 선후배들이 고운 눈으로 보아 줄 리가 없지 않겠나. 그런데도 정작 송만갑 본인은 그런 비판에도 아랑곳하지 않고 담담하게 있었다는 게여. 그의 말은 점방을 보는 사람이 어찌 모본단만 가지고 장사를 할 수 있겠는가. 옷감을 사러 온 손님이 비단을 원하면 비단을 팔고, 무명을 원하면 무명천을 팔아야 하는 것처럼 소리판에서도 청중들이 원하는 것을 들려줘야 한다면서 초지일관으로 눈 하나도 꿈쩍 안 했다는 게야."

"그만한 인물이면 소리판에서 눈높이 철학을 가진 분명한 명인이 틀림이 없겠군요. 그러니까 국창으로 판소리사에 한 획을 그은 인물이라고 봐야겠네요. 동편제 소리를 하는 가문에서 자란 송만갑이가 서편제 소리도 넘나들었으니 말입니다."

"서편제 소리를 넘나드는 정도가 아니라네. 서편제 주석이 김창환인데 동편제 예맥에서 나온 송만갑이 서편제 부주석을 맡았다면 알 만하지 않겠나."

"말하자면 소리꾼 편가르기를 뛰어넘은 거군요. 지금 우리나라가 편가르기로 수구냐, 개화냐 하는데 그 화합도 그렇게 이루어졌으면 얼마나 좋겠습니까요. 허허……."

"그런 화합을 중시하는 인물이 오늘의 조정에 많이 등청해 주었으면 얼마나 좋았겠나. 판소리는 섬진강을 기준으로 해서 동쪽 소리를 동편제, 서쪽 지방의 소리를 서편제로 구분하는데 재미있는 것은 저 토지면 고개를 넘어 하동이 행정구역상으로 경상도라서 거기에서부터 동편제, 서편제로 나눠진다는 게여. 그런데 거기에 무슨 편가르기를 하느냐는 거지. 그 모양새가 지금 조정 파벌 싸움이나 다를 게 없지 않은가 말이여. 흐흥!……."

"그렇네요. 지리산 자락을 같이하고 있으면서 한 발 건너 서쪽은 네 편, 동쪽은 내 편하고 편가르기를 해대니 말입니다."

"그 꼴을 가만히 저 위에서 내려다보고 있는 지리산 산신령님이 뭐라고 하시겠는가. 이 소견머리 좁은 인간들아 언제쯤 철이 들래, 안 하시겠는가 말이여. 저 지리산 산신령님이 얼마나 대단하신지 아시는가?"

"글쎄요."

"그러니께 고려 말에 이성계가 역성을 도모하기 전에 그 뜻을 은밀하게 품고 전국 명산을 찾아 돌면서 기도를 올리고 빌었는데 지리산 산신령님만 이성계가 올리는 기도를 받지 않아 소지가 타오르지 않았다는 게여. 허허……."

"아, 그래서……."

황현의 입에서는 어느새 가느다란 탄성이 새어 나왔다. 한양에 있을 때 김택영이 가지고 온 우리나라 지도를 들여다본 일이 있었다. 그 지도에서 남으로 뻗어 내린 태백산맥에서 갈라져 나온 소백산맥이 추풍령을 넘어서 남으로 뻗어 내리다가 우뚝 선 곳이 지리산으로, 백두산에서 시작된 백두대간이 크게 마침표를 찍은 곳이다.

그래서 지리산은 두류산頭流山이라는 별칭을 갖고 있는 산이다. 대지문수사리보살大智文殊舍利菩薩에서 지智와 리利를 따서 지리智利산으로, 신라 최치원이 쓴 비문에는 지리산智異山으로 되어 있다.

또 삼국사기에는 지리산智利山으로 등장하였고, 조선시대 고려사에는 지리산智異山으로 자리를 잡는다.

하지만 조선조 때에 이르러서는 개국창업의 뜻을 품은 이성계의 소지를 받지 않은 산이라고 하여 불복과 반역이라는 별칭도 갖고 있으면서, 호남은 귀양과 유배의 땅으로 취급을 받았었다.

그 백두대간을 따라 동쪽에서 남으로 흐르는 강이 낙동강, 그리고 서쪽에서 남으로 흐르는 강이 섬진강이다. 강은 인간 중생들의 삶의 젖줄이다. 그리고 문화가 꽃피고 전통이 흐르는 강이다.

왕사각은 거기에 대해서 설명을 했다.

"소우주라는 인간 내장과 대칭을 해 본다면 백두대간이 반도의 척추라면 남북으로 흐르는 섬진강은 그 내장쯤이 된다고 하더군. 그래서 낙동강 물길이 돌아가고 있는 안동이 탈의 마을이라고 한다면, 섬진강을 끼고 한바탕 굽이쳐 돌아가는 곳에 자리잡고 있는 구례는 소리 마을이 될 법하지 않은가. 허허……."

"판소리는 단전에서부터 뽑아 올리는 소리니까 지형적 위치로 보면 그런 형국이 되겠네요."

"그러니까 권문세도가들이 모여 살았던 안동에서 양반들을 희화화한 하회탈이 발생했다면, 구례에서 소리가 발생하게 된 연유가 있을 것이지. 특히 구례求禮라는 지명부터가 예사롭지가 않단 말씀이야. 인간의 예禮는 소리로 표현되면서 운율적인 음악으로 배양된다고 해도 과언은 아니거든. 특히 반상班常을 가르던 시대에 다분히 유교적인 논리로 보면, 배고픈 백성들에게 예를 말하고 염치를 따지는 것은 지나친 사치라고 할 수 있지. 그러나 소리꾼은 독공할 수 있는 여건이 주어져야 하기 때문에 산 높고 물 깊은 구례는 소리꾼들의 독공에는 더 없이 좋은 조건을 갖추고 있는 이상형이거든."

말하자면 지형적으로 좋은 조건을 갖춘 환경 속에서 자라난 송만갑이라는 말이었다.

당시 구례와 남원은 행정적으로 같은 지역구에 속해 있었고 남원은 원님이 계시던 곳이다. 그래서 남원에는 기생들이 많았고, 소리를 들을 줄 아는 귀, 명창들이 많았다고 한다. 소리판에 대해서 설명을 해주던 왕사각이 생뚱맞게 물어왔다.

"이보시게, 자네 이제부터는 지리산 매천으로 자리를 굳히기로 했다면서?"

"그렇게 됐습니다요. 아무쪼록 고견도 주시고 많이 도와주십시오. 기운이 살아 있을 때까지 열심히 사군자를 만들어내 볼까 합니다요."

"사군자라? 허허허……. 그래 선비는 풍류를 알아야 한다고 하지. 그러니 판소리 족보도 알아야 하지 않겠나. 그 판소리 중에서 으뜸으로 알려진 것이 춘향가란 말이지. 그런데 작자 미상이거든. 나는 거기에 대해서 이런 생각을 해봤네. 물론 상식적으로 판소리의 작자는 글을 아는 사대부나 화려한 화류계 기생들일 수는 없다고들 하네만은 내 생각은 좀 다르거든. 조정의 벼슬아치들이 운수가 사나워 난세에 역적으로 몰리게 되면 본인은 물론 참형으로 다스렸지만, 그 식솔들이 어찌 됐는가. 태조 이성계만 해도 그렇네. 무력반정이지만 천우신조로 성공을 했으니까 역성을 하고 가솔이 몽땅 귀하신 몸이 됐지만, 만약에 실패했다고 생각해 보세. 어찌 됐겠는가? 이성계는 물론 역적이라는 오명에 참형을 당했을 것이고 가솔은 노비 아니면 관비로 끌려갔을 거 아닌가. 그야말로 하루 아침에 양반마님이 그 수모를 당해야 하는 천지개벽이라, 노비 관비가 된 아씨 마님들을 장안 한량 패거리들이 그냥 두고 보겠는가? 너도 나도 벌떼처럼 달라들었을 것은 불 보듯 뻔한 거지. 그처럼 질곡에 처한 진통을 수없이 반복해 온 우리나라 역사인데 거기에 무슨 인위적인 반상제도에 양반 상놈이 따로 있겠느냔 말이지. 그러니 졸지에 노비나 관비가 된 양반님네들 그 한 많은 가슴 속에 맺힌 원한을 어찌 풀고 살았겠는가? 바로 그 한의 소리가 울림을 주는 판소리로 만들어져 나왔기 때문에 작자 미상이지 않았을까? 내 생각은 판소리꾼이 꼭 글을 모르는 천민만은 아니었을 거라는 게야."

"듣고 보니 그렇습니다요. 남원골을 유명하게 만들어 준 성춘향이도 사실 따지고 보면 양반 혈통과 관비 출신 어머니 사이에서 출생되어 나온 그 제도적 아픔을 그려내 보여주고 있고, 또 유명한 황진이만 해도 그렇지 않습니까요. 관비 어머니와 양반 아버지 사이에서 출생해서 천시를 받아 가슴에 맺힌 한이 시조문학으로 승화된 것이고 보면, 소리꾼 예인들을 꼭 글자를 모르는 천민 무지렁이로만 볼 게 아닙지요."

"매천 생각도 같구먼. 그러니까 가슴 속 울림을 주는 민초들의 판소리는 삶의 고뇌를 토해내는 소리로 그 울림이 관아의 행사에 동원될 수 있었던 거라고 보네. 그래 한양까지 올라가 궁중 나례儺禮를 치르기도 하고 또 명나라 · 청국 사신들이 오면 산대잡희山臺雜戲에 동원되기도 했다는 게여. 그러니 그들이 하는 판소리에 원님의 기생 점고 장면도 그렇게 재미있게 표현할 수 있었던 거 아니겠는가. 핫하하……."

"그러니까 춘향가가 민초들의 억눌리고 고통스러웠던 실제 삶과 관련해서 엮어진 풍자라면 남원골은 바로 그 굿판 장터군요."

"소리판 구례와 가까운 남원골이야말로 굿판 장터가 될 만하지. 그만큼 역사적인 아픔을 지니고 있는 고장이니까……."

황현은 그럴지도 모른다는 생각이 들었다.

선조 25년에 시작된 임진왜란은 정유재란까지 1592년부터 1598년까지 7년을 끌면서 조선조의 피해는 엄청났었다. 일본에 포로로 끌려간 사람들이 10만 명에 이르렀고, 사망자는 헤아릴 수가 없었다고 한다.

그때 왜인들이 본국의 수장 도요토미 히데요시(풍신수길/ 豊臣秀吉)에게 전과의 증거로 조선 사람들의 코와 귀를 잘라 모아 소금에 절여 보내 만든 코무덤(鼻塚)과 귀무덤(耳塚)이 지금도 일본 교토(경도/ 京都)에 남아 있다.

"어이 매천, 오늘 이왕 길을 나선 김에 남원에 들러 역사적인 아픔이 묻어 있는 만인의총, 그 현장을 둘러보기로 하세나. 거기에는 우리 조상들의 숨결도 묻혀 있다는 곳이니까."

황현은 지난날 역사의 한 장을 읽었던 기억을 가만하게 떠올렸다.

임진왜란 때 호남지방을 효과적으로 공략하지 못하여 조선반도의 장악에 실패했다고 판단한 일본은 정유재란 때 무차별하게 호남지방을 공략하여 사천과 하동을 거쳐 섬진강을 따라 북상한 왜군은 구례 섬진강변에서 수백에 가까운 왜병이 희생당하고도 나머지 왜군병사가 남원으로 몰려왔다.

그때 남원은 명나라 지원군까지 합쳐서 4,300명의 병력으로 지키고 있었으나 고니시 유키나가(소서행장/ 小西行長)와 가토 기요마사(가등청정/ 加藤淸正)가 이끄는 왜병 56,000명에 포위되어 1597년 음력 8월 16일 남원성이 함락되고 말았다.

중과부적의 처절한 전투였다. 그때 전라병사全羅兵使 이복남李福男은 전사하고 민·관군 합쳐 1만 명의 사망자를 냈다.

남원성 전투에서 죽은 유해들은 한 곳에 모아 매장되었는데, 그들의 원혼을 달래기 위해 광해군 4년인 1612년 그곳에 '만인의총'으로 충렬사를 세웠다.

그 아픔이 묻혀 있는 남원골을 향해 가면서 왕사각이 말했다.

"우리 아버님이 그때 일어났던 임진왜란과 정유재란을 소상하게 기록해 놓으셨드구만. 그러고 보면 우리 왕씨 선조들 역시도 대단한 분들이셨다는 생각이 들지 뭔가. 물론 자네 선조들은 말할 것도 없지만 말이여."

"그러고 보면 왕씨들은 특히 무사 정신이 강했던 것 같습니다요."

"그럴지도 모르지. 정유재란 때 이 구례 고장에서 가장 치열한 전투를 벌인 곳이 석주관인데 그때 내 나라 강토는 한 발치도 적에게 허용치 않겠다고 분연히 일어선 의병군 선봉장이 바로 우리 선조 할아버지 왕득인이었다는 거 아닌가. 허허허……."

1592년(선조 25) 임진왜란이 일어나자 조선 건국 이후 패진되었던 석주성을 방어사 곽영이 운봉의 팔량치성과 구례의 석주관성을 축조하였다.

그리고 이듬해 왜구가 침입했다. 1593년(선조 26) 7월 3일이었다. 일본군이 구례에 쳐들어와 먼저는 군량미를 확보하기 위해 분탕질을 해대며 살륙과 약탈을 자행하기 시작했다.

이때 자발적인 의병군을 이끌고 구국의 선봉장이 된 7의사가 바로 왕득인王得仁, 왕의성王義成 부자와 이정익李廷翼, 한호성韓好誠, 양응록梁應祿, 고정철高貞喆, 오종吳琮이었다.

정유년(1597)에 일본은 명과의 강화회의가 결렬되자 또 다시 14만 군대를 몰아 한반도에 재침략을 강행했다. 이것이 정유재란이다.

왜적은 처음 부산을 공략하여 경상도를 석권한 뒤 전라도를 넘보며 침공하려는 계획을 세웠다. 그렇게 작전계획을 세운 적장 모리(手利秀元)는 지리산 북쪽을 넘어서 전주를 점령하여 남하했고, 우키다(宇喜多秀家)는 사천을 지나 하동과 악양을 함락했다.

놀란 조정에서는 백의종군하던 이순신 장군을 3도수군통제사에 복직시켰다. 다시 수군통제사에 부임한 이순신 장군은 여수에 도착하여 전비를 갖추고 8월 3일 구례로 들어와 현감 이원춘을 만나 다음과 같이 지시했다.

"구례는 호남으로 들어가는 관문이니 최선을 다해 이곳을 지키도록 하시오."

"예, 장군의 말씀대로 이곳을 사수하겠습니다."

"석주관은 천혜의 험로이니 성을 보수하고 그 곳에서 적을 막도록 함이 좋을 듯하오."

이순신 장군은 이와 같이 명령을 하달하고 다시 수군병영으로 돌아갔다. 그 석주관은 일찍이 삼국시대부터 성을 쌓아 군대가 주둔했던 곳이다. 신라와 백제의 국경이며 관문으로 문화가 교류되던 길목이기도 했다.

하지만 때로는 신라와 백제 두 나라가 밀고 당기는 영토싸움을 벌였던 군사적 요충지로 중요한 전략기지였다.

석주관은 신라와 백제 이외에도 고려 때에 남해에서 내륙으로 들어오는 왜구를 막기 위해 성을 쌓고 병영을 설치했던 곳으로 이곳은 진안의 용치, 함양의 황석산성, 남원의 팔량치와 더불어 영남과 호남이 통하는 4대 관문이기도 했다.

그렇기 때문에 정유재란 당시 석주관石柱關 방어의 중요성이 제고되면서 여기에 독립된 만호진萬戶鎭 설치 계획이 세워지고, 석주관에 만호진이 설치되면서 구례현감 이원춘을 만호 종5품 무관직을 겸임케 하였던 것이다.

이원춘은 구례의 백성과 관군을 이끌고 석주관에 입성하여 성을 보수하고 준비에 만전을 기했다. 이 때 왕득인은 주위의 젊은 장정과 함께 석주관에 나가 성을 쌓는 일에 앞장섰다.

그리고 1597년(선조 30) 8월 6일 왜장 고니시 유키나가(小西行長)가 이

▲ 석주관 칠의사묘

끄는 대병력이 이순신 장군의 예견대로 남원을 치기 위해 석주관을 쳐들어왔다. 이원춘은 1천여 관군을 독려하여 몰려오는 왜적과 치열한 일전을 벌였다.

성루에 선 이원춘은 좁은 협곡을 이용하여 손수 흑각 별장궁으로 적을 쏘아댔으나 중과부적이었다. 밀려오는 왜적을 당할 수 없음을 느낀 이원춘은 구례 본영으로 후퇴하여 남원으로 유인하여 최후의 일전을 벌리기로 작전계획을 세웠다.

그래서 왜군이 사용할 수 없도록 각종 서류와 장비와 군량 창고를 불태워 버리고 남원으로 향했다. 8월 7일 왜적은 공성空城이 된 구례에 들어와 약탈과 도륙을 하고 남원성으로 몰려왔다.

남원성에 입성해 있던 이원춘은 명장明將 양원楊元과 같이 남원성에서 맹렬히 분전했으나 장렬하게 순절하고 말았다. 그러자 왜적은 북진을 계속하면서 구례를 통해 탄약과 무기, 양곡 등을 아무런 저항도 없이 당당하게 운송해 갔다.

이 상황을 본 왕득인은 드디어 자신이 직접 왜적을 토벌하기로 결심하고 분연히 일어섰다. 그는 어려서부터 말타기, 활쏘기 등 무예를 익히고 전략 기술도 익혀 왔던 터였다.

왕득인은 드디어 거병을 결심하고 큰 아들 왕의성을 사랑방으로 불러 앉히고 그 결의를 말했다.

"왜적이 남원성을 함락하고 북진을 계속한다는 소식이다. 또 다시 나라가 위기에 놓여 있으니 분연히 일어나야 하질 않겠느냐. 나라 없는 백성은 차라리 죽음보다 못하느니라. 그래서 나는 뜻을 같이 하는 선비들과 같이 거병하여 토적의 길에 나설 작정이다."

그리고 덧붙여 왕의성에게 일렀다.

"너조차 싸움터에 나가 죽으면 우리 집안의 대가 끊기게 되니 너는 일시 몸을 피해 지리산 속 깊숙이 들어가 있거라."

"아니 되옵니다. 저도 아버지의 뒤를 따르겠습니다."

"아니다. 이 전란은 오래 가지 않을 것이다. 그러니 뒷날을 생각해야 하느니라."

왕득인은 이미 그 어떤 극한 상황을 예감하고 아들에게 그 뒷일을 부탁하고 있었던 것이다.

왕득인의 강경한 부탁에 왕의성은 더 이상 아버지의 뜻을 거역하지 못했다. 안채로 돌아온 왕의성은 어머니와 몇몇 가솔에게 간단한 짐을 꾸리게 한 후 아버지에게 절을 올리고 지리산으로 피신했다.

이튿날 아침, 왕득인은 남아있는 집안 식구들과 가솔들을 한 자리에 모아놓고 말했다.

"이제 나는 목숨을 바쳐서 나라를 구하는 데 나서려 한다. 모두 나의 뜻에 따라주기 바란다."

왕득인이 가솔을 이끌고 왜적을 치기 위해 나선다는 소문이 주위 마을에 퍼지자 많은 사람들이 집으로 몰려왔다. 왕득인은 충분한 식량을 준비하게 하고, 만약을 대비해 모아 두었던 칼과 창, 활 등 집안의 병기를 모아 뜻을 같이한 사람들에게 나누어 주었다.

마침내 의병의 선봉장이 된 왕득인이었다. 뜻이 있는 농부들까지도 괭이와 삽을 들고 왕득인의 의병군에 가담했다. 왕득인이 석주관에 도착했을 때는 의병군의 수는 400여명으로 늘어났다.

의병군을 석주관에 모이게 한 왕득인은 첫 군령을 내렸다. 4백여 의병군은 이미 왕득인을 대장으로 추대하여 따랐고, 그와 함께 죽음으로 석주성을 지키리라고 그 결의를 내보였다.

그들 앞에서 왕득인이 말했다.

"이곳 석주관은 우리 구례를 지키는 관문으로 목구멍과 같은 곳이다. 우리가 이곳을 막으면 왜놈들이 감히 저들 마음대로 통과하지 못할 것이다! 내 비록 무술을 모르는 선비지만 내 나라, 내 고장을 지키겠다는 생각은 하늘보다 높다."

그러자 모였던 의병들 역시 그 뜻에 합세했다.

"옳소! 우리 모두 나라를 지키기 위해 목숨을 바쳐 싸우자."

"와! 와!"

이미 목숨을 내놓고 일전을 각오한 의병군의 사기는 성안에 뜨겁게 포효하면서 가득했다.

왕득인은 의병들을 성안의 요소에 배치한 다음 남원의 숙성치에 있는 유격장 조경남을 찾아가서 말했다.

"장군, 석주관을 지키기 위해서는 어떤 전략이 필요한지 말씀해 주시지요."

"왕공, 정말 장하십니다. 석주관은 험한 산곡이므로 성 밑의 외길을 막고 왜적을 계곡으로 유인하여 기습함이 좋을 듯합니다."

석주관에 돌아온 왕득인은 먼저 적의 강세를 막고 그 다음에 적의 급소를 치기로 전략을 세웠다. 그리고 제 1대는 큰 나무를 베어 오도록 했고, 제 2대는 큰 바위 덩이를 날라오도록 지시했다.

그리고 왕득인은 정탐꾼을 하동의 화개 방면으로 내보내고, 자신은 1백여 장정들과 더불어 날라온 바위와 통나무를 성 밑 좁은 길로 옮겼다. 그러한 작업은 한나절 동안이나 걸려 성 아랫길을 10여 군데 토막 내어 막아버렸다.

이때 하동방면으로 정탐을 나갔던 의병군이 돌아와서 전했다.

"왜적 일대가 보급품을 달구지에 싣고 이곳으로 오고 있습니다."

그의 말대로 잠시 후, 왜적은 탄약과 기타 군수 물자를 달구지에 싣고 의기양양하게 석주관에 이르렀다. 외길이 큰 바위와 통나무로 막혀 있는 것을 보자 왜장은 당황했다. 그러나 주위를 살폈으나 아무런 기척이 없는 것을 본 왜장은 조금은 경계를 풀고 명을 내려 장애물을 제거토록 지시했다.

그런 한편 왜적 일부는 휴식을 취하기도 하면서 어떤 병사는 길 밑 섬진강으로 내려가 물을 마시기도 했다.

이때를 기다렸던 왕득인은 방심한 왜적을 향해 기습공격 명령을 내렸다.

"한 놈도 남기지 말고 죽여라! 자 가자! 공격이다."

몸을 숨기고 있던 의병들은 큰 바위를 굴려 내리고 화살을 쏘아댔다. 갑자기 굴러 내려온 바위와 빗발치는 화살에 정신을 차리지 못하고 당황한 왜적이었다.

선봉에 나선 왕득인은 총공격을 명령하고 말을 몰아 성 밑 왜적을 향해 달려들었다. 4백여 의병군이 노도와 같이 일시에 왜적을 향해 달려들자 왜적은 조총 한 번 쏘아보지 못하고 죽어 넘어진 시체를 짓밟고 도망쳐 달아나기에 정신이 없었다.

석주관 일전에서 대승을 거둔 왕득인이었다. 의병들을 향해 말했다.

"오늘의 승리는 하늘이 준 천혜의 지세를 이용한 것이요, 또한 우리가 비록 훈련 받지 않은 적은 숫자이나 뜻을 한 데 모으면 안 될 일이 없다는 것을 증명해 보인 것입니다."

그 말을 하고 왕득인은 군사를 풀어 왜적이 남기고 달아난 군량미와 탄약을 회수하게 했다. 1백여 석의 군량미는 성안으로 옮기게 하고, 수십 달구지에 실려 있던 탄약을 한데 모아 불살라 버렸다.

그러나 고니시 유키나가는 진주의 주둔 병력에게 석주성을 다시 공격하여 병참노선을 확보하도록 명령을 내렸다. 이윽고 2천여 대부대가 진주로부터 하동을 거쳐 석주관을 향해 쳐들어왔다.

왕득인은 의병군을 2개의 부대로 분산 편성시키고 1차전과 같이 철저히 전투준비에 만전을 기하도록 지시했다. 왕득인과 4백여 구례지방 의병군들은 일촉즉발 대혈전의 시각이 다가오고 있음에 긴장감마저 감돌

왔다.

이윽고 화포까지 동원한 왜적의 대부대는 치밀한 계획을 세우고 석주관을 향해 총공격을 가해 왔다. 처음 시작의 공격은 근접전을 피하고 화포로써 원거리 공격을 시작했다.

의병장 왕득인은 적의 작전계획을 감지하고 왜적을 성곽 왼편 골짜기로 유인하기 위해 몸이 날쌔고 건장한 의병 30여명을 유격대로 편성했다. 그리고 그들로 하여 성밖으로 나가 접근전을 회피하는 유인작전을 펴게 했다. 이러한 왕득인의 작전계획에 왜적은 화포를 중지하고 유격대원들에게 눈을 돌렸다.

석주성을 나온 의병군은 함성을 지르며 일제히 골짜기를 내리달렸다. 표적의 시선을 돌리기 위한 유인작전에 말린 왜적은 그때서야 골짜기를 향해 조총을 쏘아댔다.

그때 큰 바위와 나무숲에 몸을 숨기고 있던 의병군은 일제히 일어나 뒤에서 재빠른 기습공격을 가했다. 당황한 왜적은 소부대를 편성하여 의병군을 향해 달려들었고, 마침내 석주성 밑 골짜기까지 몰려왔다.

왕득인은 신호를 보내 유격대원들을 불러들이고 남아있는 의병군들에게 공격명령을 내렸다.

신호를 받은 성 위에서는 화살과 바위 덩어리가 소나기 쏟아지듯 몰아쳤다. 이에 왜적은 일전을 각오한 듯 후속부대를 계속 보내는 한 편 다시 화포를 성 안으로 쏘아댔다.

혈전의 전투는 다시 맹렬히 불이 붙었다.

치열한 전투는 한나절이 계속되면서 의병군은 밀려드는 왜적을 죽이고 또 죽였으나 적들은 집요하게 공격을 가해 왔다. 골짜기는 피를 쏟고 죽어간 시체들로 뒤덮였다.

4백여 의병군으로 2천여 왜적을 대항하여 싸운 석주성 전투는 마침내 적들이 쏘아 올린 포화로 무참하게 살아남은 의병군의 수효는 수십 명에 불과했다.

왕득인은 이 전투는 도저히 이길 수 없다고 생각했다. 임금님이 계시는 북쪽을 향해 재배를 드리고 난 후 양손에 칼을 들고 말 위에 올라 성문 밖 적군을 향해 뛰어들었다.

자신을 제물로 삼아 뒤에 남아 있는 의병들의 목숨이라도 살리고자 한 것이다. 그것이 단신으로 적진을 향해 뛰어든 의병장 왕득인의 생전에 마지막 모습이었다.

이미 죽음을 각오한 왕득인은 달려드는 왜적을 향해 있는 힘을 다해 쌍칼을 휘둘러댔다. 번뜩이는 그의 쌍칼은 9월 하늘에 펄펄 날려 무지개를 그리면서 수없는 적병을 쓰러뜨렸다.

그러던 어느 순간이었다.

"윽!……."

적의 조총 탄환이 그의 가슴을 관통한 것이었다. 그러나 왕득인은 피를 쏟으면서도 눈알을 부라리며 끝까지 있는 힘을 다해 칼을 휘두르다가 마침내 말 위에서 굴러 떨어져 숨을 거두고 말았다.

그것이 내 고장 구례에 한 놈의 왜적도 발붙임을 허용하지 않겠다고 석주관을 지키던 의병장 왕득인의 마지막 모습이었다.

왕득인이 전사하자 석주성은 왜적에 의해 함락되고 말았다. 왜적은 구례를 통과하여 남원성을 공격하기 시작했고, 마침내 남원성마저도 함락되고 말았던 것이다.

그토록 아픈 역사의 흔적을 뒤적이며 되살리는 왕사각의 말에 황현은 스치는 길가 벚나무에 그날의 칼날 빛 꽃물이 번지고 있는 듯해 가슴이 아려 왔다.

왕사각 역시도 선조 왕득인의 장렬한 죽음의 현장, 그날의 아픔이 가만하게 되살아나는지 목소리가 젖어 있었다.

"그때 그 의병들이 이 고갯길을 숨이 차게 넘나들었을 것을 생각하니 가슴이 젖네 그려."

석주관과 남원성을 그처럼 오가며 나라 위해 자신의 목숨을 초개같이 버릴 수 있었던 의병장 왕득인, 그날의 숨소리가 시간의 강을 건너 오늘은 왕사각의 목소리에 홍건히 묻어나고 있는 것만 같았다.

"세상 어느 곳인들 사연이 없는 곳 있을까만은 호남지방하고도 지리산 둘레가 왜 그렇게도 가지가지 아픈 사연도 많은지……. 우리 민족 최대 명절인 한가위 보름날이 되면 왜적에 포위되어 있었던 저 남원성의 정경이 상상되어 서럽지 뭔가. 거기에 망자의 혼을 달래고 산 자를 위로하던 사람들이 바로 소리꾼 무당들이었다네. 전쟁으로 죽어간 수많은 원혼들과 전쟁으로 남겨진 비참한 민초들의 고통을 그들이 외면할 수 있었겠는가?"

"그러고 보면 지리산 자락 밑에 한겨울 언 땅을 비집고 매화꽃이 피어난 것도 어쩌면 우연은 아닐 것 같습니다요. 원혼 맺힌 민초들의 울음을 담고 살며시 고개 내미는 그 혼령들처럼 말입니다."

"그거 말이 되는구먼. 그토록 무섭게 떨림을 주던 역사의 시간을 말해주듯 동지섣달 강추위 속에 그처럼 정결하고 희귀하게 드러내는 꽃이라면 진실로 외경스런 존재가 아닌가."

황현은 혼신의 힘을 기울여야만 피워낼 수 있는 아름다운 매화꽃 향기의 숨결이 저 깊은 속에서 출렁거리고 있음을 지리산 밑자락을 돌아보며 다시금 크게 느끼고 있었다.

"어이, 매천! 언제 우리 날 정해서 석주관이나 들러 보세. 그날 그 자리에서 장렬하게 숨진 칠의사 무덤도 둘러볼 겸, 자네가 찾아가면 혼령들이 누웠다가도 반가워서 일어나 많은 이야기를 해줄 걸세."

"지금도 그 함성이 들려오는 것만 같습니다. 인생은 언젠가는 한 번 죽는 것, 죽어서 숭고하게 그 이름을 남기는 것이 어떤 죽음인가를 말입니다."

인간사 모두가 아픔으로 불교의 스승 석가는 세상을 빗대어 고통의 바다, 고해苦海라고 했다.

그 고통을 말해 주고 있는 듯한 남원 고을 충렬사 '만인의총' 을 둘러보고 남원읍을 돌아 춘향이가 손짓하고 있는 듯한 광한루를 들어섰을 때였다. 인파의 출렁거림이 예사롭지 않은 분위기였다.

"허허……. 오는 날이 장날이라고 한 마당 소리굿판이 벌어진 모양일세."

왕사각은 벌써부터 그 분위기 속에 함몰되는 듯 목소리가 상기되어 있었다.

춘향이가 그네를 타고 놀았다는 건너편으로 많은 사람들이 모여 웅성거리고 있는 가운데 저만치에서 명창 송만갑의 구성진 한 마당 울림 소리가 춘향전의 '사벽도 사설' 을 풀어내고 있었다.

"~저 편 바라보니 채석강 명월야에~ 시중천자 이태백은 포도주 취케 먹고~ 낚시 배 빗겨 앉아 지는 달 건지려고~ 물 밑에 손 넣는 양을 역력히 그려 있고~ 백이숙제 채미경과 만공성인 공자 그림~ 오강의 향우 그림~ 광충다리 춘화 그림을 역력히 그렸는데~ 구경을 다 한 후에 이도령 춘향다려 이른 말이~."

자연과 함께 자신의 세계를 달리 전할 길 없는 민초들이 내면의 깊은 흉금을 토해내고자 했던 서글픔의 애환이 담겨 있는 판소리 한 마당이었다.

그렇기 때문에 판소리에는 우리 민족의 뿌리 깊은 정서를 극적으로 잘 표현하고 있다고 왕사각이 덧붙여 설명했다.

"판소리는 상층민과 하층민의 신분을 뛰어 넘어 모든 이들을 매료시켜 왔다는 거 아닌가. 신분의 높낮음이 없이 중생의 삶이 고통이라는 부처님의 말씀이 오늘따라 새삼스럽네 그려. 그러니 중생들이 그 아픈 슬픔을 노랫가락으로 잠시라도 달래고 털어내고자 했던 거겠지."

"그러니 중생의 삶 자체가 도라는 거 아닙니까. 그래, 꽃가마 속에도 울음이 있다는 말이 있는 것이고……."

"맞네. 우리 오늘 그 도를 닦는 기분으로 또 나그네가 되어보세. 허허허……."

"그렇습니다요. 우리가 지나간 역사를 반추하고 뒤척이는 것도 다 그 같은 간접경험을 통해 취할 것과 버릴 것이 무엇인가를 배우는 것이니까요."

소리꾼 송만갑의 판소리를 듣고 나와 주고 받는 이야기 속에는 시간의 강을 뛰어넘어 고달픈 민중들의 절절한 염원의 기도가 함께 실려 흐르고 있었다.

12
신라의 화랑도와 일본의 무사도

왕사각과 황현이 한 마당 판소리를 듣고 광한루를 돌아 나왔을 때는 한낮을 불태운 석양 놀빛이 산마루에 기웃하고 있었다.

갑자기 출출해져 오는 시장기에 객주에 들어가 저녁 밥상에 곁들여 술을 청해 마셨다. 몇 잔의 술이 노곤한 피곤기를 몰고 오면서 그대로 잠이 들었다.

개짓는 소리에 눈을 떴을 때는 어느새 동창이 밝아오고 있었다.

"허허……. 빚도 풀리고 바람도 풀리는 아침일세. 어서 일어나 조반 들고 우리도 바람 따라 또 풀려보세."

왕사각이 푸드득 자리를 털고 일어나면서 말했다.

"오늘은 어디로?"

"이 사람아, 오라는 곳은 없어도 이 넓은 천지가 내 집 아니겠는가. 바람 따라 구름 따라 가보는 걸세."

왕사각은 아버지 왕석보와는 달리 기질이 걸출한 풍류객으로 호탕했다.

자리를 털고 일어나 조반을 청해 먹고 길 떠날 채비를 서둘렀다. 나귀 등에 올라타고 막 주막집 문을 나설 때였다.

돌담 옆 구상나무 가지 위에 새들이 저들끼리 앉아 세상을 굽어보고 하는 지껄임처럼 재잘거리고 있었다.

"잠시는 무사하구나. 들쭉날쭉한 이 풍진 세상, 허허허……."

마른기침을 해대면서 그 쪽을 올려다보던 왕사각의 돈우는 목청이 꺽꺽 소리를 냈다.

황현은 목적지 그 방향도 모른 채 거북등보다 더 당당한 왕사각에게 몸을 맡긴 채 농조로 한 마디 했다.

"오늘도 맡긴 몸이니 잘 부탁합니다요. 핫핫하……."

"그래. 이 걸음이야말로 이 시대에 벙어리들이 유일하게 살아있다는 징표일세. 저 흉상 까마귀들이 훽 달아나는 것이 눈에 보이는가?"

까마귀들이 푸드득 소리를 내고 날아가는 것을 보고 하는 말이었다.

토해 놓을 수 없는 가슴 속, 식지 않는 뜨거운 정열을 농조로 줄렁줄렁 길바닥에 흘리면서 어디쯤 가고 있었을까?

남원읍을 벗어난 지도 반 나절이 넘었을 때였다.

"어이, 매천! 여기가 곡성이네. 우리 어디 들어가서 새참이라도 들고 가세."

두 사람은 주막 앞에 나귀를 묶어두고 왕성한 젊음의 식욕을 해결하고 나와 서둘러 다시 길을 재촉했다.

산 비탈길을 넘고 숱한 고갯길을 돌아 어디쯤 왔을까?

저물어 가는 석양 놀빛이 산등성이 굽이도는 산마루에 붉게 걸려 나그네 발길을 재촉하고 있었다.

"이보시게. 꼴깍 넘어갈 듯한 일몰 석양이 오늘은 이곳 순천 주막에서 하룻밤 쉬어가라는구만. 허허허……."

"소매 끝으로 기어드는 성깔 있는 바람이 그렇게 말하는 것 같은뎁쇼. 핫, 핫, 하……."

그때쯤은 헐거워진 허리띠에 자주 손이 가고 있었다. 두 사람은 마을 입구 허름한 객주집 대문 안으로 들어섰다.

주모를 찾아 먼저 나귀부터 챙겨 주도록 부탁하고 저녁식사에 곁들여 술을 청했다. 시장기를 메우고 몇 순배 술잔이 돌았을 때였다.

술기운이 불콰하게 오른 왕사각이 칼칼해진 목소리로 말했다.

"어이, 매천! 오늘 이 옹색한 밤이 세월이 흐른 뒤에 우리들에게 눈물로 싹을 틔웠던 아름다운 추억의 밤이었다고 회상하는 날이 오겠지? 흐흐흐……."

"거기에 하나 더 붙여야겠지요. 칠흑같이 질긴 어둠에 억센 두 사내들이 텅 빈 여백의 가슴을 술잔으로 달래던 푸념을 여기 순천 객주집에 새겨 놓기도 했던 밤이라고 말입니다. 훗훗, 후."

"핫, 핫하……. 이태백이가 따로 없네, 그려."

푸석한 푸념을 주고 받는 동안 노곤한 피곤기가 몰려왔다.

언제 잠이 들었는지 눈을 떴을 때는 주막집 꽃밭 담장에서 지저귀고 있는 새소리가 선홍빛 아침을 알려주고 있었다.

서둘러 아침을 청해 먹고 나귀 등에 올라 앉아 주막집 대문을 나서면서 왕사각이 말했다.

"다정한 햇님의 미소가 오늘도 넓은 세상으로 번져 가네, 그려."

"오늘은 어디로?"

"자네는 내게 맡긴 몸이라고 하지 않았나? 귀하신 몸이니 그냥 맡기고 따라오시게나. 붓대 쥐었던 선비의 손일랑 오늘은 어디 쓸 데도 없으니 내 허리춤이나 야물게 꽉 붙드시게. 훗훗, 후……."

"하기야 선비 값 쳐주지 않는 오늘 시세에 이것도 아무나 누릴 수 있는 과분한 대접이 아닙지요. 이게 다 조상님을 잘 둔 그 은덕 아니겠습니까? 하하하……."

"그래, 자네 말이 맞네. 나 역시도 조상 은덕으로 이렇게 한유한 세월을 보내고 있으니 자네 말이 옳으이. 부처님 연기설에 의하면 오늘 네 살아가는 모습을 보면 전생을 알고, 오늘 네 생각을 보면 다음 생이 보인다고 하셨다는 거 아닌가. 그러니 전생에 닦은 공덕이 있어야 존경받는 조상 뿌리를 인연으로 오게 된다는 거 아니겠느냔 말이여. 훗훗 후……."

"갑자기 조상님 덕분에 금관옥자를 걸친 기분입니다요. 아무튼 오늘 아침 기분이 솔래솔래 좋구만요. 핫, 핫 하……."

"중생은 살아가는 세월 속에서 온갖 경험을 통해 생각하는 사고思考가 세월 따라 변한다고 했네. 그래 길을 가다가 발부리에 돌멩이가 채여 아파도 그 돌멩이를 스승으로 보라고 했다는 거 아닌가. 오늘 우리가 사방 둘러보는 이 산천 경계가 우리에게 말없는 스승이로세."

"그러니 가슴으로 시를 쓰게 하는 것입지요."

말없는 산천 경계를 둘러보며 어제에 이어 또 하루 풍류시객이 된 황현이었다.

나귀 등에 걸터앉아 이야기를 주고 받으며 어디쯤 지나 왔을까?

출렁이는 갯바람 소리가 소매 끝에 매달리면서 해변이 가까이 오고 있음을 느끼게 해주었다.

"허허……. 해변의 쌀쌀한 바람이 수초를 거느리고 고맙게도 마중을 나와 주고 있네, 그랴."

"여기가 어디죠? 광양은 아닌 것 같고……."

저만치 바다가 눈에 들어오면서 섬 한 채 외롭게 떠 있는 것이 보였다.

"여기가 섬진을 건너뛴 반도의 끝자락이라네. 우리 선조들이 세계 최초로 그 유명한 철갑선이라는 거북선을 만들어냈다는 여수현이라는 곳 아니겠나."

"아, 그 충무공 이순신 장군이 그 지략을 유감없이 펼쳐 보여 유명해진 여수란 말입니까?"

"그렇네. 이순신 장군이 이곳 해류와 지형을 잘 아는 이 지역 주민들을 참여시켜서 왜적과 싸워 이긴 곳이라서 그런지 바닷바람마저도 가슴이 시원하고 상큼하네, 그려. 허허허……."

먼 태평양으로 이어져 망망대해의 바다를 창창하게 끼고 있다는 여수!

아득한 수평선 그 푸른 바닷바람이 코끝에 살랑이면서 가슴을 시원하게 해주는 것만 같았다.

왕사각의 목소리가 상큼한 갯바람처럼 다시 살랑거렸다.

"이 여수현도 파란 많은 우리 역사 속에 충무공 이순신 장군의 호흡과 함께 살아 있는 곳이라네. 그 애국충정의 정신은 이 여수현과 함께 세세토록 그 이름이 저 바다와 함께 남을 걸세. 오늘 우리 여기까지 왔으니 신선한 영웅의 호흡을 실컷 마시고 가세나."

그리고 왕사각은 길가 한 쪽을 손짓해 보이면서 덧붙여 말했다.

"저기 보이는 저 산 이름이 종고산이라네. 왜 종고산이라고 했는지 아나? 종 모양으로 생겨 보이기도 하지만 그보다도 이충무공께서 한산대첩이라는 대승을 거둘 때 저 산이 은은한 종소리도 같고 북소리도 같은 소리를 연 삼일간 냈다는군. 그래 충무공께서 대승을 거두고 나서 저 산 이름을 종고산이라고 명명했다는 게야."

왕사각의 설명은 그랬다.

종고산은 해발 200m의 삼각형 산으로 여수현의 맥을 이루는 중심산으로 옛날 이곳 사람들은 비가 오지 않을 때 이 산을 찾아와 기우제를 지냈다고 했다.

수평선이 희푸른 물빛과 뿌연 구름 빛을 자연스럽게 이어주고 있는 망망한 바다, 그 생경한 풍경을 둘러보는 바닷가 저만치 만발한 벚꽃을 소반에 담아둔 것 같은 섬 하나가 눈길을 잡아끌었다. 마치 한 폭의 그림을 보는 것만 같았다.

"으와! 저 섬은 완전히 벚꽃 동산이네요."

황현의 입에서는 저절로 감탄사가 흘러 나왔다.

"저 섬은 여수항의 관문이라네. 이 여수에는 세 마리의 용이 어울려 여의주와 같은 저 섬을 두고 다투고 있는 형국이라고 한다는구만."

그 첫째 용이 건너편 바라보이는 종고산鍾鼓山을 때리는 타봉打棒처럼 생긴 대교동의 예암산隸巖山이요, 둘째 용이 돌산도이며, 셋째 용이 경호도鏡湖島로, 이중 경호도는 비룡으로 비유되고 있으나 고려 때 귀양

▲ 여수만 앞바다에 있는 장군도 전경

온 사람들이 살았던 섬이라고 하여 경도京島, 또는 경호도京湖島로 불리웠다고 한다.

장군도는 여수만 앞바다에 있는 작은 섬으로 해안선의 길이는 600m에 불과하지만, 벚꽃나무가 1천 그루가 넘어 봄이면 현란한 벚꽃으로 장관을 이루어 가히 이 고장의 여의주라고 불러질 만도 했다.

바다를 사이를 두고 있는 장군도와 돌산 간에는 수중석이 쌓여 있는데 이 석축은 연산군 때(1497년) 이량李樑이 이곳 절도사로 부임해 와서 금오도에 나타난 왜구선을 쫓아내고 다시 침입해 들어오는 것을 막기 위해 바다 밑에 수성水城을 쌓았던 곳이라고 한다.

그 후에 이곳 사람들이 주축이 되어 이량의 비를 충무동에 세워 비각을 만들었고, 장군도에는 이량장군 방왜축제비를 세웠으며, 이곳에 이 충무공 전공기념비도 함께 세웠다는 것이다.

이처럼 역사적인 진가의 흔적을 남기고 있는 이곳 여수는 1497년(연산군 3년)에 수군철도사 이량장군이 왜구의 침입을 막기 위하여 쌓은 수중성이 있으며, 우리나라에 하나 밖에 없는 해저석정으로 그 역사적인 흔적을 남기고 있다고 왕사각은 부언 설명을 해주었다.

▲ 장군도에 있는 이량장군 방왜축제비

"저 푸른 바다 위에 저토록 벚꽃으로 장관을 이루고 있는 저 섬은 작지만 우리나라에 하나 밖에 없는 수중성으로 그래서 장군성이라고 했다는 게야. 그것은 왜구들이 남해안을 때때로 침입해와 괴롭힐 때 그 왜구의 피해를 막기 위해 그 침입 통로를 막는 것이 왜구를 손쉽게 무찌를 수 있다고 생각하고 바다 속에 큰 돌로 둑을 막아 성을 쌓아 올린 수중성으로 이곳에서 바라보는 입지로 그 규모를 생각하면 큰 오산이라네. 장군도와 돌산간에는 거센 협곡이 있어서 임진왜란 때 이순신 장군이 왜적 무리를 그 계곡으로 유인 수장水葬을 시켰던 천혜天惠의 장소로 거창한 역사가 숨 쉬고 있는 곳이라네."

그 말을 하고 왕사각은 몸을 돌려 종고산 중턱쯤을 손짓해 보이면서 말했다.

"저기 높직하고 길게 보이는 저 목조 단층건물이 임진왜란 때 이순신 장군의 업적을 기리기 위해서 세워진 진남관이라네."

왕사각이 말하는 진남관은 임진왜란 후 선조 32년(1599)에 삼도통제사 이시언李時言이 정유재란 때 불타 버린 진해루 터에 세운 75칸의 거대한 단층 목조건물이다.

황현은 말로만 들어보았던 진남관을 바라보면서 말했다.

"우리나라 최대의 단층 목조건물이라는 진남관이 바로 저 건물입니까?"

"그렇다네. 조선시대 기둥 예순여덟 개를 짱짱하게 세워 만든 목조건물이지. 임진왜란 당시 이순신 장군이 삼도수군통제영이었던 본청 자리였다는구먼. 저곳에서 이순신 장군이 난중일기亂中日記를 쓰셨다는 거 아닌가. 그 기념비적인 업적을 기리기 위해 진남관을 그 자리에 세운 것은 그 터가 구국의 성지라는 거지. 우리 그곳을 한 번 둘러보고 내려오세나."

그 말을 하고 왕사각은 진남관을 향해 몸을 돌려 걸음을 옮기고 있었다. 그 뒤를 바싹 따르면서 황현이 말했다.

"이곳에 와보니 충무공께서 사헌부 지평 현덕승에게 서신으로 전했다는 말씀이 더욱 새삼스럽군요. 그 서신중에 이런 구절이 있습지요. '즈윽히 생각하니 호남은 나라의 둑이라. 성벽이라. 만약 호남이 없었다면 나라가 없었으리라' 고 증거해 주신 말씀이 크게 가슴에 닿아 남아 있지 뭡니까요."

"그렇네. 왜구가 우리나라를 침범하는 관문이 영남과 호남인데 그중에 왜 호남을 둑이고 성벽이라고 했겠는가? 왜구가 침범해서 제일 필요

▲ 이시언이 선조에게 진언하여 이순신 장군의 업적을 기리기 위해 세운 진남관

로 하는 것이 뭐겠나? 바로 군량미거든. 그러니 우리나라 곡식창고였던 호남만 정벌하면 그 전투는 승전고를 울리는 거나 마찬가지란 말씀이야. 그런데 호남지방 군민들이 죽기를 각오하고 싸웠기에 물리칠 수 있었다는 거 아니었겠나. 그러자니 특히 왜구가 호남지방으로 들어오는 관문인 구례지방을 막아내기 위해서 죽기를 각오하고 일어난 의병들이 그토록 많은 피를 흘리고 죽어갔다는 역사적인 그 현장이 석주관이고 또 우리가 어제 둘러보고 온 남원의 충렬사 '만인의총' 이란 거 아닌가. 거기에 또 호남지방 관문으로 이곳 여수항만의 해협을 막아내기 위해 왜구와 맞서 싸운 이순신 장군의 지략이 아니었다면 우리나라가 이렇게라도 지켜질 수 있었겠나. 그것을 장군께서는 난중일기 속에 기록해 두고 있으니 우리가 호남인으로서 그 자긍심을 가지고 되살려 볼 필요가 있지 않겠나. 흠……."

이야기를 주고 받으면서 왕사각과 황현은 충무공의 숨결이 숨 쉬는 진남관 입구에 당도했다.

진남관 안에는 이순신 장군의 지혜로 만들어졌다는 세계 최초의 철갑선 내부하며, 그 전투에서 쓰여졌던 포 등 그 유적이 잘 전시되어 있었다. 돌아보는 전리품들은 그날의 핏빛 함성을 그대로 담고 있는 듯 가슴을 뭉클하게 했다.

"참으로 이 전리품들이 그날의 장렬했던 숨결을 오늘 우리에게 크게 느끼게 해주는군요."

"그렇구만. 그 정신 살아있는 숭고한 숨결일세, 그려."

충무공 이순신 장군의 정신이 그대로 묻어 있는 전리품들을 돌아보면서 가슴이 뭉클해져 오는 황현이었다.

왕사각을 돌아보며 말했다.

"이처럼 역사가 살아 숨 쉬는 유서 깊은 고장을 찾아와 보니 감회가 깊습니다요."

"당연하지. 이 나라에는 나라야 어찌 되든 오직 일신의 영달만을 위해 치달리는 탐관오리들이 있었는가 하면, 파벌 권력쟁탈 속에서도 나라를 구하겠다는 일념으로 목숨을 초개같이 나라 위해 바친 우국충정의 열사도 이렇게 있었다는 거 아닌가. 충무공의 숨결이야말로 오늘도 우리 곁에 살아 있는 큰 교훈으로 깨우침을 주고 있으니 말일세."

"오늘 여길 찾아온 이유를 알 것 같습니다요."

왕사각은 나귀를 한쪽에 세우고 장시간 고삐를 쥐었던 손가락이 저려오는지 마디를 뚝뚝 꺾으면서 말했다.

"모든 사물에는 나름대로 제 기운이 있는 법, 기이하고 빼어난 기운이 없으면 어떠한 사물이든지 속된 것이라. 무인이 이 기운이 없으면 밥보따리요, 학자가 그 기운이 없으면 묶어 놓은 허수아비라고 아버님이 말씀하셨네. 허허허……."

"참으로 옳으신 말씀입니다. 오늘 말로만 들었던 이순신 장군의 무인정신, 그 체취와 숨결을 맘껏 가슴에 담아 볼랍니다."

"멀리 온 보람을 느끼게 해주는구먼. 허허허……."

그리고 왕사각은 여수현에 대한 이야기를 대충 알고 있는 대로 들려주었다.

여수현은 백제 성왕 때는 원촌현猿村縣이라고 했고, 통일신라시대 때에는 해읍현海邑縣으로 불리어지다가 고려 태조 때 여수현麗水縣으로 고쳐짐으로 '여수麗水' 라는 이름이 처음 사용되었다고 한다.

고려 말기 충정왕 2년(서기 1350년) 처음으로 '현령' 이라는 고을 원님을 두어 비로소 순천과 구분된 독립행정구역으로 조선 태조 5년(1396년)까지 47년간 계속되었다고 했다.

고려를 무력으로 무너뜨리고 조선을 건국한 태조 이성계는 이 사실을 전국에 알려 모두 따르게 하였으나 여수현 고을 원님 현령 오흔인이 불복하자 여수현을 없애고 순천부順川府에 편입시켜 버렸다.

그 후 성종 9년(1478년) 3월 3일에 이 곳 내례포만호진에 전라좌도수군절도사영全羅左道水軍節度使營을 줄여서 '전라좌수영' 으로 승격시켰던 것으로, 임진왜란 당시에는 5관官 5포浦를 관할하기에 이르렀다고 한다.

이처럼 전라도의 동쪽 해안을 지키던 전라좌수영에 선조 24년(1591년) 2월 13일 이순신 장군(1545~1598)이 전라좌수사로 부임하여 거북선을 만들고 병선을 고치며 군사를 조련하는 등 일본의 침략에 대비했던 곳이라고 했다.

당시 일본을 통일한 '도요토미 히데요시'는 전쟁을 통해 힘이 커진 여러 장수들의 힘을 분산시켜 지배권을 더욱 확실히 굳히기 위하여 대륙을 정벌할 것을 결심하고 우리나라에 '명나라를 칠 것이니 길을 빌려달라'고 요구했지만, 우리 조정에서는 불응했다.

그러자 선조 25년(1592년) 4월 14일 육군 15만 명과 수군 9천 명으로 우리나라를 침략한 불과 19일 만에 한양이 함락당하기에 이른 상황에서 이순신 장군이 이끈 전라좌수영 함대가 주축이 된 것이다.

우리 수군은 임진왜란이 일어난 그해에만 12번을 싸워 12번을 모두 승전고를 울리면서 전공을 세웠다. 그러나 애석하게도 임진왜란(정유재란)이 끝나는 마지막 전투인 노량해전에서 이순신 장군은 쫓겨 달아나는 왜구의 조총을 맞고 장렬하게 최후를 맞게 된 것이다.

그러나 충무공은 숨을 거두는 그 마지막 순간까지도 오직 애국충정의 일념으로 그의 전사戰死를 적들에게 노출시키지 말 것을 마지막 유언으로 남긴 것이다.

그처럼 마지막 순간까지도 그들을 쫓아내는 지략을 보여주고 최후를 마감한 충무공 이순신 장군이었다.

그 숨결이 출렁이는 장군도 앞 바다 위에는 어느새 한낮을 불태운 석양의 낙조가 그날의 이순신 장군의 애국 충정의 핏빛 가슴처럼, 그 숨결의 혼령처럼 아프게 반짝이며 출렁이고 있었다.

말없이 그 바다를 가슴에 보듬어 안고 있던 황현이 가만하게 중얼거렸다.

"충무공 애국충정 무사도 정신을 이 시대 젊은이들이 본받고 살려야 할 것인데……."

그러자 왕사각이 대뜸 그 중얼거림을 받아 말했다.

"이보시게. 그 무사도 정신이 바로 신라시대 우리 조상들의 얼을 되살렸던 화랑도 정신이라네. 신라인이나 백제인의 무사도 정신이 바로 우리 단군조선시대에서부터 비롯된 그 천지화랑 정신으로 바로 그 무사도 정신이 백제에서 일본으로 건너가 사무라이 정신이라고 칭하게 된 것이지만……."

"?…… 그 화랑도 정신이 백제에서 일본으로 건너갔다는 게 무슨 말씀이죠?"

"그 일본 사무라이 정신이란 게 바로 백제의 장수 계백장군의 무사도 정신이 건너간 것이라고 아버님께서 말씀하시던데. 핫, 핫하……. 그러니까 일본의 뿌리를 거슬러 올라가 보면 일본의 천황가天皇家 그 여왕벌의 심벌처럼 신격화 되어 있는 '아마테라스 오미가미' 천조대신天照大神이 바로 백제의 마지막 의자왕의 누이동생이었다는 게야."

"저는 처음 들어 보는 이야긴뎁쇼."

"그러니까 백제가 나당羅唐 연합군에 의해 패망하게 되자 난을 피해 해상에서 떠돌고 있던 백제의 왕족과 그들을 수행하던 대신들은 나라를 잃게 되었으니 어쩌겠는가. 어쩔 수 없이 토착 왜인들이 살고 있는 섬나라로 흘러 들어갈 수밖에 없었다는 게지. 당시 나라 이름도 없던 이 섬에는 사람 생긴 모양새가 작아서 왜소하다 해가지고 왜놈, 왜놈 하는 그 토착 왜놈들이 원시상태로 살고 있었던 거라네. 아, 지구상에 있는 오색인종이 저마다 조상신 호흡의 숨결로 만들어져서 붉고, 검고, 희고,

푸르고, 한 속에서 우리 조상들은 누런 피부라 황색인종이라고 하지 않던가. 그런데 섬나라 토착 왜놈들은 본래 미개한 푸렁이 종자로 문명하고는 담을 쌓고 살고 있었다는 걸세. 당시 우리나라는 단군왕검에 의해 조선이 건국된 이래 긴 역사를 가지고 이미 삼국이 정립되고 있었을 때니 비교가 될 법이나 한 일이겠는가? 그러니 이 왜놈들 눈에는 백제의 몰락한 왕가에 수려한 사람들의 모습이 마치 하늘에서 내려온 신명들처럼 비쳤던 거라. 그러니 아이구, 신명님하고 엎드려 추앙을 할 수밖에 없었던 거겠지. 그런 상황에서 의자왕의 누이동생 백제 공주가 토착 원주민들을 다스리다 보니 문명이 없었던 우매한 그들에게 신격화될 수밖에 없었고, 그 여신이 바로 백제 공주로 그들이 떠받들던 정신적인 지주로 '아마테라스 오미가미' 였다는구만. 허허……. 그 뜻은 하늘에서 비친다, 혹은 내려왔다, 이런 의미를 가지고 있는데 그렇게 절대 신격화되어 있는 백제 공주고 보면 재미있고 웃기는 거 아니겠는가? 그 백제공주 혈류 자손이 천지천황인데 그 어머니 아마테라스 오미가미를 어찌 백제 인이라고 밝히겠는가. 핫핫하……."

"당시 문명화 되지 못했던 섬나라 토착민들 눈에 화려한 백제 공주가 하늘에서 내려오신 여신으로 보여졌다는 것도 말이 되는뎁쇼."

"공주야 그들이 그렇게 믿어주는 게 오히려 고맙지 않았겠는가. 당시에 처한 상황도 그렇고…… 그래. 그 토착민들로부터 하늘에서 내려온 태양의 여신 아마테라스 오미가미로 추앙을 받게 된 백제 공주는 나라를 잃고 섬으로 흘러들어 온 신세라, 하루가 멀다 하고 해가 뜨는 바다 건너 동쪽을 바라보면서 한숨 섞인 목소리로 해동海東, 해동했다는 게야. 그게 바로 바다 건너 고국 백제 땅을 그리워한 말이어서 그 아들 천지천황이 나라 이름을 일본日本이라고 붙이게 됐다는 게여. 그리고 또 하나 재미있는 건 일본의 대표적인 여성상이 '누가다' 라고 하는데 그게 누구냐 하면 일본의 일대 신무천황神武天皇의 어머니, 그러니까 백제공주를 모시던 시녀였다네. 그런데 그 시녀를 공주의 두 아들이 서로 데리고 살았다는 거여."

"그거야 그럴 수밖에 없지 않았겠습니까요. 토착 왜놈 종자들 속에 제대로 된 여자 같은 여자가 없었을 테니까요. 하하하……."

"그래, 이때부터 일본의 골육상쟁이 시작된 거라네. 왜 그랬느냐? 그 큰 아들은 대관식도 못 올렸고, 공식으로 올라간 것이 동생이었다는 거여. 이렇게 되고 보니 중간을 왔다 갔다 하던 그 시녀는 결국 자결을 해 버렸다는 게여, 그래 그 아름다운 시녀를 일본의 여성상 '누가다' 라고 해서 그녀 이름이 지금도 일본 최고로 아름다운 여인의 표상으로 남아 있지만 속사정은 그렇게 된 거라는구만. 허허……."

"그러니까 일본의 정신적 지주인 천황가天皇家는 그렇게 이루어진 거군요."

"그렇다네. 그때부터 나라 형태를 갖춘 일본은 호시탐탐 백제의 원수를 갚기 위해 이를 갈았다는 게여. 그러니까 일본의 군국주의 진무덴노 천황가는 백제공주가 절대 신으로서 일본 구심점으로 승계되어 내려오면서 우리는 엎어버리면 성이 역성이 돼도 관계가 없지만 그들은 세력싸움에서도 힘없는 천황을 앞세울 정도로 절대적이라는 거 아닌가. 허허……. 그래, 그들의 나라 꽃 벚꽃이 상징하는 것도 그렇다네. 부소산 낙화암 앞에서 절개를 지키기 위해 꽃잎처럼 떨어져 죽은 삼천궁녀의 그 정조관, 그 절개의 정신 정절을 더럽히지 않고 깨끗한 정신으로 살다간다는 아름다움을 뜻하는 것이라네. 거기에 곧 대의大義정신이 들어 있고, 그것이 마침내 일본의 무사도 정신으로 백제의 칠지도를 이어받은 거라는구만. 그게 바로 정신적 지주 계백장군의 보본, 믿음, 충의를 낳게 한 보국의 사무라이 정신으로 이어져 내려온 건데, 계백장군의 보국정신이란 게 바로 신라의 화랑도 정신이고 그 뿌리를 거슬러 올라가면 단군왕검시대로부터 무예를 익히게 했던 바로 그 천지화랑의 무사도武士道라, 결국은 일본의 정신적 지주의 뿌리는 우리 민족의 단군사상, 즉 홍익사상으로 그들의 대화사상大和思想을 낳게 한 근본 뿌리라고 아버님이 말씀해 주셨네."

"그렇다면 왜놈들 사무라이 정신이란 게 우리한테는 자랑할 게 못되는 거 아닙니까."

"그렇다마다. 어디 그뿐인가, 알고 보면 즈네들 조상 할아버지 뼈가 묻힌 땅을 분탕질한 결과라, 그것도 한두 번도 아니고, 허허허……."

"그러니까 즈네들 조상 뿌리 백제를 멸망시킨 원수를 갚으려다 보니 그러기도 했을 법하구만요."

"물론 가까운 일본이야 그런 조상원한이 맺혀 있어서 그렇다 치고, 이 나라 백성들이 우리 조상 뿌리의 근원을 알았으면 같은 조상 자손끼리 으르렁거리고 치고 뺏는 수난의 역사를 만들어 나왔겠느냐 말이지. 아, 우리 조상 단군왕검시대에는 피부색이 다른 이웃민족까지도 보듬어 안고 화친하면서 아시아 전대륙을 주름잡았다는 민족인데 정신이 살아있다면 같은 자손끼리 치고 뺏는 질곡의 수난으로 점철된 역사를 만들어 나왔겠는가. 고구려가 멸망하게 된 것만 해도 그렇고 모두가 다 배달민족 후손들이 그 얼이 빠진 탓이라서 그런 거지. 쿵!"

황현은 한양에서 규장각을 드나들면서 읽었던 민족역사 수난의 기록들이 새삼 떠오르면서 응수를 했다.

"한양에서 심산 선생 시문을 읽은 적이 있는데 거기에 그랬드군요. '우리 삼국시대의 역사를 읽을 적마다 이름난 장수로 흥무왕興武王을 떠받들지만 당시의 동족상잔은 마침내 고구려 땅을 당나라에 떼어주었으니 이것이 무엇보다 원망스럽다' 고 말입니다."

역사의 기록은 그랬다. 668년 고구려가 나당군羅唐軍에 의해 망하자 그 유민들은 699년 발해渤海를 세웠으나 변방으로 머무른 채 926년 고려에 흡수되어 패망하였고 영토는 여진족과 거란족이 근거지로 넘겨지고 말았다.

구암久菴 한백겸(韓百謙, 1552~1615)은 그의 저서 동국지리지東國地理志 신라조에서 신라통일의 주역들을 맹비난하고 있으며, 단재丹齋 신채호(申采浩, 1880~1936)는 '이종異種을 초招하여 동족을 멸함은 구적寇賊을 인引하여 형제를 살殺하고 무위無爲한… 자… 차등此等 반역적 통일로 통일이라 할진대…' 라고 신라통일은 외세 의존의 반통일이며 반민족적 행위로 간주하였다.

동국지리지의 기록들을 문득 머릿속에 떠올려 보고 있던 황현이었다. 사이를 가르고 말했다.

"그러고 보면 오늘날 여진족 누루하치가 만주일대를 정복하고 요서로 진격하여 중원을 점령하면서 만주의 여진족을 중원으로 이주시키고 요서의 한족들을 황무지인 북만주로 이주케 한 것과 같이 일본의 뿌리역사도 마찬가지네요. 근본은 우리 조상과 뿌리를 같이한 배달민족인데 백제가 나당연합군에 의해 패망하면서 민족적 대이동이 이루어진 셈이군요. 그러니까 일본이 우리나라를 침략한 것도 말하자면 백제의 후손으로 조상 원수를 갚으려 한 거 아닙니까요."

"그런 셈이지. 그러니 세상사 만남과 만남, 그 인연의 고리 속에서 크고 작게 얽히고 설킨 원한 맺힌 매듭을 풀어야 한다는 것인데……. 그게 우리 민족 위에 심어준 조상들의 얼, 홍익인간 정신을 바로 알고 세우지 않으면 도저히 불가능한 일이라고 보네. 왜냐, 홍익인간 이화세계 정신이란 이웃을 네 몸같이 사랑하고 돌보라는 하늘 천법으로 박애, 평등, 인간존중의 자유로 이웃과 조화를 이루는 평화의 정신사상이라는 것인데……. 그러니까 홍익이라는 말은 공익과 사익을 모두 포함하는 정신으로 개체와 전체를 모두 살릴 수 있는 바로 조화주 하나님 우주정신이라고 아버님이 말씀하시더군."

황현은 왕사각이 그동안 시문詩文뿐 아니라 많은 공부를 했었구나 하는 생각이 들었다. 나이 든 말씨와 그 마음 씀씀이하며, 또 그 번뜩이는 역사의식에 역시 세월은 모든 사물을 조금씩 변모시키는가 보다고 나름대로 생각했다.

많은 것을 보고 느끼게 해준 깊은 마음에 새삼 그 아버지에 그 아들이라는 생각이 들면서 웃음을 담고 말했다.

"역시 '콩 심은 데 콩 나고, 팥 심은 데 팥 난다' 는 말이 틀림없는 거 같습니다요."

"그 콩팥이 제 기운을 살려 조화를 잘 이루어야 보기에 아름답고 유익한 조화주 하나님 세상이 오고, 또 그 나라가 이 땅에서 펼쳐진다는 게 바로 홍익인간 이화세계라, 바로 이 땅에 지상 낙원이 펼쳐진다는 게지. 그 세상이 언제쯤 펼쳐질 것인지 지금 같아선 요원하네만은……."

왕사각은 아버지의 영향을 그대로 받아 유학경전이나 역사서에 대한 독서뿐만 아니라 매우 다양한 영역에 걸친 독서를 했었음을 그 대화로써 알 수 있었다.

물론 그 같은 공부에 임한 것은 황현 역시도 마찬가지였다. 당시 이단시되던 양명학에 관한 책들을 비롯하여 불교와 도교, 그리고 서학과 관련된 책들도 읽어왔기 때문에 서로가 주고 받음의 대화 속에서 읽어온 독서의 양을 엿볼 수 있었다.

인류 역사적인 왕사각의 설명에 황현이 응수를 했다.

"인간 종자 씨가 익을 때까지 생과 사로 빙글빙글 돌린다는 것이 석가 성현이 말씀하신 윤회라고 했으니 제 정신 얼만 살아있으면 언젠가는 이 땅에 도래한다는 그 용화세계를 보지 않겠습니까요."

"맞는 소리네. 그러니 시국 한탄할 것도 없지. 모든 건 다 하늘이 기운을 돌리는 것이라서 고대사에서 아침처럼 떠올랐던 우리 동방 기운이 저물고, 오늘은 저 서양 기운이 왕성해서 저처럼 설쳐대지만, 밤이 가면 다시 아침이 온다고 했으니 어디 믿어 보세."

"제 생각도 그렇습니다요. 우리 민족 조상님들 얼이 조화사상 아닙니까. 그래서 유교도 들어오고, 불교도 들어오고, 이제는 서양 천주학 야소교까지 들어왔으니 이득을 취하려는 사익을 버리고 동서가 하나로 어우러져 조화를 이루게만 된다면 그게 바로 석가 성현이 말씀한 용화미륵세계고, 노자나 예수 성현이 말씀한 지상낙원 신선세계이면서, 우리 국조 단군왕검이 이 나라를 세운 건국이념으로 바로 그 홍익인간 이화세계라는 것 아니겠습니까요."

"그래 천도역류항天道逆流抗이라, 하늘이 하는 일은 막을 자가 없다고 했으니, 우리 오늘 어두운 마음 달래면서 그 정신 살아나게 하는 일이 어떤 것인지 잘 연구해 보세. 그게 오늘 선비정신이 살아있는 우리들이 해야 할 일 아니겠는가. 중국 산해경에도 보면 지상에 태평성대가 오면 봉황이 저절로 날아와 음악 소리를 내며 스스로 춤을 춘다는 묘사가 있는 것이고 보면 그것이 언제쯤 될는지는 모르겠네만 현실로 이루어지는 날이 있을 것 아닌가. 허허허……."

수평선 위로 석양이 울음 타는 노을을 바라보면서 주고 받는 이야기는 지나간 역사를 뒤척이면서 끝이 없었다.

그 이야기를 끊고 저만치 바라보는 수평선 너머로 장관을 이루는 핏빛 석양이 충무공 이순신의 혼령인 듯 황현의 가슴 속 시성詩性을 가만하게 흔들어 깨우면서 시 한 수를 읊조리게 했다.

이 충무공의 거북선

천구天狗가 달을 먹어들어
넓은 바다가 다 말라붙고
북풍이 만리를 불어와
부상을 꺾었었네.
주흘산 웅장한 관문이
이미 땅바닥에 엎어지고
수군 십만 대병이
그대로 들이닥쳤네.
원시 집안의 늙은 장수는

한낱 밥자루에 지나지 않아
혼자서 갑옷 입고 섬 안에 들어앉으니
개미만큼의 도움도 다 끊어졌었네.
전라도 땅 귀중케 맡기신 뜻
네 지킬 곳, 내 지킬 곳 따로 없으니
진나라 사람이 월나라 생각하듯
어찌 그대로 있을 수 있으랴.
좌수영 남문이 활짝 열리자
둥둥 북을 울리며 거북선이 나타났네.
거북이 같기는 한데 거북이 아니고
배 같기도 한데 배가 아닐세.
그 지붕이 높기도 해서
한 바퀴 돌 때마다 고래가 물 뿜듯하네.
네 다리가 돌아가는 것은 수레바퀴가 되고
양 옆구리는 비늘을 펼쳐 창槍 구멍을 만들었네.
스물 네 노는 물결 속에서 춤추고
노 젓는 수군도 물 밑에 앉아 있네.
코로는 검은 연기 내뿜고
눈에는 불을 켰으니,
펼치면 노니는 용이다가
움츠리면 한 마리 자라 같아라.
왜놈들 하늘만 올려다보며
통곡하다간 다시 시름에 빠지니,

노량 한산 앞바다가
붉은 핏물로 출렁이네.
적벽의 소년은 시절이 다행한 때를 만나고
채석강의 서생은 담대한 결단을 과시하네.
누가 능히 바다를 가로지르며
백전을 치르겠나.
고래를 자르고 악어를 목 베어도
그 칼날이 이지러지지 않았어라.
이백 년 지나며 나라가 열리더니
화륜선이 동으로 와 불꽃이 해를 가렸네.

▲ 임진왜란 당시의 거북선

고요한 양羊의 나라에 호랑이가 쳐들어 와
화기가 하늘을 찔러 살기가 발했어라.
지하에 계신 충무공 모셔올 수만 있다면
가슴 속에 반드시 신묘한 전술 있으리니,
거북선처럼 이기는 지혜 다시금 짜내시면
왜놈들은 목숨을 빌고 양놈들도 꺼져 가리라.

李忠武公龜船歌 · 1884

天狗蝕月滄溟竭, 罡風萬里扶桑折.
主屹雄關已倒地, 舟師十萬仍豕突.
元家老將一肉袋, 孤甲棲島蚍蜉絶.
封疆重寄無爾我, 葦杭詎可秦視越.
左水營南門大開, 淵淵伐鼓龜船出.
似龜非龜船非船, 板屋穹然礙鯨沫.
四足環轉爲車輪, 兩肋鱗張作槍穴.
二十四棹波底舞, 棹夫坐臥陽侯窟.
鼻射黑烟眼抹丹, 伸如遊龍縮如鼈
蠻子喁喁哭且愁, 露梁閒山張紅血.
赤壁少年逢時幸, 采石書生誇膽決.
孰能橫海經百戰, 截鯨斬鰐鋩不缺.
二百年來地毬綻, 輪船東行熖韜日.
熨平震土虎入羊, 火器掀天殺機發.

九原可作忠武公, 囊底恢奇應有術.
創智制勝如龜船, 倭人乞死洋人滅

황현은 이순신 장군 체취의 호흡이 비록 손으로 만져지지 않아도 느끼며, 그때의 상황이 눈앞에 보이는 듯 그 시간 속에 머물러 그 호흡을 함께 하면서 그 거북선에 가슴이 실려 가고 있었다. 그 가만한 정적을 컬컬한 왕사각의 목소리가 화들짝 깨워 돌아보게 했다.

"어이, 출출하게 시장끼가 드니 한 잔 술 생각이 절로 나는구먼. 어디 이 근처 주막에 들어가 짭조롬한 생선 안주에 막걸리나 한 잔 하세나."

부둣가 근처 주막집을 찾아들어갔다. 그리고 저녁밥상에 몇 순배 막걸리 잔이 오고 갔을 때였다. 화제는 자연히 임진왜란 때의 이순신 장군의 공덕 이야기로 돌아갔다.

한 잔 술에 얼굴이 불콰해진 왕사각이 말했다.

"역시 후세까지 이름을 남긴 무사도 역시 주위를 아우를 줄 아는 덕이 그 이름을 남긴다는 것을 충무공께서 보여주신 교훈이라는 거 아니겠는가. 남의 공적도 가능하면 내 공적으로 취해 만들려고 혈안들인데 충무공은 의병들의 사기를 북돋아 주려고 그 공적 일부를 넘겨주기도 하셨다니 말이여. 핫, 핫 하……."

"그렇습니다요. 삼국지를 다 읽어봐도 결국은 장수들이 베풀어 온 그 덕만이 최종 결론을 말해 주지 않겠습니까요."

"그래, 훌륭한 무사나 문사들이나 결국은 이웃을 배려할 줄 아는 조화의 협동정신이 바로 그 이름을 후세에까지 남기게 된다는 것인데……."

"오늘 어지러운 정국이 바로 그게 문제 아니겠습니까요. 문명화된 서양 기술혁신으로 개화혁신을 해야 한다는 것 또한 나름대로 발전의 한 과정이니까 길을 열어야겠지만, 그 과정에서 필요한 것이 분명한 우리의 철학과 종교가 있어야 한다는 것이 제가 한양에 올라가 배우고 온 공부였구만요."

"그건 맞는 말이네. 그래서 나는 이렇게 생각하네. 재주 많고 영리한 원숭이처럼 개화파들이 세상의 큰 흐름을 읽어낸 것은 나라의 발전에 큰 밑거름이 될 수도 있다고 보네. 개화파는 미미하게나마 제국주의의 위험을 예감한 것이니까……."

"저도 같은 생각입니다요. 세상의 변화를 읽지 못했던 완강한 대원군의 쇄국정책과 기득권층의 수구적 태도는 서세동점西勢東占의 세상에서 제국주의에 대비할 아무런 준비도 갖추지 못하고 있는 데다가 기득권 정치 위주가 하층 민중이 경제적 기반을 갖추기 힘든 체제로 견고한 양반계급을 바탕으로 상부구조가 너무 강해서 수구파와 개화파간에 원만한 조화를 이루지 못하니 정국이 이처럼 어지러운 것입지요."

"그러게나 말일세. 개화파들의 조급증도 문제고……. 저렇게 세계 열강국들이 다투어 넘보고 있고, 새로운 세계 흐름의 변화를 받아들여야 한다고 개화파들이 설치는 이 판국에 끊임없이 문제점을 분석하고 세계 흐름의 변화에 대응할 수 있는 탄력적인 잠재력을 만들고 내부구조를 굳건히 단속해야 할 시국인데도 저렇게 상부 기득권층을 차지한 사람들이 세계정세에 대해서는 깜깜절벽인 것은 둘째치고 나라꼴이야 어찌 돌아가든 일신의 영달만을 위해서 부정부패로 치닫고 있으니 조상이 지켜온 이 나라 운명이 풍전등화로세. 쩝쩝……."

그것은 어쩌면 정신이 깨어있는 선비들만이 느낄 수 있는 나라 존망에 대한 예감이었다.

그 불안감을 주고 받는 이야기는 난세를 지켜온 우국충정의 충무공 정신을 그리면서 나라 위한 탄식은 밤이 깊도록 해변의 밤을 불사르고 있었다.

"오! 이 나라를 세워 주신 조상 신명님이시여. 불쌍하게도 오늘 이처럼 얼이 빠진 이 후손들을 불쌍히 여기시고 굽어 살펴 주옵소서. 두 손 모아 비나이다……."

얼큰하게 취기 오른 황현의 두 눈에서 통탄으로 흐르는 눈물이 저 위에서 내려다보고 계시는 조상 선령님들의 안타까움처럼, 그 눈물처럼 두 손에 바쳐 들고 있는 술잔 속으로 뚝뚝 떨어지고 있었다.

에필로그

'우리가 나무라면 뿌리가 있고/ 우리가 물이라면 새암이 있다.'

민족 경축일이라는 개천절 날, 학교나 행사장에서 뜻도 모른 채 불러왔던 노래다.

모든 사물에는 그 형상을 만들어낸 원인의 뿌리가 있게 마련이다. 뿌리의 원동력 같은 것, 그 소중함을 일깨워 주는 이야기가 있다.

찰스 다윈이 대서양을 지날 때였다고 한다. 파도가 일어나 배들이 몹시 흔들렸으나 풀잎 하나만은 그 무서운 파도에 밀려가지 않고 그냥 제 위치에 있는 것을 보게 된 다윈은 연구 결과 그 풀잎이 바다 속 깊이 뿌리를 내리고 있었음을 알았다는 것이다.

오늘 우리는 지구촌 어느 민족보다도 오랜 역사의 뿌리를 가지고 있다. 고대사 기록에 의하면 우리 조상들은 이웃 민족을 무력이 아닌 조화의 협동정신으로 다스리고 지배해 왔던 우수한 민족으로 모든 고대 제국들의 스승국이나 마찬가지였다.

그 뿌리의 원동력으로 우리 민족이 다시 크게 무성한 잎새를 피우는 때가 온다는 것이 지난 세기 동안 오고 간 많은 현자들의 예언이다.

유대민족 뿌리 역사인 구약성서를 보면 그 백성에게 변화하는 천기의 흐름을 알려주는 예언자들이 계속 있어 왔다.

하나님 예정 가운데 만세전부터 그 뜻 가운데서 택함을 입고 세워졌다는 것이 우리 배달 한민족이다.

하늘 천손으로 모든 민족을 대신한 제사장 권한이 주어졌다는 배달나라, 후천에 하나님의 뜻이 이 땅 위에서 이루어질 때, 그 찬란한 진리의 말씀이 동방의 등불로 우리 배달겨레가 주축이 되어 켜진다는 것이 동서로 오고 간 많은 현자 성인들의 예언이었다.

지금으로부터 2,000여년 전, 유대 땅에 그 민족의 혈류를 타고 인자 모습을 하고 출현한 성자 예수도 그랬다. 그 백성들을 향해 "너희가 일기는 헤아려 볼 줄 알면서 어찌하여 천기를 헤아려 볼 줄 모르느냐"고 책망하였다.

마찬가지로 역대 단군 천황 때의 예언과 말씀들을 들추어 보면 서양 유대민족 뿌리 역사에서 보여주는 상황 전개와 크게 다르지 않은 부분들을 발견하게 된다.

제 30대 단군 아한천황 재위 2년 여름의 일이었다.

아한천황 측근에 천도의 순행을 헤아릴 줄 아는 대신 유위자가 있었다.

그때 나라 안에 외발 달린 짐승이 송화강가에 나타나 울면서 돌아다녔다. 나라 백성들은 괴이한 소문을 듣고 퍼뜨리며 엄청난 물의를 일으켰다.

이때 아한천황께서 그 소문을 듣고 유위자를 불러 연고를 물었다. 이에 유위자가 대답하여 이르기를, "나라가 장차 망하게 될 때에는 반드시 요괴가 나타나 이상한 물건을 보이면서 세상을 혼란케 하는 데 바로 천지의 조화이옵니다. 외발 달린 짐승은 하나라 남방에 사는 양수라는 짐승이온데 워낙 신기한 짐승이라, 장차 하나라가 어려워질 것을 미리 알고 난을 피하여 이 땅에 와서 슬피 우는 것입니다. 이 징조만 보아도 장차 일을 알 수가 있는 것이어서 천도의 순행을 살피면 능히 만세의 일도 미리 알 수 있는 것이옵니다" 하고 여쭈었다.

이에 아한천황께서는 다시 물었다.

"그럼 장차 내 운의 성하고 쇠하는 기간은 과연 얼마나 되겠는지 대략 말해 줄 수 있겠는가?"

유위자가 부복하여 아뢰었다.

"나라가 성하고 쇠하는 운수는 하늘에서 정하는 것이고, 사람의 힘으로는 이를 바가 아니옵니다. 천황폐하께서 선정을 크게 베푸셨으니 그 덕이 만방에 미쳐 있어 나라의 운명이 중화보다 훨씬 앞서고 있사옵니다. 그러나 중화의 은조銀祖에 이르러서는 특히 예악법도가 찬연해지고 성현이 나타나 경전을 서술할 것이오며, 그리하여 백성의 집안에서 경 읽는 소리가 들리니 문화가 크게 향상되어 천하를 휩쓸게 될 것이옵니다. 뿐만 아니옵고 만국이 그 나라 문화를 흠모하여 다투어 찾아가 배우게 될 것이온즉, 한학전성시대는 자연히 이르게 될 것이옵니다. 그때를 당하여 천황폐하의 성자신손이 북방에서 터를 보존하고 혹은 동방으로 도읍을 옮기며 혹은 남방에서 나라를 세우는 자 있으니, 큰 자는 지방이 수천리요, 작은 자는 수백리라. 후속이 서로 사이가 좋지 못하여 서로 돌보지 않을 뿐만 아니라 날이 갈수록 모화사상으로 깊이 빠져들어 수천 년 후에는 모화에 미친 위모비가 나라 안에 편만해져서 우리나라의 문자는 완전히 없어지고 한문 문자만 전용하게 되어 나라 이름과 제왕 이름은 물론이려니와 땅 이름, 관청 이름, 사물 이름 등, 모든 이름을 한문으로 바꾸어 쓰게 되어 우리 백성을 중화인으로 알게 되고 마침내는 자손들이 조상을 잃어버리는 자가 속출할 것이오니 장차 일을 생각하오면 참으로 한심하고 통탄치 않을 수가 없사옵니다. 바라옵건대 천황께옵서는 길이 통촉하시어 장차 일을 예비하심이 옳은 줄로 아뢰오."

유위자의 진언이 끝나자 천황께서는,

"그대는 참으로 천고의 신인이로다, 능히 수천 년 뒷일을 추측할 수 있다니……."

그렇게 경탄해 하시며 천하에 명하시어 돌로 비석을 만들어 나라의 사방 경계에 세우고 그 비면에 제왕의 이름을 새기되 우리 글자로 써서 영원히 나라 글을 보존하라고 이르셨다.

아한천황께서는 유위자를 국태사로 삼고 태학관을 세워 훌륭한 선비를 양성하는 데 힘쓰셨다고 한다.

아한천황 때의 유위자는 이렇게 벌써 수천 년 뒤의 이 나라 운명을 예견하고 있었던 것이다.

말하자면 우리 배달민족 본래의 정신이 어느 땐가는 중국으로부터 건너온 유교로 그 본질이 흐려지게 될 것임을 미리 예언해 주고 있는 것이었다.

그 후 부루천황 재위 58년 때였다. 나함연이라는 신하가 천황께 조심스레 아뢰었다.

"신이 지난해에 남여지에 건너가서 범경빈(바라문교도)을 만나 새로운 교리를 접한 후 많은 생각을 해보았습니다. 그 교리에 참된 진리가 있는 것 같았습니다. 남여지에 성인(석가)이 나타나 그 새로운 이치를 밝혀 놓은 듯하오니 그곳으로 사신을 보내시어 그곳의 도덕과 정치를 살피게 하신 후, 좋은 점은 본받아 우리 백성에게 알리면 나라발전에 크게 도움이 될까 하옵니다" 하였다.

부루천황께서는 나함연의 말을 가만히 들으시고 말씀하시었다.

"인간사 도리에 진리가 하나이듯 양점 사이의 직선도 하나이니라."

하늘은 그 텃밭 씨종자에 따라서 시대에 맞는 성인을 보내어 진리를 가르치게 한다는 말씀이었다. 그리고 뒤따라 또 말씀했다.

"나라와 겨레는 서로 다를 수 있어도 치국평천하의 정도는 오직 하나이니라. 짐이 일찍 선황으로부터 들어 알기로는 유정은 오직 하나인 고로 그것을 중심으로 삼는 것은 바른 것을 지킴이니라 하시었거늘, 어찌하여 다른 나라의 도덕과 정치를 살펴서 우리에게 보태거나 뺄 수가 있겠는가? 새와 짐승은 땅에서 살고 물고기는 물에서 살아야 하거늘, 이것들을 바꾸어 살게 한다면 그 형세가 오래 갈 수가 있으리오? 그와 마찬가지로 우리가 다른 나라의 본을 받게 되면 반드시 오래 가지 못하게 될 것이니라."

부루천황의 신중하신 말씀에 그 어느 신하도 감히 더 말을 하지 못했다. 그리고 천황께서는 선황께서 베푸신 하늘 천법의 대도인 천지인 사상을 백성들에게 가르치셨다.

이것이 배달민족 위에 조상 뿌리로부터 심어진 종교요 사상이었다.

이러한 우리의 전통사상과 종교가 찬란한 동방의 문화를 꽃피워 세계 만방에 자랑했던 천황의 시대가 막을 내리고 왕국으로 전락하면서부터 동양 문화권에서 발생한 여러 종교들을 받아들여 절대자인 조화주 하느님의 살아있는 말씀, 그 인내천人乃天의 진리가 오히려 이웃나라로부터 유입된 부분지체 도맥의 곁가지에 붙어 희미한 맥으로 이어져 오다가 마침내 배달겨레의 문화유산인 우리의 것은 나라와 함께 도륙당하면서 표류되기 시작하였다.

그것은 일찍이 이 나라 미래를 내다보았던 아한 단군천황 재위 때 신인 유위자가 어쩌면 미리 예언했던 그대로였다.

그것은 우리의 것을 소중히 여기지 않은 데서 비롯된 것이라고 할 수 있다. 물론 동양 문화권에서 발생한 여러 종교들도 한결같이 선한 바탕에서 그 도의 가르침을 기본으로 두고 있다. 그러나 근본적인 우리의 종교와는 엄청난 차이가 있는 것이었다.

세상을 이치대로 되게 하기 위한 가르침, 곧 너와 내가 조화주 하나님으로부터 비롯되었기 때문에 서로 협동하여 선을 이루라는 이러한 우리의 근본적인 신앙이자 사상과는 유사할 수가 없는 것이다.

단군 제3대 가륵천황께서는 선조의 선정을 본받아 하늘 진리로 백성을 다스리며 온 백성에 이렇게 이르셨다.

"천하의 대본은 마음이 한가운데에 바르게 있는 것이니라. 사람이 중정을 잃으면 하는 일에 성취가 있을 수 없고, 만물이 중심을 잃으면 그 실체가 기울어져서 뒤집히게 되느니라. 인간들의 마음은 위험하고 도를 지닌 마음이 좌우 어느 쪽으로도 치우침이 없나니 유정이 오직 하나인 것처럼 진실로 그 중추를 잡아서 중정을 잃지 말아야 하느니라. 마음이 중정이 된 연후에야 비로소 만사를 반듯하게 할 수 있는 것이니라. 중정의 도는 부모는 마땅히 자식을 사랑으로 키우고, 자식은 마땅히 부모님께 효도하며, 임금은 마땅히 신하를 아끼고 신하는 또한 마땅히 임금께 충성하며, 부부는 마땅히 서로 공경할 것이며 아랫사람은 마땅히 윗사람을 공대하고 벗은 또 당연히 믿음이 있어야 되는 것이며, 사람이 서로를 대함에 있어 공손하고 겸손하게 몸가짐을 가지고 박애로써 하며 학문을 배우고 기술을 익혀 지능을 개발하여 인격과 능력을 갖추어 공익을 넓히는 데 힘쓸 것이니라. 또한 항상 국시를 높여 국법을 지키고 각자 직분을 다해서 증산에 힘쓰다가 나라가 위급한 일이 생기면 사사로운 것을 버리고 공익을 생각하며 앞장서서 나라의 대운을 붙들지니, 나와 네가 신하와 백성이 다 함께 부흥하여 한 마음으로 나아가면 모두가 지극하게 뜻을 실천으로 옮길 수 있게 될 것이니라."

우리 한민족의 조상들은 동서로 성자들이 출현하기 이전, 조상신 환웅천제로부터 이어받은 천지인이 하나에서 비롯되었다는 인내천 사상으로 그 마음의 중추를 지키게 함으로써 백성들은 태평성대를 누렸고, 백악에서는 봉황이 날았으며, 기린이 사람들과 어우러져 놀았고, 짐승들도 그 성품이 극히 착하고 온순하여 살아있는 풀을 밟지 않았다는 기록이다.

이것이 곧 환웅천황 개천 이래 우리 한민족 정신세계에 깊이 뿌리를 내려 찬란한 동방의 문화를 꽃피우게 했던 자연관과 인간관을 바탕으로 한 홍익인간 이념의 사고방식 때문에 동양은 서양에 비하여 종교와 예술방면에 현저한 발전을 보였으며, 세계 사대종교의 원천지라고 한 것이었다.

우리의 조상들이 세계 으뜸의 정신문화를 일으킬 수 있었던 만물감통사상, 재세이화, 홍익인간 이념과 사상은 단순히 자연과 그저 어울리는 것이 아니었다.

호연浩然한 자연과 감정을 같이 하려는 공감의 정신이 그 본질인 것으로, 자연과 인간이 서로 주체를 잃지 않고 조화를 이룰 때에 자연은 더욱 자연다워지고 인간은 더욱 인간다워진다는 뜻이었다.

그러나 세대가 멀어지면서 그 본질의 뜻은 흐려지고 다만 자연을 숭상시하는 산신을 위하는 산신제를 비롯한 각종 샤머니즘적 제사가 무속인들에 의해 행해지면서 고대 우리 조상들이 그처럼 소중히 여기던 자연관과 인간관을 중심으로 했던 만물감통萬物感通 사상이 샤머니즘으로 통하고 있는 것이다.

우리의 국조 단군왕검께서 한얼숭배, 조상숭배, 인간 사랑을 골자로 한 홍익인간 이념은 한민족의 종교요 철학으로써 이 이념을 실천해 나가면 사람은 큰 덕과 슬기, 힘을 갖춘 진인眞人이 될 수 있다는 것이었다.

이러한 배달 얼 홍익인간 이념과 만물감통사상은 고려 말기부터 시작하여 조선 500년을 지나오는 동안 유교사상에 밀려 홍익인간 이념을 근간으로 하는 민족정신은 점차 흐려지기 시작하였다.

즉 삼국시대에 인도로부터 중국을 거쳐 전래되어 와서 고려시대 국교가 된 불교나, 고려시대 중국에서 전래되어 조선시대 국교가 되다시피 한 유교가 건전한 우리 민족의 근본정신 위에 받아들여지지 못했던 관계로 정치적인 색체를 띄고 지배자의 방편으로 사용되어 왔다.

그러므로 조선 500년을 중심으로 한 우리 역사상의 왕도정치는 왕도에 바로 서서 치정했던 왕은 적었다. 또 설령 있었다 하더라도 관인들의 세도에 월권적인 타락으로 왕도를 바로 펴나가지 못했으며, 또는 왕 자신이 뚜렷한 사상이 결여되어, 무능한 상태에서 민중을 오도했다.

그리하여 천명에 위배하였으며 또 자기 일신만의 사리사욕을 충족하려는 왕권의 행사에 자연히 백성들도 부패하여 주체성은 말할 나위도 없이 기회주의로까지 그 근성이 타락하여 버렸던 것이다.

거기에다가 특히 조선시대에 전래되어 대한민국 수립 후 신도 수에 있어서나 그 영향력이 국교 이상의 자리를 차지하고 있는 기독교는 오직 유일신唯一神만을 주장하는 무지한 서구신학자들의 의도적인 성서해석으로 우리 민족 뿌리 역사를 정립하는 데 그 걸림돌 역할을 하고 있는 것이 사실이다.

나라와 개인 그 어떤 집단도 뚜렷한 사상이 없을 때에 그 주체성이 있을 수 없고, 그러므로 매사에 우유부단할 뿐만 아니라 자기비하로까지 떨어져 버릴 수밖에 없음을 오늘 우리나라의 현실이 더욱 확실하게 나타내 보여주고 있다.

고대사에서 그처럼 대륙을 뻗어나가 아시아 전 대륙을 주름잡았던 한민족의 뿌리를 곰과 상간하여 만들어진 신화적 요소로 왜곡시킴으로써 우리는 사실상 조상을 잃어버린 고아처럼 뿌리 잘린 역사 속에 표류하고 있는 것이다.

결국 우리 민족에게 불명예스럽게 붙여진 사대사상, 노비근성, 걸인근성은 역사적으로 그 뿌리의 정신, 곧 민족주체성을 잃어버려서 물리적인 침해를 이겨내지 못한 결과라고 할 수 있다.

그로 하여 초래된 것은 민족과 문화를 말살하여 일본화하려던 창씨개명을 비롯한 언어의 말살 등, 온갖것을 착취당하는 속에서 조상의 뿌리까지도 그들의 요구에 따라 근절 당해야 했던 것이다.

그토록 찬연히 빛나던 우리 조상의 얼과 전통이 살아남기 위한 사학자들의 붓끝에서 농락당해 그 뿌리가 왜곡된 채, 한민족의 고된 역사는 마치 지정학적으로 필연적인 것같이 주장하기에 이르렀다.

그러나 반가운 것은 세계적인 예언서 성경이 말하는 동방의 해 뜨는 나라, 이 땅이 후천에 회복되는 에덴동산의 땅이며 살아계신 하느님께서 이 민족을 다시 일으켜 세계에 전파될 것임을 암시해 주고 있다.〈요한계시록 7장 2~3)

'또 보매 다른 천사가 살아계신 하나님의 인을 가지고 해돋는 동방으로부터 올라와서 땅과 바다를 해롭게 할 권세를 얻은 네 천사를 향하여 큰 소리로 외쳐 가로되 우리가 하나님의 종들의 이마에 인치기까지 땅이나 바다나 나무나 해하지 말라 하더라.'

그 뜻 가운데 일찍이 해돋는 동방의 밝은 터에 세워졌다는 배달나라다. 하늘 제사권 민족을 세우기 위해 서양에 앞서 환웅천황께서 하늘 삼천의 신들과 더불어 하늘 문을 열고(開天) 중앙아시아 밝은 터전에 하강하시어 밝은 배달민족을 세우시고 시작부터 하늘의 '한얼' 천법天法을 가르쳤다.

그것이 신과 인간은 하나에서 비롯되어 고리를 잇고 있다는 천지인天地人 인내천人乃天 사상으로, 그 섭리의 뜻이 후천개벽 시대 살아계신 하나님의 인을 가지고 세계로 나갈 조화신단, 그 하늘 사명자들로 하여 하늘의 뜻이 이 땅위에서 이루어지게 된다는 것이다.

그 때가 기독교의 스승 예수께서 너와 내가 똑같이 하나님의 신성을 이룬 성숙한 아들로, 곧 왕의 자격으로 만물을 다스리고 심판할 권세를 얻게 된다고 말씀한 '지상천국시대地上天國時代' 며, 노자 성현이 말한 이화선경에 불로불사의 '신선시대' 이면서 또한 불가집 석가 스승이 가르친 '용화미륵龍華彌勒 세계' 로 용어상으로만 다를 뿐인 것이었다.

그처럼 하늘의 뜻이 땅에서 이루어진다는 후천개벽시대에 바로 우리 배달민족 위에 심어준 그 정신이 다시 되살아나 준비를 하게 된다는 것이다.

그것은 세계적인 예언서 성경뿐 아니라, 동서로 오고 간 많은 예언자들도 그 뜻이 동방의 해 뜨는 나라, 이 터전에서 이루어질 것을 암시해주고 있다.

그것은 이 민족 위에 펴신 홍익사상 곧, 하나님의 진리가 만국에 빛을 발하게 될 것을 뜻하는 것으로 인도의 영적 시인 타골은 다음과 같이 시로써 읊어 주었다.

동방의 등불

일찍이 아시아의 황금시기에
빛나던 등불의 하나였던 코리아
그 등불 다시 한 번 켜지는 날에
너는 동방의 밝은 빛이 되리라.
마음에는 두려움이 없고
머리는 높이 쳐들린 곳
지식은 자유스럽고

좁다란 담벽으로 세계가
조각조각 갈라지지 않는 곳
진실의 깊은 속에서 말씀이 솟아나는 곳
끊임없는 노력이 완성을 향하여 팔을 벌리는 곳
무한히 퍼져 나가는 생각과 행동으로
우리들의 마음이 인도되는 곳
그러한 자유의 천국으로
내 마음의 조국 코리아여, 깨어나소서.

해돋는 동방의 나라 코리아, 1929년 일본에 들렀다가 한국에도 들러 달라는 동아일보 기자의 요청을 받고 응하지 못해 미안하게 여긴 인도의 시성 타골이 동아일보 기자에게 기고한 〈동방의 등불〉이다.

그런가 하면 1974년에 첫 방문하여 1992년에 사망하기까지 다섯 번이나 한국을 방문한 《25시》의 작가 콘스탄틴 게오르규도 '빛은 한국에서 올 것' 이라고 말했다. 근대화 세계화로 몰락해 가는 서구문명에 대한 희망의 빛을 한국에서 본 것이다.

그 빛은 고대사에서 그처럼 찬란한 정신문화를 꽃피워 12제국을 다스리며 동방의 등불로 우뚝 솟아 세계를 주름잡던 우리 조상들의 '한얼' 사상이다.

그 정기의 빛으로, '변화 속의 발전' 을 상징하는 태극은 아름다운 삶의 가치와 문화 예술의 다양성을 꽃피우는 우리 민족의 정신이며 정체성이다.

그런데 오늘도 우리의 분단된 조국의 현실은 민족 정체성과 국권조차

회복하지 못하고 강대국의 눈치나 보며 부끄럽게 살아가고 있다.

그 모습은 망국의 구한말, 그처럼 열강국의 침탈을 눈앞에 두고도 나라의 안위야 어찌 되든 일신의 영달만을 위해 당쟁싸움에 열을 올리던 집권자들의 추태를 다시 들추어 연상시켜 보게 한다.

나라나 국민이 그 주체성을 잃으면 타에 의타하는 걸인근성이 만들어진다고 했다. 그것은 내가 나의 주인공이라는 자긍심 상실에서 오는 것이기 때문이다.

지금 우리는 자립으로 자신이 없던 데에서 자신만만한 우리 역사의 뿌리 정신을 바로 알고 미래를 바라보는 창조적인 내가 되기 위해서는 한 세대를 앞서 후대에까지 귀감으로 그 이름이 회자되어지는 우국지사들의 삶을 오늘 우리가 교육적 측면에서 반추해 볼 필요가 있을 것이다.

국운이 저물어가던 구한말, 매천 황현 선생과 함께 했던 조선의 선비들과 많은 우국지사들이 국권을 침탈당한 울분을 통탄하면서 조국의 소중함을 일깨워 주고 있는 〈매천야록梅泉野錄〉을 바탕으로 역사의 뿌리를 삽질하면서 언젠가는 이 터전에 배달민족의 정체성을 세계 속에 드높이 나타낼 민족성전이 지리산 매천 향기로 세워질 것을 믿어 의심치 않는다.

하나님 약속의 말씀이 동방의 해 뜨는 나라, 선택받은 이 터전 배달민족 우리에게 예정되어 있으므로…….

(하권에 계속)

저자 한승연의 作述 약력

장편소설

- 데뷔작 《바깥바람》(1986년 3월 5일, 도서출판 남영사)
- 이데올로기 해부작 《그리고 숲을 떠났다》(1987년 5월 1일, 도서출판 한멋)
- 여인의 성심리와 사회부조리 고발작 《갈망》(1988년 8월 15일, 도서출판 장원)
- 한반도 역사의 주변열강 역학관계 분석작 《개천 그리고 개국》(1988년 9월 5일, 도서출판 문학시대사)
- 신과 인간의 고리 그 실체 분석작 《묵시의 불》(1989년 1월 10일, 도서출판 장원)
- 소설문학 영역의 확대작 《심상의 불길》(1990년 11월 30일, 도서출판 답게)
- 여인의 자리 찾기 작 《남자를 잃어버린 여자》(1993년 7월 3일, 도서출판 장원)
- 사람과 도인의 관계 분석작 《운명의 카르마》(2002년 4월 7일, 도서출판 마당문화)
- 한민족 가무의 파노라마 《꽃이 지기 전에》(2003년 6월 30일, 도서출판 한누리미디어)
- 광복 후의 역사와 반역사의 올바른 분석작 《역사의 수레바퀴》(2004년 5월 30일, 도서출판 한누리미디어)
- 한류열풍의 주역들 조명작 《빛으로 날고 싶었다!》(2007년 1월 30일, 도서출판 모델)
- 근대사를 조명한 남북관계 분석작 《아! 무적》(2007년 4월 25일, 도서출판 한누리미디어)
- 질곡에 처한 운명 속에 살아온 여인의 조명작 《어머니의 초상화 1, 2권》(2009년 6월 20일, 도서출판 한누리미디어)

사상서

- 인류시원과 동서 문명의 분석작 《성서로 본 창조의 비밀과 외계문명》(2002년 2월 25일, 도서출판 대원사)
- 인간의 운명이란 무엇인가 분석작 《운명의 카르마》(2002년 2월 4일, 도서출판 마당문화)
- 세계 칠대 성현의 뿌리 조명작 《성서로 본 칠성님의 비밀》(2002년 10월 3일, 도서출판 한누리미디어)

• 우주의 기원과 동서양의 종교 분석작 《우주통일시대》(2008년 5월 26일, 도서출판 한누리미디어)
• 배달민족의 뿌리 역사 조명작 《평화의 북소리》(2009년 1월 20일, 도서출판 한누리미디어)

시집
• 《소라의 성》(1986년 3월 15, 도서출판 남영사)
• 《내가 바람이고 싶어 했을 때》(1987년 6월 30일, 도서출판 문학시대사)
• 《황혼연가》(1997년 4월 10일, 도서출판 답게)
• 《내가 사랑하는 이유》(1996년 6월 5일, 도서출판 답게)
• 《묵시의 신곡》(1999년 8월 10일, 도서출판 한누리미디어)
• 《사랑하며 산다는 것은》(2002년 2월 10일, 도서출판 답게)
• 《등신불 수화》(2006년 12월 11일, 도서출판 한누리미디어)

수필집
• 《이중에서 가장 위대한 것 사랑》(1986년 12월 10일, 가톨릭 다이제스트)
• 《별이 된 가슴아》(1993년 9월 15일, 도서출판 세훈)
• 《슬픔이 안겨준 찬란한 약속》(2001년 9월 3일, 도서출판 마당문화)
• 《섬진강 파랑새 꿈》(2007년 8월 25일, 도서출판 한누리미디어)

수상경력
• 1995년 제3회 『허난설헌』 문학상 《심상의 불길》 소설부문 대상
• 1996년 제3회 『열린문학상』 《내가 사랑하는 이유》 본상 수상
• 2000년 『세계계관시인』 문학상 《묵시의 신곡》 평화대상 수상으로 시문학 박사 학위 수위
• 2007년 제11회 한국문학예술상 《역사의 수레바퀴》 본상 수상
• 2008년 고조선 역사재단 제5회 단군문학상 수상

참여단체
• 한국소설가협회 회원
• 한국문인협회 회원
• 국제펜클럽 한국본부 회원
• 한국윤리철학회 연구위원

소설 매천야록
•
지은이 / 한승연
발행인 / 김재엽
발행처 / 한누리미디어
디자인 / 지선숙
•
121-840, 서울시 마포구 서교동 395-13 서원빌딩 2층
전화 / (02)379-4514, 379-4519
Fax / (02)379-4516
E-mail/hannury2003@hanmail.net
•
신고번호 / 제300-2006-61호
등록일 / 1993. 11. 4
•
재판발행일 / 2009년 12월 31일
•

•
값 12,000원
•

•
ISBN 978-89-7969-358-4 03810